U0709806

铁葫芦

DIANA GABALDON

OUTLANDER

异乡人

5

遥远的重逢 下册

VOYAGER

〔美〕戴安娜·加瓦尔东 著

任海蓓 译

百花洲文艺出版社

Part 05

你无法重归

故里

CHAPTER 18

根

1968 年 9 月

　　坐在我边上的女人兴许有三百磅重，正在睡梦中呼哧呼哧地喘着气，看得出她的肺正在很吃力地、第二十万次抬起她巨大的胸脯。她的臀部、大腿和胖胖的手臂挤压着我，温暖而潮湿得令人难受。

　　我的另一侧压在飞机机身的金属曲面上，无处可躲。我小心地让出一个胳膊，举手打开头顶的小灯，看了看手表。十点半，伦敦时间，起码还要等到六个小时后降落纽约，才有希望逃脱。

　　飞机上充斥着形形色色的叹息和呼噜声，乘客们自顾自努力地打着盹儿。睡眠对我来说全无可能。我无奈地叹了口气，从座位前的口袋里掏出我塞着的读了一半的爱情小说。这本书是我最喜欢的一个作家写的，但我发现自己时不时地在走神——一会儿想着留在爱丁堡继续做调查的罗杰和布丽安娜，一会儿又想着在波士顿等待着我的会是什么。

　　我真不知道等待着我的会是什么，问题一方面也正在这里。回波士顿是迫不得已，尽管只是暂时性的，我老早就用尽了所有的休假，外加几次延期。医院里有些事必须处理，家里有账单必须收齐付清，还有房子和院子的维护工作必须照管——想到后院里要立即修剪的草坪此时已长到多高，我不禁打了个冷战——还有些朋友必须走访……

尤其是那个朋友。乔瑟夫·艾伯纳西是我走得最近的朋友，从读医学院那时开始。在我做出任何最终的——很可能无可挽回的——决定之前，我想先与他谈谈。我合上了膝头的书，开始用手指描摹书名花体字里繁复的曲线，不禁微微一笑。不说别的，我对爱情小说的兴趣要归功于乔。

自打开始学医我就认识了乔。在波士顿总医院众多的实习生里，他比较抢眼，与我一样。我是所有的准医生中唯一的女性，而乔则是唯一的黑人。

同病相怜的独特性让我们俩相互产生了一种特殊的觉察，彼此都清楚地有所感觉，但都没有明说。我们合作得很好，但大家都很谨慎——并且有充分的理由这样——为了不至于暴露了自己，以及相互之间那种脆弱的纽带，那种模糊到无法称之为友谊的纽带，直至实习期接近尾声，我们都一直保持心照不宣。

那天我做了第一次独立的手术——一例简单的阑尾切除，病人是个十几岁的健康男孩。手术很成功，没有理由认为术后会产生并发症。但仍有一种异样控制欲让我想等到病人苏醒并离开恢复病房之后再回家，虽然我的值班时间已经结束。我换了衣服，来到三楼的医生休息室耐心等候。

休息室里不止我一人。乔瑟夫·艾伯纳西坐在一张破旧得不堪重负的沙发椅上，明显沉浸在手里的《美国新闻与世界报道》之中。我进门时他抬起眼睛，向我略微点点头便继续读起他的杂志。

医生休息室配备着大堆的杂志——多来自各个等候室里的多余物资——还有不少出院病人留下的陈旧的平装小说。闲得无聊，我迅速地浏览了一本六个月前的《消化内科研究》，一本破烂的《时代周刊》，还有一沓来自守望台圣经书社的整齐的小册子。最后，拿起一本小说，我坐了下来。

书的封面已经掉了，但内页里印着书名"鲁莽的海盗"，下一行："一个感性而令人无法抗拒的爱情故事，如加勒比海一般苍茫无际！"加勒比海，噢？要想寻求一时的逃避，还有什么比这更合适的呢？这么想着，我随手把书打开，第四十二页自动地呈现在眼前。

泰莎轻蔑地扬起了鼻子，把一头浓密的金色秀发甩到脑后，浑然不觉此举令她撩人的胸脯在那身低胸衣裙中更突显了出来。瓦尔德斯见状睁大了双眼，但他并未让眼前这放肆的美丽对自己的影响有任何外在的显露。

"我以为我们可以更好地了解彼此，小姐。"他用低沉而性感的嗓音说道，泰莎感到一阵阵期待的战栗在背后上下奔涌着。

"我可没有兴趣去了解一个……一个……肮脏可鄙又手段卑劣的海盗！"她说。

瓦尔德斯露出闪亮的牙齿微笑地看着她，一手摩挲着腰间短剑上的手柄。她的无畏感染着他，如此大胆，如此任性……又如此美丽。

我抬了抬眉毛，但着迷地接着往下读。

一股专横的占有欲让瓦尔德斯一把揽住了泰莎的腰肢。

"你忘了，小姐，"他低语道，一字一句地搔着她敏感的耳垂，"你是一件战利品，而海盗船船长有权头一个挑选他的赃物！"

泰莎在他强有力的臂膀里扑打着，他抱着她走向床铺，把她轻轻地抛进那缀满珠宝的床被之中。她挣扎着喘过气来，恐惧地望着他脱下衣物，将那蔚蓝色天鹅绒外套和打着细褶的白色亚麻衬衣逐一放到一边。

那雄健而光滑的胸膛闪着古铜色的光芒。她的指尖痛苦地渴望着去触摸那胸膛，虽然，当他把手伸向马裤腰带的那刻，她耳边传来了自己震耳欲聋的心跳声。

"哦，不，"他说着停了下来，"我多么不公平地忽略了你啊，小姐。请允许我……"他绽开难以抗拒的微笑，俯下身，用他那温热的而布满茧子的手掌轻柔地拢住了泰莎的双乳，隔着那薄薄的丝绸享受着它们奢靡的体量。泰莎发出一声细小的尖叫，挣脱了他探索的双手，紧紧地靠到背后那缀满了蕾丝的鹅毛枕头上。

"你想反抗？小姐，要是撕坏这些精美的衣裳就太可惜了……"他牢牢地抓住她那翠玉色的丝质胸衣，猛地一拉，顿时泰莎那白净的乳房从它们的藏身之所一跃而出，犹如一对展翅欲飞的丰润的山鹑。

我叫了一声，致使艾伯纳西医生倏地一抬眼，越过他的《美国新闻与世界报道》看了过来。我急忙调整自己的表情，俨然一副端庄而专注的样子，把书翻到了下一页。

瓦尔德斯浓密的黑色鬈发扫过泰莎的胸脯，滚烫的嘴唇吻上了她玫瑰红的乳头，痛苦的欲念在她周身激起一波波浪潮。他的热忱在她体内滋扰着，这种陌生的情绪令她酥软无力，故而当他的手悄无声息地探寻到她的裙摆时，当他炽热的抚摸循着她纤细的腿上蔓生的感触渐渐上行时，她丝毫无法动弹。

"啊，我的爱人，"他呻吟着，"如此美好，如此纯洁。你令我充满欲望，我的爱人，你令我发狂。第一眼看见你时我就想拥有你，那么骄傲又那么冷酷地站在你父亲的航船的甲板上。此刻你已无法再冷酷了吧，亲爱的？"

事实上，瓦尔德斯的亲吻正肆虐着泰莎的内心。她怎能，怎能对这个男人滋生如此的感情，这个冷血地击沉了父亲的航船、亲手谋害了一百个船员的男人？她本应惊恐地畏缩不前，相反却发现自己正喘息连连，正张嘴接纳着他火热的亲吻，正在他蓬勃而起的男性的强烈索求的重压下，身不由己地抛开一切，拱起了自己的身体。

"啊，我的爱人，"他急促地说，"我无法再等了，可是……我不愿伤害你。轻轻地，我的爱人，轻轻地。"

泰莎喘息着，她感到双腿之间，他的欲望在越来越强地压迫着，宣告着它的存在。

"哦，"她说，"哦，求求你！你不能！我不能让你……"

此时开始抗议，多么合适的时机啊，我心想。

"别担心，我的爱人。信任我吧。"

渐渐地，她一点一点地在他催眠般抚慰的触摸下松弛下来，觉察到腹部的暖意在生长和扩散。他的嘴唇轻拂着她的胸脯，热烈的气息低诉着安抚的话语，抛却了她所有的抗拒。当她松弛开来，她的双腿无须意志的驱使便张开了。无限缓慢地，他用那支充盈着的枪杆撩开了她那层童贞的薄膜……

我轻呼了一声，一松手，只见那书从我膝上滑到了地下，啪的一声落在艾伯纳西医生的脚边。

"对不起。"我咕哝着俯身去捡，脸颊灼烧得厉害。而当我用汗湿的手握住那本《鲁莽的海盗》站起身来，我发现艾伯纳西医生平日里那严肃的神气非但一扫而空，反而还咧开了满脸的笑容。

"让我猜猜，"他说，"瓦尔德斯刚刚撩开了她童贞的薄膜？"

"没错！"我答道，不禁又傻傻地笑了起来，"你怎么知道的？"

"其实，你还没读多少，"他接过我手里的书，粗钝的手指熟练地翻起书页，"所以肯定就是那段了，不然就是七十三页的那段，当他用饥饿的唇舌为她粉色的小山沐浴的时候。"

"他什么？"

"你自己看。"他把书塞回我的手里，指着页面中间的一处说。

一点没错。"……掀开被子，他俯下一头黑发的脑袋，用饥饿的唇舌开始为她粉色的小山沐浴。泰莎呻吟着……"我不由放声地尖叫起来。

"你真的读了这个？"我质问道，硬是把眼睛从泰莎和瓦尔德斯身上挪开。

"哦，当然。"他答道，笑容愈加灿烂。我看见他有一颗金牙，在右边的最里面。"读了两三遍吧。不能说是最好的一本，但确实还不错。"

"最好的？还有更多这样的？"

"当然。过来瞧瞧……"他站起来，开始挖掘桌上的那堆破烂的平装书。"你得找那些没有封面的，"他解释说，"那些才是最好的。"

"我还以为你从来就只读《柳叶刀》和《美国医学会会刊》呢。"我说。

"什么？我花了三十六个小时浸在病人的肠子里，你说我还想上这儿来读什么《胆囊切除术的突破》？当然不——我宁愿跟瓦尔德斯去加勒比航海啰！"他颇有兴趣地看着我，没有收回嘴上的笑容。"我也以为你只读《新英格兰医学杂志》呢，简夫人。"他说，"外貌多容易误导人，噢？"

"没错，"我干巴巴地说，"这个'简夫人'又是什么意思？"

"哦，那是霍克斯坦想出来的，"他靠到后面，十指相扣地搁在一边的膝盖上，"是因为你说话的声音，那口音就像刚刚同女王一起喝完了茶一样。你有种力量，让那些男生不敢使坏。你瞧，你说话的样子就跟温斯顿·丘吉尔似的——如果丘吉尔是位女士的话——而这点让他们有点儿害怕。不过，你还有一个特点——"他若有所思地看着我，一边往后摇晃着他的椅子，"你说话的样子让人觉得你想要的非得实现不可，不行的话，你也必须知道为什么。这一套你是打哪儿学来的？"

"打仗的时候。"我答道，对他的描述报以一个微笑。

他抬了抬眉毛："越战？"

"不，二次大战时我是个战地护士，在法国战场。我见过很多那样的护士长，只用一个眼神就能把实习生和勤杂工吓得腿都软了。"之后，我得到了许多锻炼，着实利用那种不可侵犯的权威架势——姑且这么认为吧——对阵过不少比波士顿总医院的护理人员和实习生有权有势得多的人。

他专注地听着我的解释，点了点头："是，非常合情合理。而我嘛，我用的是沃尔特·克朗凯特①。"

"沃尔特·克朗凯特？"我睁大了眼睛瞪着他。

他又咧开嘴，露出了那颗金牙。"你还能想出什么更好的人选？而且，我每天晚上都能免费在广播和电视上听他讲话。我曾开玩笑地跟我妈妈说——她一直想要我成为一个牧师，"他颇显沮丧地笑了笑，"我说假如那些年我在我们那边像克朗凯特那样有话直说，没准儿我早就没命上医学院了。"

我开始越来越喜欢乔·艾伯纳西了。"我希望你母亲没太失望，你成了一个医生而不是牧师。"

"老实说，我不知道，"他仍旧笑着说，"我告诉她的时候，她瞅着我看了一分钟，然后大叹了一口气说：'哎，至少我那些风湿的药你能便宜点儿给我配了。'"

我苦笑着回答："我告诉我丈夫我想做医生的时候，连那样的热情都没有得到。他盯着我好久，最后问，如果我烦了，干吗不去养老院或

---

① 美国记者，冷战时期著名的电视新闻节目主持人。

监狱做义工帮人代写书信呢。"

乔注视着我，一双柔和的棕色眼眸有点像太妃糖，略带点金光，闪现出一丝诙谐。

"是啊，人们始终认为他们可以指着鼻子告诉你，你没有能力做你正在做的事情。'嘿，你在这儿干吗，小女人，怎么不在家伺候老公孩子？'"他模仿道。

他无奈地笑着拍了拍我的手背："别担心，他们早晚会放弃的。现在他们多半儿不再当面问我为什么没去刷马桶了，就像我生来该做的一样。"

这时候，护士过来通知，说我的阑尾患者醒了。于是我离开了休息室，但那段从四十二页开始的友谊却发展得不错。乔·艾伯纳西从此成了我最好的朋友之一，兴许是我身边唯一能真正了解我的选择和动机的人。

我微微一笑，感觉着封面上光滑的浮凸字体。接着我俯身向前把书放回了椅背的口袋，或许此刻我并不想逃避现实。

窗外，月光照耀下的云层把我们同下面的地球隔绝开来。云层上的一切安静、美丽而祥和，与底下混乱不安的现世形成了鲜明的对照。

我有一种被当空悬挂的感觉，一动不动地缚在孤独的茧中，连身边那个女人沉重的呼吸也都混合在空调机不温不火的风声和地毯上女乘务员的脚步声之中，化成了无声的白色噪声。与此同时，我很清楚我们正无可阻挡地冲破云层，以每小时几百英里的速度向某个终点推进——而那个终点究竟安全与否，我们唯有期待。

我闭上眼睛，保持着休眠状态。此时的苏格兰，罗杰和布丽正在搜寻詹米。至于即将到达的波士顿，我的工作——和乔——在等着我。可詹米，他又在哪里？我努力地撇开这个念头，在做出决定之前不能去想他。

　　头顶感到一阵轻微的抚弄，一绺头发滑下了我的脸颊，柔和得像爱人的一个触摸。显然那无非是一股气流从头顶的排风口涌出而已，然而在我的想象之中，那浑浊的空气里的香水和烟味之下，突然有羊毛与石楠的芬芳四散开来。

CHAPTER 19

让一个幽灵安歇

终回到家中，富里街的房子，我同弗兰克和布丽安娜共同居住了
将近二十年的地方。门口的杜鹃花还没有完全死去，但一簇簇枝叶疲软
而破败地挂着，被烤干了的花床上覆盖着一层厚厚的落叶。今年夏天很
热——波士顿的夏天其实都一样——加之八月的雨水还没有到来，尽管
现在已经九月中旬了。

我把行李放在大门口，继而去打开了水管的龙头。一直暴露在阳光
之下，那绿色的橡皮长蛇烫手得很，我把它在手掌间焦躁地来回扔了几
下，直到咕噜噜的流水瞬时间赋予了它生命，它便迅即冷却下来，喷溅
出一片水花。

我从来就不太喜欢杜鹃花。要不是因为弗兰克的死，我没准儿早已
把它们连根拔掉了，只是他死后，为了布丽安娜，我不想对家中的布置
做任何改动。她受的打击已经够大的了，我想，在开始大学生涯的同一
年里失去了父亲，她不需要更多的改变。对这所房子我已经置之不理了
很长时间，完全可以继续如此。

"好了！"我愤愤地对那些杜鹃花说道，一边关上水龙头。"希望你
们满意，因为你们能得到的也就这么多了。我也得去喝一杯，然后洗个
澡。"看着它们沾满泥点的枝叶，我补充了一句。

我身穿晨衣坐在那巨大的下沉式浴缸边缘，看着水流轰鸣着注入其中，搅动着那泡泡浴液翻起一片芳香的浮沫。滚烫的水面上蒸汽升腾，看着有点太烫了。

我关上水——只消把水龙头迅速而利落地一拧——接着又继续坐了片刻，整幢房子静默地环绕着我，只有浴缸里——爆破的气泡在啪啪作响，微弱的声音仿佛来自遥远的战场。我非常清楚地意识到自己在做什么。自从在因弗内斯登上苏格兰飞人号，感觉到脚下的铁轨隆隆地跃动起来，我便开始了这个自我测试。

我开始仔细记下途中的所有机器——所有现代生活中日常用到的点滴发明——并且，尤为重要地，一并记下我自己对它们所做出的反应。开往爱丁堡的火车、飞抵波士顿的班机、从机场叫到的出租车，以及一路上列位出席的所有形形色色的小机械设备——自动贩卖机、路灯，还有飞机上的高空盥洗室，只消轻摁按钮，便有急漩而下的恶心的蓝绿色消毒液将排泄物与细菌一扫而尽。餐馆里，整齐地陈列着由卫生部颁发的证书，保障你在此用餐起码有较大的可能性免遭食物中毒。而我自己的家中，则有随处可见的无数按钮，提供着光照、暖气、水和煮熟的食物。

问题是——我在乎这些吗？一手伸进那热腾腾的洗澡水，我来回搅动着，望着那漩涡的阴影在大理石深处舞蹈。放弃了我习以为常的、一切大大小小的便利设施，我还能否生存？

我不断地向自己问着这个问题，每摁下一个按钮，每听到一声引擎，我已颇为确信这个答案是肯定的。毕竟，时间并没有改变一切。穿过这个城市，我就可能找到一些人，生活在缺少了以上很多项便利设施的环境里——远到海外，更有些国家的全体民众都浑然不知电的存在，却依旧生活得相当满足。

对我来说，这一切我从来不太在乎。自从五岁时父母双亡，我就与兰姆叔叔，一位卓有名气的考古学家，生活在一起。因此，可以保守地用"原始"一词来形容我成长的环境，因为我一直跟随他进行所有的实地考察。的确，热水澡和电灯泡都是好东西，但没有它们的生活这辈子我也过过，并且不止一个阶段——比如战时——而我始终不认为这种缺失有多么关键。

水温降到了可以忍受的热度，我踏进浴缸，把晨衣抛在地上，脚尖上的温度使我微凉的肩头感到一阵不乏快意的震颤。

我沉入浴缸，伸展开双腿，松弛着全身上下。十八世纪的澡盆不比酒桶大多少，人们沐浴时一般分段进行，先把腿悬在澡盆之外，浸泡身体的中段，然后站起身，在浸泡双脚的同时，冲洗上半身。更多的时候，他们只用一个水壶和一个脸盆，靠洗澡巾帮忙清洗全身。

然而，方便和舒适仅仅意味着方便和舒适。它们并非生活的必需，没有它们我照样可以生存。

当然，生活的便利绝非问题的全部。那个时代是个危险四伏的地方。即使身处所谓的文明世界，其发达程度也达不到安全保障。我经历过两场重要的"现代"战争——在其中一个战场上真正地服过役——而另一场战争则每晚在我的电视机上活生生地上演着。

"文明"的战争，如果真有区别的话，比它的先前的版本要恐怖得多。战时的日常生活也许相对安全，但前提是你必须小心选择你走的道路。如今，罗克斯伯里的部分地区与两百年前我所走过的任何一条巴黎小巷同样危险。

我叹了口气，用脚趾拔起了塞子。对浴缸、炸弹和强奸犯等客观事物进行主观臆测是毫无意义的。室内管道无非是个小小的插曲。真正的问题永远在于它所牵涉到的人。在于我、布丽安娜和詹米。

水汩汩地流尽了。我站了起来，感到有点儿头晕，随即擦干了身上最后的泡泡。大镜子上结着气雾，但还是清楚映照出我膝盖以上的人影，像只粉红色的煮熟的虾。

　　我扔下浴巾，开始审视自己。我把弯起的手臂举至头顶，检查有没有松垮的肌肉。没有。肱二头肌和三头肌的轮廓都很清晰，三角肌整齐、圆润地向下滑入胸大肌上方的曲线。我稍稍转向一侧，收放着腹部肌肉——内外斜肌的状况都不错，腹直肌平整到几乎有点凹陷。

　　"所幸我的家族没有长胖的基因。"我喃喃自语。兰姆叔叔直到七十五岁去世之时都一直保持着精干而紧致的身材。我心想，我的父亲——兰姆叔叔的兄弟——也一定是相似的身材，这么寻思着，我突然很想知道我母亲的臀部长什么样子。毕竟，女人有一定量多余的脂肪组织需要应付。

　　我转过身，越过肩膀朝后面照着镜子。扭转的动作让我后背上长长的柱状肌肉湿乎乎地泛起水光，我的腰身仍然存在，并且仍然颇为苗条。

　　至于我的臀部——"嗯，不管怎样，酒窝还没有。"我说出声来，回转身子注视着自己的身影。

　　"还不算太糟。"我对着镜子说。

　　感觉振作了一些，我穿上睡衣，开始向整幢房子道晚安。没有猫需要放出去，没有狗需要喂饱——博佐，我们最后的那条狗一年前寿终正寝了，我没有想再要一条，因为布丽安娜离家去了学校，而我自己在医院的工作时间又总是长而不规律。

　　我调好了温度计，检查了门窗上的锁，确保炉子上的燃具都灭了。一切就绪。十八年了，我每晚入睡前的程序都包括在布丽安娜房间里的小驻，然而自她上了大学后，这个步骤也省了。

　　一半出于习惯，一半出于一种责任感，我推开了她的房门，打开了灯。有些人对物品有一种别人没有的天生的感觉。布丽就是这样。她房间的墙上挂满了海报、照片、干花、扎染、证书和各种其他的林林总总，相互之间几乎都没有空隙。

　　有些人对布置身边的事物有一种特殊的才能，他们能让每件物品所承载的不仅仅是它自身的意义和它与周围物品的关系，还能传达更多——仿佛能创造一种难以定义的光环，一种既属于该物品本身又属于其不可见的主人的光环。"我存在是因为布丽安娜把我挂在了这里，"屋里的物品仿佛在如此宣告，"我存在是因为布丽安娜就是布丽安娜。"

其实，她会有这种才能有点奇怪，我心想。弗兰克也是这样，他死后我去大学办公室清理他的遗物时，我感觉那一切就好像一头灭绝了的动物留下的化石，所有的书本、纸张和零星的垃圾都完好地保持着那个曾居于此地的灵魂的形状、质感和它业已消失了的重量。

布丽安娜的有些东西很明显是属于她的——就像那些照片，我的、弗兰克的、博佐的，还有她的朋友们的。那些布料是她的创作，她选的图案，她喜欢的色彩——鲜亮的绿松石色、深沉的靛青色，还有品红色和青黄色。然而其他那些呢——为什么书桌上那堆淡水螺壳会对我说"布丽安娜"？还有那块从特鲁罗海滨带回来的圆形浮石，与千千万万块其他的浮石并无二致——唯独因为是布丽安娜捡起了它？

我对物品没有感觉。我没有想要搜罗与装饰的冲动——弗兰克常常抱怨家里斯巴达式太过简朴的家具布置，直到布丽安娜长到足以挑起这个担子的年龄。这点不知该归咎于我游牧式的成长环境呢，还是我本身的个性？那种独来独往的个性，没有任何欲望想要改变周围的环境让它来体现我的存在。

詹米也是一样。他曾随身携带一些用作工具或护身符的小物品，放在他的皮口袋里，但除此之外他既没有拥有过很多，也从未在乎过。就连我们暂居巴黎的那段奢华的日子，以及在拉里堡更长时间的平静生活，他都从未显出喜爱搜罗物品的脾气。

对他来说，这也同样可能是因为他年轻时的境遇，像被猎捕的动物一样，唯一拥有的是他赖以生存的武器。然而这或许也是他的天性，那种脱离于物质世界的、自给自足的天性——也是这种天性使我们成了彼此追寻的另一半。

同样奇怪的是，布丽安娜竟与两个父亲都如此相似，以他们俩截然不同的方式。我向缺席的女儿的灵魂道了无声的晚安，关上了灯。

关于弗兰克的念头随我走进了卧室。眼前那张盖着深蓝色缎子床罩的、平整而坦然的双人大床，一瞬间将他真切地从记忆里唤醒，我有好几个月没有如此想到过他了。

我猜一定是随时即将离开的可能性让我此时回忆起他来。正是在这间房间——确切地说，是这张床上——我向他道了最后的诀别。

"你就不能上床来睡吗，克莱尔？都过半夜了。"弗兰克越过他的书看着我说。他自己已经上床，正读着膝头支着的那本书。台灯柔和的光晕让他看着就像悬浮在一个温暖的气泡里，平静而安详，与屋里余下的空间的黑暗和寒冷隔绝开来。那是一月初，尽管火炉工作得很努力，但只有床上的厚毛毯底下是屋里真正暖和的地方。

我朝他笑了笑，从椅子上站起来，脱下了肩头厚重的羊毛晨衣。

"我是没是把你吵得没法儿睡了？对不起，我只是在回忆早晨的手术。"

"我知道，"他干巴巴地说，"我能看出来，只要瞧见你目光呆滞、张着嘴巴的样子。"

"对不起，"我重复道，模仿着他的语气，"我思考的时候就不能为我的面部表情负责了。"

"但思考有什么用？"他问，一边把书签夹进书里，"你已经做了你能做的一切——现在再担心也不会改变……唉，好了，"他不耐烦地耸耸肩，合上了书，"我早就都说过了。"

"是的。"我简短地说。

　　我上了床，有点儿发抖，于是把睡衣在腿边好好地裹紧了。弗兰克自动地朝我这边挪过来，而我则钻到他身边的床单底下，两人挤在一起用共同的热量来与寒冷抗衡。

　　"哦，等等，我得把电话移过来。"我掀开被子，又爬了出去，把弗兰克一边的电话移到床的这一边来。每晚他喜欢早早地坐到床上，趁我读书或是写手术笔记的时候，打电话与学生和同事聊天。但他讨厌被医院里深夜打来找我的电话吵醒，讨厌到我不得不安排让医院只在绝对紧急的情况下打电话找我，或者是在我特别指示他们向我通报特殊病人的进展的时候。今晚我留了特别指示，关于一台复杂的肠切除术。假如有任何情况，我就得立刻回医院。

　　我关了灯又一次爬上床的时候，弗兰克咕哝了一声，但过了一会儿又翻身转向了我，把一条胳膊甩到我的肚子上。我侧转身，靠着他弓起了身子，随着冰冷的脚指头渐渐解冻，慢慢地放松了下来。

　　我把手术的细节在脑海里回放了一遍，手术室里的冷气，以及戴着手套的手指刚刚滑入病人温热的腹腔时那种忐忑的感觉，让我的双脚又感到了一股寒意。那病态的肠道像毒蛇一般蜷曲着，肠壁上映出紫色瘀血的斑痕，细小的穿孔里渗出亮红色的鲜血。

　　"我在想……"弗兰克的声音从背后的黑暗中传来，非常漫不经心。

　　"嗯？"我依然专注在手术的情景中，但努力把自己拉回现实，"想什么？"

　　"我的休假，"大学里安排的学术休假从下个月开始，他一直计划着先在美国东北部做一系列的短途旅行，搜集一些素材，然后到英国待上六个月，再回到波士顿花最后的三个月时间完成他的写作。

　　"我在想要不直接去英国算了。"他小心地说。

　　"这样，也是哦！就是天气会很糟糕，但如果你准备把大部分时间泡在图书馆的话……"

　　"我想把布丽安娜带上。"

我惊呆了，房间里所有的寒气一时间凝结成我肚里的一团猜疑。

"她现在不能走啊，只有一个学期就要毕业了。你总能等到暑假吧？那时我们就能一起去跟你碰头了呀？我已经申请了长假，也许……"

"我现在就走。不回来了。也不带你。"

我抽身坐起来，打开了台灯。弗兰克面对着我躺在那儿，眨着眼睛，乱蓬蓬的一头黑发。那头黑发在两侧的鬓角处已变为银灰色，这让他显得颇为与众不同，似乎也在他那些善感的女学生中很有一番令人担忧的效果。我惊奇地发现自己非常沉着。

"为什么是现在，这么突然？最近的那个姑娘给你施加压力了，是不是？"

他眼中闪过的惊恐那么清晰，几乎让人觉得滑稽。我笑了，明显缺乏幽默。

"你真的以为我不知道？天哪，弗兰克！你是个多么……糊涂的男人！"

他从床上坐起来，紧绷着他的下颌："我以为我一直非常谨慎。"

"很可能你确实如此，"我讥讽地说，"我数到过六个，在最近十年里——如果真实数字是一打左右，那么你真的是个谨慎的典范了。"

他的脸上很少会流露出强烈的情绪，但此时他嘴边显出的苍白告诉我他真的非常气愤。

"这次这个一定很特别啊，"我说着，佯装随意地叉起双臂靠到床头板上，"可即便如此——为什么这就要急着去英国？为什么还要带上布丽？"

"她可以去寄宿学校完成最后一学期的学业，"他简单地说，"算是个全新的经历。"

"这可不是她想要的那种，我猜，"我说道，"她不会想离开她的朋友，尤其是毕业前夕。而且绝对不会想去一所英国寄宿学校！"想到这儿我哆嗦了一下。我曾差一丁点儿被囚禁到这样的一所学校里，在我还是个孩子的时候。医院餐厅里的气味时不时会引发我对它的记忆，伴之以一波波惶恐的无助感，就像兰姆叔叔带我去参观那个地方时我感受到的一模一样。

"一点儿约束对任何人都有利无弊，"弗兰克说。他的火气渐消，但脸上的线条仍旧紧绷着。"兴许对当时的你会很有益处。"他摆摆手，放弃了那个话题，"算了。不过我还是决定永久性地回到英国。剑桥答应给我一个挺好的职位，我也决定接受了。你是肯定不会离开医院的。但我不准备扔下我的女儿。"

"你的女儿？"我一时间无言以对。这么说，他的新工作都搞定了，还外加一个新情妇一起上路。也就是说，他已经计划了一段时间了。一个全新的生活——但布丽安娜不能去。

"我的女儿，"他平静地说，"你当然可以随时来看她……"

"你……该死的……浑蛋！"我说。

"通情达理一点吧，克莱尔。"他低下头，对我用上了他的治疗方案——持久的耐心，专治乞求及格成绩的学生，"你几乎总是不在家。如果我走了，谁来好好照顾布丽？"

"你说得就好像她只有八岁，而不是将近十八岁！看在上帝的分上，她几乎已经成年了。"

"所以更加需要关爱和监护，"他厉声说，"如果你见过我在大学里目睹的一切——那些酗酒、吸毒……"

"我确实见过，"我咬着牙说，"在急诊室相当近的距离下。布丽不可能——"

"见鬼，她当然可能！这个年纪的女孩根本没有理智——她很可能跟着哪个家伙就跑了，兴许是头一个——"

"别蠢了！布丽很有头脑。再说了，年轻人都会去尝试，那是他们学习的过程。你不可能一辈子用软棉被把她包起来。"

"包起来总好过跟个黑人有染!"他大声回敬道,颧骨上泛起了淡淡的红斑,"有其母必有其女,噢?但这事不会发生了,见鬼,只要由我说了算!"

我从床上猛地站起来,气愤地俯视着他。

"你,"我说,"没有任何该死的、见鬼的、混账的资格说了算,关于布丽没有,关于任何其他事也没有!"愤怒使我颤抖不已,我不得不把拳头紧紧地摁在身体两侧,以防自己会挥拳打他。"你先是告诉我要为你那一系列情妇中最新的那一位而离开我,然后接着暗示我与乔·艾伯纳西有婚外情?你真是有绝对的、不折不扣的胆量啊!你是这个意思?"

他还算有廉耻地稍稍垂下了眼帘。

"所有人都觉得你们有,"他咕哝道,"你每时每刻都跟这个男人在一起。对布丽来说这点就够了,没有区别。把她卷进……这种环境,让她面临危险,和……和那种人……"

"我想你指的是黑人,对吗?"

"说得没错,"他仰望着我,目光闪烁,"每次请客时都叫上艾伯纳西一家已经够糟糕了,起码他本人还受过教育。但是像那个胖子,我在他们家遇到的,满是部落文身,头发里还抹了泥的那个,那个声音流气的酒吧歌手,还有大家都觉得那个小艾伯纳西没日没夜地围着布丽转,带着她去所有的那些游行、集会,去那些低俗的酒吧狂欢……"

"我不认为酒吧存在高尚一说,"我忍住了没有不恰当地笑出声来。弗兰克对莱昂纳德·艾伯纳西的这两位反传统的朋友的这番评价虽有些刻薄却不失精准。"你知不知道他们说莱尼自己改了名,现在叫穆罕默德·以实玛利·沙巴兹?"

"我知道,他告诉我了,"他很简单地答道,"我可不准备冒险让我女儿成为沙巴兹夫人。"

"我不觉得布丽对莱尼有那种感觉。"我对他表示安慰，强压下自己的气恼。

"她以后也不会了。她会跟我去英国。"

"那可要看她愿不愿意。"我强调地总结说。

弗兰克爬下床，寻找着他的拖鞋，无疑是觉得坐在床上那个位置令他显得很不利。

"我带自己的女儿去英国，不需要你的批准，"他说，"而布丽现在还是个未成年人，得听我的。如果你能找到她的医疗记录我会很感谢，新学校需要那个。"

"你的女儿？"我重复道，隐约意识到屋里有点冷，但愤怒使我浑身发热，"布丽是我的女儿，该死的，你不准带她去任何地方！"

"你无法阻止我。"他越发冷静地指出，一边从床脚捡起了他的晨衣。

"见鬼去吧，"我说，"你想和我离婚？好吧。随你怎么说——唯独不能以出轨为理由，这点你无法证实，因为它根本不存在。但假如你企图把布丽带走，我倒可以在出轨的问题上提出一两条理由。你想不想知道有多少个被你抛弃的情妇曾经找过我，请求我把你让给她们？"

他惊讶地张开了嘴。

"我告诉她们所有人，我可以随时放弃你，"我说，"只要你提出来。"我合起双臂，把手插到腋下，又开始感到了凉意，"我确实想知道你为什么从来没有提——不过我猜那是因为布丽安娜。"

这时候他已经面无血色，在床的那一侧暗淡的光线下显得像一具骷髅一样惨白。

"这个，"他努力保持平日的冷静，但效果很差，"我不觉得你会很在意。你从来就没有制止过我。"

我非常吃惊地望着他。"制止你？"我问，"我该怎么做？偷拆你的信件拿出来做证据？在教职工的圣诞晚会上大吵大闹？去系主任那里申冤？"

一时间他紧闭双唇，过了一会儿才放松下来。"你可以表现出你在乎这些。"他轻轻地说。

"我在乎的。"我的声音显得有些哽咽。

他摇摇头，仍旧注视着我，两眼在台灯幽暗的光线里呈现出深黑色。"在乎得还不够多。"他停了停，衬着暗色的晨衣，他那苍白的脸庞仿佛悬浮在空中。片刻之后他绕过大床站到我身边。"有时候我怀疑，是否有理由责怪你，"他几乎显出一种关切，"布丽跟他长得很像，是吗？他就是那个样子的？"

"是的。"

他重重地呼吸着，几乎从鼻子里哼出了声响。"我能从你脸上看出来——当你望着布丽的时候，我知道你在想他。该死的你，克莱尔·比彻姆，"他说得非常轻，"该死的你，还有你这张该死的、藏不住任何想法和感受的面孔！"

随之而来的那种沉默安静到让你能听见屋里所有令人难以忍受的细微声响，梁柱的木材在吱呀不已，整幢房子在吐纳呼吸——但这一切只是想否认你方才所听见的话语。

"我爱过你，"最后我小声说，"曾经。"

"曾经，"他重复道，"我是不是应该为此心存感激？"

我麻木的嘴唇渐渐地恢复了知觉。"我告诉过你的，"我说，"在那以后，当你不愿意离开……弗兰克，我确实努力过。"

他仿佛在我的话音里听见了些什么，怔了一下。

"我努力过。"我非常小声地说。

他别转身去走到我的梳妆台前，开始不安地触碰着桌上的物体，胡乱地把它们一一拿起，又一一放下。

"起初我无法离开你——你孤身一人，怀着孕。只有无赖才会那么做。而接着……便有了布丽。"他茫然地望着手中握着的口红，然后轻轻地把它放到玻璃桌面上。"我无法抛下她。"他柔声说，一边转身对着我，布满阴影的脸上一双深黑的眼睛空空洞洞。

"你知不知道我无法生育？我……我去检查过了，几年以前。不育症。你知不知道？"

我摇摇头，不敢开口。

"布丽是我的，我的女儿，"他好像在自言自语，"我一生唯一可能有的孩子。我无法抛下她。"他笑了一声，"我无法抛下她，而有她在眼前你也无法不想起他，不是吗？如果没有她无时无刻地提醒你，我想知道——你会不会最终把他给忘了？"

"不会。"我轻声吐出的这两个字犹如电击一般穿透了他。他一时间宛如冻僵了一般，接着，他冲向壁橱开始胡乱地在睡衣外面套上外衣。我站在那儿环抱着自己，看着他穿上大衣夺门而出，没有看我一眼。大衣的羊羔皮领口上露出了一角蓝色的丝质睡衣的衣领。

片刻之后，我听见大门关上的声响——足够的理智使他没有摔门——接着传来了冰冻的汽车引擎不情愿地被启动的声音。车头灯的光芒扫过卧室的天花板，汽车倒出车道，剩下我一人在凌乱的床上浑身战栗。

弗兰克没有回来。我尝试着入睡，但发现自己僵硬地躺在冷冷的床上，不断在脑海里重温那场争执，同时等着他的轮胎摩擦车道的声音再次响起。最后，我起身穿好了衣服，给布丽留了个条，独自出了门。

医院没有打电话来，但我还不如直接去看看我的病人，这要比翻来覆去一整晚好受得多。而且，坦白地说，假如弗兰克回到家发现我走了，我丝毫不会介意。

马路上像黄油一样滑，街灯照射在黑冰上微微闪着光。黄色的磷光照亮了飞旋着的大雪，一个小时不到，路上的冰层便会覆盖上新鲜的积雪，使出行加倍凶险。唯一的安慰是，凌晨四点的马路空无一人，所以这凶险无法对谁造成危害，除了我。

走进医院，那温暖而沉闷的气息一如往常地把我包裹起来，像一条熟悉的毛毯，把身后那漫天大雪的黑夜隔绝在外。

"他没问题，"护士轻柔地告诉我，好像一抬高嗓音就会吵醒熟睡的病人，"所有的体征都很稳定，血细胞计数也不错。没有出血。"我看得出他说得没错，病人的脸色苍白，但一层淡粉红的底色清晰可见，像玫瑰花瓣的底脉，而喉头的律动着实规整而有力。

我长舒一口气，才发现自己之前一直屏住了呼吸。"好的，"我说，"非常好。"护士给了我一个温暖的微笑，我不得不克制住想要靠到他身上瘫软下来的冲动。一瞬间，医院似乎变成了我唯一的避难所。

现在回家毫无意义。我简单地查访了一遍我的其他病人，便下楼来到了餐厅。餐厅闻上去依然很像寄宿学校，但我还是手捧一杯咖啡坐了下来，开始思考该如何告诉布丽。

约莫半个小时之后，一个急诊护士推开弹簧门匆匆跑进来，一看见我便怔住了，接着才慢慢地朝我走来。

我立刻明白了。无数次亲眼看见医生和护士宣布死亡的消息，我不可能看错如此的征兆。非常平静地，毫无感觉地，我把几乎满溢的杯子放了下来，同时，我意识到从此以后我一生都不会忘记这杯沿上的破口，和杯壁上几乎消磨殆尽的金色的字母 B。

"……说你在这儿呢。证件都在他钱包里……警察说……黑冰上的积雪，打滑了……到院前死亡……"护士不停地说着，喋喋不休，我自顾自地在亮白色的大厅里来回踱步，没有看她。前台护士们的脸仿佛慢动作一般转向我，虽不知情，却一眼便看出发生了什么终极的事情。

他躺在担架上，那是急诊室的一个小隔间，一个匿名的备用空间。

外面停着一辆救护车——兴许就是载着他来到这里的那辆。走廊尽头的双开门外是冰冷的黎明。救护车的红色闪灯犹如动脉一般搏动着，在走廊里洒满了血红的光芒。

我伸手摸了他一下，他的肌肤与所有刚死的病人一样，触感绵软而没有弹性，与依然富有生气的面容相去甚远。看不见伤口，所有的伤处都被掩盖在他身上的毛毯之下了。他喉头上那棕色的光洁的皮肤之下，空洞洞的没有脉搏。

我站在那儿，一手放在他纹丝不动的胸膛上，看着他，仿佛我已经很久没有看到他了一样。那是一张强健而又细腻的侧脸，感性的嘴唇，硬朗的鼻梁和下巴。多么英俊的一个男人，虽然那嘴边刻有深深的线条，其中充满着失望和无声的愤怒，即使死亡的松弛都无法将那些线条抹平。

我很安静地站着，在聆听。听见新的救护车呼号着靠近，听见走廊里充斥的各种声音——担架的轮子在吱嘎作响，警察的无线电在噼啪地传递着杂音，某处的日光灯管在柔和地嗡嗡低鸣。我惊异地意识到我在聆听弗兰克的声音，期待着……什么？期待他的幽灵还飘浮在近旁吗？急于了结我们之间未了结的恩怨吗？

我闭上眼睛，想遮住眼前恼人的画面中那张纹丝不动的侧脸，在门外悸动的灯光照射下不停地由红变白，又由白变红。

"弗兰克，"我向那不安定的、冰冻的空气中小声说道，"如果你还在近旁听得见我——我真的爱过你。曾经。真的。"

接着，乔出现了，身穿绿色手术服一脸焦虑地穿越着拥挤的走廊。他做完手术就直接过来了，眼镜片上溅着一小片血迹，胸前还有一抹。

"克莱尔，"他说，"天哪，克莱尔！"

我随即颤抖起来。十年来，他称呼起我来始终不是"简夫人"就是"简"。如果他直呼我的大名，那一定是真的。我的手在乔深黑的手掌里显得惊人地白，一瞬间又被闪灯映成红色，然后，我转向了他那树干一般坚实的身躯，将头偎在他的肩上，开始——头一次——为弗兰克哭泣起来。

我把脸靠在富里街房子卧室的玻璃窗上。眼前这个九月的傍晚一片湛蓝，天气炎热而潮湿，满耳是蟋蟀和草坪洒水器的声音。而我所看见的却是两年前那个冬夜里毫不妥协的黑与白——黑色的暗冰、白色的病床，以及那模糊了一切判断的浅灰色的黎明。

此时的我双眼迷蒙，回想起那条走廊里莫名的喧嚣，回想起那救护车的闪灯，将寂静的病房隔间映成血红色，回想起为弗兰克哭泣的自己。

如今我最后一次为他哭泣，当泪水滑下脸颊，我明白我们早在二十多年前便已永远分离在苏格兰那座青山的顶峰。

哭完以后，我抬起一只手放到光滑的蓝色床罩上，那覆盖着左侧的枕头的轻柔的弧线——弗兰克睡的那一边。

"再见了，亲爱的。"我耳语着走出房间。今晚我睡楼下，远离幽灵。

早上，门铃把我从沙发上的临时床铺叫醒。

"电报，女士。"信使努力把眼光从我的睡衣上挪开。

那些小小的黄色信封引发过多少突发心脏病，兴许是除了早餐的肥猪肉以外的第二大罪魁祸首。我的心脏也像个拳头一般攥紧了，开始沉重而不安地跳动起来。

我给了小费打发走信使，便拿着电报走进屋里。仿佛很有必要先走到相对安全的浴室里再拆开电报似的，仿佛那是一件易爆物品必须在水下拆除。

我坐在浴缸边缘，靠着背后的瓷砖墙支撑着，十指颤颤巍巍地打开了它。

是一条简信——毫无疑问，苏格兰人总是对字数那么精打细算，我觉得很好笑。

　　"已找到他句号"我念着电文，"能否速归问号罗杰"。

　　我把电报整齐地叠好放回信封，坐在那儿怔怔地看了它很久。接着，我站起身来，前去更衣。

CHAPTER 20

确　诊

乔·艾伯纳西坐在书桌前，双手举着一张小小的浅色的长方形卡片，眉头紧蹙。

"那是什么？"我坐在他书桌的边沿随便问道。

"是一张名片。"他把卡片递给我，一副又好气又好笑的样子。

那是一张浅灰色织物质感的卡片，纸张很昂贵，印刷很讲究，排字用的是优雅的衬线字体。中间的一行字写着："穆罕默德·以实玛利·沙巴兹三世"，之下是地址和电话号码。

"是莱尼？"我笑着问道，"穆罕默德·以实玛利·沙巴兹三世？"

"嗯哼，"此时他的幽默感似乎占了上风，一边拿回名片，一边咧开了嘴，金牙一闪，"他说他不要用白人的名字，那是奴隶的名字。他要重申自己的非洲遗产。"乔的语气里充满了嘲讽。"好吧，"我说，"那你接下来准备拿根骨头穿在鼻子里招摇过市了？显然对他来说头发留到这儿还不够——"他张开双手在自己的短发两侧抖动着用以说明，"还穿着一条齐膝长的什么东西到处晃，看上去跟他妹妹家政课的手工差不多。莱尼——哦，对不起，穆罕默德——他可是准备彻彻底底地做个非洲人了。"

乔冲着窗户挥了挥手，指着他那专享的大玻璃窗外的公园美景："我跟他说，到处看看，小伙子，有狮子吗？你觉得这儿像非洲吗？"乔躺回他的靠垫软椅，伸长了腿，无奈地摇了摇头，"对这个年纪的男孩儿没法讲理。"

"是啊，"我应和着，"但那个'三世'是什么意思？"

他回应我一个勉强的笑容，金牙又闪了闪。"唉，他一个劲儿地说着他'遗失的传统'和'错过的历史'云云。还说：'让我面对耶鲁碰到的那些家伙如何抬得起头？他们要么是卡德瓦拉德四世，要么是休厄尔·洛奇二世，而我都不知道自己的祖父叫什么名字，不知道自己从何而来。'"

乔哼了一声："我告诉他，你想知道自己从何而来，儿子，照照镜子好了。不像是五月花上来的吧？"

他又拿起了那名片，露出很不情愿的笑容。

"于是他说，既然他要索回自己的传统，何不一做到底？既然他祖父没能留给他一个名字，他不如反过来给他的祖父取一个。而此举的唯一问题，"他说着抬起眉毛看着我，"是把我变成了夹在中间的尴尬人物。现在我只有变成穆罕默德·以实玛利·沙巴兹二世，才能让莱尼成为一个'自豪的非裔美国人'。"他推开书桌往后一倒，低头恶狠狠地盯着那浅灰色的名片。

"你很幸运，简，"他说，"至少布丽没有为了她祖父是谁来烦你。你只用担心她会不会在吸毒，会不会被什么为躲兵役逃去加拿大的人给搞怀孕了。"

我笑了，感到不止一点点的讽刺。"那是你的想法。"我对他说。

"是吗？"他饶有兴味地抬起了一条眉毛，摘下金边眼镜用领带的一头擦了擦。"苏格兰之行怎么样？"他看看我，"布丽喜欢那儿吗？"

"她还在那儿呢，"我说，"寻找她的历史。"

乔张嘴正想说什么，有人试探地敲了敲门，打断了他。

"艾伯纳西医生？"一个胖胖的身穿马球衫的年轻人很不确定地朝

办公室里看了看，越过那敦实的肚皮上抱着的巨大的纸板箱，往前探着身子。

"叫我以实玛利。"乔亲切地说。

"什么？"年轻人微微张着嘴，看了我一眼，疑惑中带着些期待，"那你是艾伯纳西医生？"

"不，"我说，"他是，在他肯用心的时候。"我从书桌边站起来，拍打着理了理裙子。"你忙你的约见吧，乔，完了以后要有空的话——"

"别，等一下，简。"他打断了我，站起身，端起年轻人手中的箱子，与他正式地握了握手："你一定是汤普森先生吧？约翰·威克洛来电说你会过来。见到你很高兴。"

"霍勒斯·汤普森，是的，"年轻人说，眨了眨眼睛，"我带了，呃，一件标本……"他朝纸板箱随意地挥了挥手。

"是，没错。我很乐意替你看一下，不过我觉得这位兰德尔医生也能帮得上忙。"他瞥了我一眼，目光里闪过一丝狡黠。"我就想看看你能否对已死之人也做到那样，简。"

"做到哪样——"我刚一开口，他便从打开的纸箱里很小心地掏出了一具头骨。

"哦，真漂亮！"他欣喜地说，一边把手中之物轻轻地来回转动着。

"漂亮"可不是我最先想到的形容词。这具头骨上染着污迹，色泽改变得厉害，表面呈现出深棕色的条条斑纹。乔把它举到窗前对着亮光，用拇指轻抚着眼窝上方隆起的小小骨棱。

"漂亮的女士，"他柔声说，既像是在对我或者霍勒斯说话，又像是对那头骨在倾诉着什么，"已成年，发育完全。兴许五十岁上下。你有她的腿吗？"他突然转向那胖胖的年轻人。

"有，就在这儿，"霍勒斯·汤普森把手伸进纸箱，向他保证道，"事实上，我们有她的全身。"

霍勒斯·汤普森大概是法庭验尸官办公室的职员，我想。他们时常会把一些从乡间找到的、严重腐化了的尸首带来，寻求乔对死因的专业鉴定。这具尸体显然腐化得尤其厉害。

"来，兰德尔医生，"乔俯身向前小心地把头骨放到我的双手之中，"告诉我这位女士身体状况如何，我去看看她的腿。"

"我？我可不是法医。"不过我还是不由自主地低头看了看。这要不是一件旧标本，就是经过了很严重的自然侵蚀，光滑的骨骼表面有一种新标本所缺乏的光泽，是被泥土中流失的色素浸染的结果。

"哦，好吧。"我双手缓缓地旋转着这具骷髅，端详着每一块骨骼，心中默念出它们的名字。顶骨圆润的曲面融进颞骨的下部，此处的一道小棱是颚部肌肉的起源，凸起的部分与上颌相咬合后，汇入鳞状骨缝的优雅的曲线之中。她的颧骨处曾经很美，挺拔而明朗，上颌骨上几乎保持了所有整齐而白净的牙齿。

深邃的眼睛。那眼窝后方的凹陷处笼罩着深色的阴影，即使我将头骨侧向一边都无法照亮整个眼窝的空腔。整具颅骨在我手中感觉很轻，很脆弱。我轻抚了她的眉骨，一手徐徐向上游走，再从脑后的枕骨处下行，手指摸索着基部的那个黑洞——枕骨大孔，也就是整个神经系统与繁忙的大脑之间来回传输信息的通道。

接着，我把它紧抱在怀中，闭上了眼睛，开始感觉到涌动的悲伤犹如流淌的自来水一般注满了颅腔。随之而来的是一种隐隐的怪异的感觉——或许是惊讶？

"有人杀死了她，"我说，"她并不想死。"我张开眼睛发现霍勒斯·汤普森瞪大了眼看着我，圆圆的脸庞很是苍白。我小心翼翼地把头骨交还给他。"你在哪儿找到她的？"我问。

汤普森先生与乔交换了眼神，继而又朝我看过来，两条眉毛仍旧高高地抬着。

"在加勒比海的一个山洞里找到的，"他回答，"周围还出土了许多文物。我们认为她可能出生在一百五十年或两百年以前。"

"什么？"

乔咧开嘴笑着，享受着他的小小骗局。

"我们这位朋友汤普森先生来自哈佛的人类学系，"他介绍说，"他的朋友威克洛和我认识，他想让我看看这具骨架并告诉他们我的发现。"

"你竟敢！"我愤愤地说道，"我以为她是验尸官办公室拉进来的无名尸体呢。"

"其实，她确实是一具无名尸体，"乔向我指出，"而且很有可能永远都是。"他像一条猎犬一般守着那纸板箱，箱子的翻盖上印着"皮克特甜玉米"的字样。

"好，来看看咱这儿还有啥？"他说着很小心地拎出一个装有一大堆脊椎骨的塑料袋。

"我们找到的时候，她就已经是碎片了。"霍勒斯解释说。

"哦，那头骨连着那……颈骨，"乔轻声哼唱起来，一边把那脊椎骨沿着书桌边一字摆开。他粗粗的手指娴熟地拨弄着那些骨头，把它们排列整齐。"那颈骨连着那……脊梁骨……①"

"别理他，"我对霍勒斯说，"否则他会更起劲儿的。"

"来聆听……主的声音！"他胜利地演唱完毕，"天哪，简，你实在是无与伦比啊！瞧这儿。"霍勒斯·汤普森和我顺从地弯腰俯视着那排刺棱棱的脊椎骨，宽宽的脊柱轴线上有一处深陷下去，那里的后关节突已完全断裂，断层直接切入中柱。

"脖子断了？"汤普森兴致勃勃地窥探着问。

"是的，不过我觉得还不仅如此，"乔用手指指着断面，"看到这儿没？这里的骨头不仅仅裂开，还被完全切断了。有人试图把这位女士的脑袋完全砍下来。用的还是一把钝刀。"他玩味着总结道。

霍勒斯·汤普森惊异地看了看我。"你是怎么知道她是被杀的，兰

---

① 美国黑人灵歌《干枯的骨骸》。

德尔医生？"他问。

我感到脸上血流加快。"我不知道，"我说，"我——她——只是感觉很像，仅此而已。"

"真的？"他眨了几下眼睛，没有继续追问，"太奇怪了。"

"她一贯如此，"乔告诉他，一边眯着眼看着手中测量股骨用的游标卡尺，"不过一般是在活人身上。我所见过最好的诊断医生。"他放下游标卡尺，拿起了一把小小的塑料尺，"一个山洞，你是说？"

"我们认为那是个……呃，秘密的奴隶墓葬。"汤普森脸色绯红地解释着，我忽然意识到为什么当他发现我们俩谁是艾伯纳西医生的时候会显得那么羞愧。乔突然生硬地瞥了他一眼，但继续弯腰忙着手头的工作。他始终自顾自小声地哼唱着《干枯的骨骸》，一边测量着骨盆内宽，接着又回到她的腿上，而这次专注地察看了胫骨。直到最后，他站直了身子，摇了摇头。

"不是个奴隶。"他宣布。

霍勒斯眨眨眼。"但她应该是的呀，"他说，"我们在她身边找到的物品……有明显的非洲文化印记……"

"不是，"乔平淡地说，一边拍了拍那根摆在他书桌上的长长的股骨，用指甲敲击着那干枯的骨骸，"她不是个黑人。"

"这你也能看出来？从骨头上？"看得出霍勒斯·汤普森有点激动，"可是我以为——从詹森的那篇论文，我是说——关于人种外貌区别的理论——几乎全破灭了——"他满脸通红，不知该如何把话讲完。

"哦，它们还在，"乔非常冷淡地说，"如果你愿意认为黑人和白人在皮肤之下就毫无差别了，那请你自便，但科学上绝非如此。"他转身从背后的书架上取下了一本书，书名是《骨骼差异目录》。

"瞧瞧这里，"乔招呼我们上前，"你能看出许多骨骼的区别之处，但最显著的在腿骨上。黑人在股骨对胫骨的比例上与白人完全不同，而那位女士——"他指了指书桌上的骨架，"是个白人。高加索人。毫无疑问。"

"哦，"霍勒斯·汤普森低语道，"这个，我得想想——我是说——你能替我看看真是太好心了。呃，谢谢。"他最后补充道，尴尬地稍稍鞠了一躬。我们安静地看着他把骨头放回了皮克特甜玉米的纸箱里，然后他走了，到门口时停了一下，向我们俩同时又略点了点头。

关上门，乔笑了笑："他准会带着她去罗格斯大学找第二个专家的意见，想打个赌吗？"

"学者们都不会轻易放弃他们的理论的，"我耸耸肩说，"我了解，我跟其中的某一位共同生活了足够长的时间。"

乔再次哼了一声："确实如此。好了，既然我们解决了汤普森先生和他那位白种女士的问题，我能为你做些什么，简？"

我深吸了一口气，转身面对他。

"我需要一个诚实的意见，需要一个客观性值得我依靠的人给我一个诚实的意见。不，"我改正道，"我收回。我需要一个意见，然后——取决于这个意见——可能还需要你帮个忙。"

"没问题，"乔保证说，"尤其是意见那部分。我的专长就是提意见。"他把椅子仰到后面，展开那副金边眼镜，稳稳地架到他宽宽的鼻子上。接着，他在胸前交叉起双手，十指摆成尖塔状，对我点了点头："说。"

"我性感吗？"我问。他的眼睛，温暖的金棕色，总是让我想到一滴滴的咖啡。此时当它们睁大到正圆形时，就更像了。

接着，它们眯了起来，但他没有马上回答，而是从头到脚地仔细打量起我。

"这是个陷阱，对吧？"他说，"我只要一回答就会有个女权主义者从门后面跳出来，大叫着'性别歧视的猪！'举起'阉了大男子主义者'的牌子给我当头一顿打，对吧？"

“不，”我向他保证，“我要的就是一个大男子主义的性别歧视性回答。”

“哦，那好。只要我们都说明白了。”他继续打量我，我站直了，他凑前觑起了眼睛。

“苗条的白妞，头发太多了，但屁股不错，”他终于开始点评，“胸部也不错，”他诚恳地点点头，补充道，“这是你想知道的？”

“是的，”我说着放下了紧张的架子，“那正是我想知道的。这样的问题你没法儿逢人就问。”

他噘起嘴吹出了一个无声的口哨，随即开心地仰头大笑起来。

“简夫人！你找到男朋友了！”

我感到两颊上血流奔涌，但竭力保持自己的庄重：“我不知道。可能，只是可能。”

“可能，天哪！耶稣终于在吐司上显灵啦，简，该是时候了！”

“我求你别再笑了，”我一边说，一边坐进他留给来客的椅子，“这可与你的年纪和身份不符。”

“我的年纪？哦嗬，”他狡猾地透过眼镜片瞥着我，“他比你年轻？你担心的是这个？”

“这倒不是，”我说，脸上的潮热开始退却，“但我有二十年没见他了。你是我认识了这么久的唯一的一个朋友。我有没有改变好多，自从我们认识以来？”我直直地看着他，责令他诚实作答。

他看了看我，取下眼镜，眯了眯双眼又重新戴上。

“没有，”他说，“你不会的，除非你变胖了。”

“我不会的？”

“不会。参加过高中同学会吗？”

“我没上过高中。”

他粗犷的眉毛高高地抬了起来：“没上过？好吧，我上过。我告诉你吧，简，你一下子见到那么多二十年没见的人，一瞬间你瞅着那似曾相识的人，你会觉得，'老天啊，他变了！'可是又一瞬间，你会觉得，他根本没变——就像那二十年不见了。我是说——"他用力地抓了抓头，搜肠刮肚，"你看得出他有了些白发，有了些皱纹，也许很多都改变了，但过了两分钟的震惊，你会不再注意那些。他们就是他们自己，始终都是，你还需要退后一步才能意识到他们不再是十八岁了。"

"不过，如果一个人变胖了，"他思考着说，"那他确实会有改变。因为他的脸变了，所以辨认出那曾经是谁有点难度。但你嘛——"他再次眯起眼睛，"你永远都不会变胖的，你没有那个基因。"

"我猜也是。"我说着低下头，看了看自己紧握着放在腿上的双手。纤瘦的腕骨。至少我现在还不胖。窗外秋日的阳光折射在我的那对戒指上。

"那是布丽的爸爸？"他小声地问。

我猛地抬起头瞪着他。"你怎么知道的？"我问。

他微微一笑。"我认识布丽多久了？十年了，至少。"他摇摇头，"她很多地方都像你，简，但我从来看不出一点儿像弗兰克的。爸爸是红头发，哈？"他问道，"而且是个大个子家伙，不然我在遗传学入门课学的就全他妈的是骗人的了。"

"是的。"我回答，如此简单的一句承认却使我感到一种痴狂的兴奋。直到我把詹米的事告诉布丽和罗杰以前，我为他守口如瓶了二十年。突然间能够自由地谈论他是令人陶醉的感觉。

"是的，他很高大，也长着红头发。他是个苏格兰人。"我的回答让乔的眼睛又一次睁圆了。

"而布丽现在在苏格兰？"

我点点头："布丽就是我要你帮的忙。"

两个小时之后，我最后一次离开了医院，留下一封致医院董事会的辞职信，关于我的财产处理权留待布丽安娜成年之后的所有有关文件，以及另一份留待届时生效的文件，将此财产转至她名下。把车开出停车场时，我体验到一种交织着恐慌、懊悔与欢欣的感受。

我启程了。

CHAPTER 21

证　讫

因弗内斯，1968 年 10 月 5 日

"我找到地契转让书了。"罗杰脸上泛着激动的红晕。在因弗内斯火车站他就几乎无法按捺自己了，当我拿到行李，布丽安娜拥抱了我的时候，他已经很明显忍不住了。刚刚把大家塞进了他小小的莫里斯，启动了引擎，他的新闻就立刻脱口而出。

"什么，拉里堡的？"我俯身向前靠到他和布丽安娜的座位之间，好让引擎的轰鸣不要盖过他的声音。

"是的，就是詹米——你的詹米——起草的那份，把地产转让给外甥小詹米的文件。"

"文件在公馆里，"布丽安娜插了进来，扭过脸看着我，"我们没敢把它带来。罗杰不得不签下血契才把它从 SPA 的收藏品中借出来的。"兴奋和秋日的凉意把她白净的脸变成了粉红色，雨滴闪烁在她的红发之中。每次别后重逢见到她，我总是惊喜无比——对母亲来说，她的孩子永远是那么美丽，而布丽的美确实毋庸置疑。

我微笑地看着她，爱慕中掺杂着惶恐。我真的在考虑把她一个人抛下吗？以为我的微笑是出于好消息带来的欣喜，她激动地抓紧椅背，继续说道："你一辈子都猜不到我们还找到了什么！"

"是你找到了什么。"罗杰纠正了她，一边把他的橘黄色小车导出环状路口，一边捏了一下她的膝盖。她迅速地瞥了他一眼，回敬以一个亲密的触摸，当场敲响了我母性的警钟。已经到这个程度了，不会吧？

我仿佛感觉到弗兰克的阴影在我的肩头责备地瞪着我。不管怎样，起码罗杰不是个黑人。我咳嗽了一声，问道："真的？你找到了什么？"

他俩交换了眼神，彼此咧嘴一笑。

"你等着瞧吧，妈妈。"布丽回答，扬扬得意的样子让人颇为气愤。

"看见没？"二十分钟后，我伏在公馆的书桌上，布丽说。已故的韦克菲尔德牧师的书桌表面很斑驳，一叠泛黄的文件摆在上面，纸张的边缘色泽暗沉，褐斑点点。这些文件现在被小心地包裹在塑料封套里，但明显曾一度被使唤得非常草率。纸边很破烂，其中的一张被粗暴地撕成了两半，而每一页纸上都布满了笔记和注释，不是潦草地写在页面空白的边缘，就是直接插到文字当中。显然，这是什么人写的草稿——一份什么文书的草稿。

"这是一篇文章的文本，"罗杰告诉我，一边在沙发上的一大堆对开卷装订本里翻找着什么，"这篇文章曾发表在一七六五年在爱丁堡出版的一份期刊《弗雷斯特集》上，其印刷商名叫亚历山大·马尔科姆。"

我咽下口水，身上的衬衫式衣裙腋下的袖口突然显得格外紧绷。一七六五年距离我离开詹米几乎是二十年了。

我注视着那经年褪色了的潦草手稿，看得出那作者下笔非常吃力，字迹时而逼仄，时而蔓延，随处可见字母 g 和 y 夸张的尾巴。也许这是一个左撇子艰难地用右手书写的文字。

"看，这是出版的正文。"罗杰捧着打开的对开卷放到我面前的书桌上，比画着，"看见日期没？一七六五年，而且与手稿几乎完全吻合，只有个别的边注被省略了。"

"是的，"我说，"那地契转让书……"

"在这儿。"布丽安娜连忙打开抽屉顶层，取出一份同样保护在塑料封套里的非常皱的文件。比起那份手稿，这里的事后保护措施显得尤其无奈，那肮脏而破烂的纸上看得出雨水淋过的痕迹，许多字迹都已经模糊得无法辨认了。然而，底部的三个签名依然清晰可见。

"今以我手书为凭，"那艰难的字迹如此写道，此处的用笔非常仔细认真，因而只有字母 y 拖着的夸张的尾巴能够证明它与那份潦草的手稿有着亲缘关系，"詹姆斯·亚历山大·马尔科姆·麦肯锡·弗雷泽"。在此之下是两条供见证人签名的横线。一行纤瘦而精致的斜体书写着"默塔·菲茨吉本斯·弗雷泽"，再下面是我自己又大又圆的笔迹，"克莱尔·比彻姆·弗雷泽"。

我倏地坐了下来，双手下意识地覆盖在那文件之上，似乎想否认这个现实。

"就是它了，对吧？"罗杰安静地说。他拿起那沓手稿放到地契旁边，一双微微颤抖的手揭穿了他冷静的外表。"你的签名。这就是最确凿的证据了——如果我们需要证据的话。"他补充道，朝布丽瞥了一眼。

布丽摇了摇头，让垂下的头发挡住了她的脸庞。他们俩谁也不需要证据。五个月前吉莉丝·邓肯在巨石间消失的一幕对任何人来说都足以证实我的故事。

然而，看见它白纸黑字地呈现在眼前，我仍然被震慑了。我移开了我的手又看了看地契，转而再看了看边上的手稿。

"是不是同一个笔迹，妈妈？"布丽焦急地弯下腰，秀发轻拂着我的手，"这篇文章没有署名——或许算是署了个笔名。"她轻轻一笑，"作者的签名是'Q.E.D.'，也就是'证明完毕''证讫'。我们俩觉得这两处的笔迹是吻合的，但我们都不是笔迹专家，也不想在你过目之前拿给任何专家去鉴定。"

"我觉得是。"我感到气喘吁吁，但同时又相当肯定，胸中涌上一股难以置信的喜悦，"是的，我几乎可以肯定。这是詹米写的。"证讫，无疑！我有一种莫名的冲动想要把这手稿从那塑料封套里扯出来握在手中，好感受他曾经触摸过的墨迹和纸张，那证实他的确幸存下来的确凿证据。

"还有更多的。内部证据。"罗杰的声音明显非常得意，"那边，看见了吗？这是一篇反对一七六四年的消费税法案的文章，主张废除从苏格兰高地向英格兰出口酒类的禁令。这儿——"他游移的手指突然停在一个地方，"因为正如人们以往所说：'自由和威士忌总是结伴而行。'瞧见他是怎么把这句苏格兰方言用引号标出来的吗？他一定是从哪儿听说的。"

"他是从我这儿听说的，"我轻声说，"那是当他出发去劫持查理王子的波特酒的时候，我告诉他的。我记得。"

罗杰点点头，眼里闪烁着兴奋的光芒："但那是伯恩斯^①的名言。"

我突然皱着眉说："或许作者是从当时当地听说的呢——伯恩斯不是那个时代的人吗？"

"他是的，"布丽先发制人，抢在罗杰前面狡黠地说，"但一七六五年罗伯特·伯恩斯只有六岁。"

"那年詹米应当是四十四岁。"刹那间，这一切都显得真实了。他活着——当时他活着，我纠正了自己，努力控制住自己的情绪。我伸出颤抖的手平放在那手稿之上。

"假使——"我起了头，却又不得不停下来把话咽了回去。

---

① 罗伯特·伯恩斯，1759 年 1 月 25 日—1796 年 7 月 21 日，苏格兰著名诗人。

"假使时间是平行线，像我们理解的一样——"罗杰也停了下来，看看我。接着他把目光投向布丽安娜。

她的脸色已经变得颇为苍白，但她的嘴唇和目光都很沉着，温暖的手指轻触到我的手上。

"那你就可以回到那里，妈妈，"她温柔地说，"找到他。"

我缓缓地用拇指拨动着服装柜上陈列出售的部分，塑料衣架撞击着金属管，发出当当的响声。

"我能帮你什么吗，小姐？"女店员仰头望着我，像个乐意帮忙的小哈巴狗，那双蓝色瞳孔的眼睛被长及鼻梁的刘海儿遮挡着几乎看不见。

"这种古老式样的裙子你还有没有多的？"我示意着跟前的挂衣架，挂满了当下流行的样品——格纹棉布和平绒缝制的长裙，紧身胸衣上镶满了花边。

女店员的嘴唇上涂着厚厚的白色唇膏，我担心她笑起来唇膏会开裂，但是它没有。

"哦，有啊，"她答道，"今天刚进了一批新的杰西卡·古登伯格。它们多时髦啊，这些老式的裙子！"她用一个手指欣赏地划过一条褐色的天鹅绒袖子，然后踮起穿着芭蕾舞鞋的脚尖一转身，指向店堂正中，"就在那边，看见了吗？那牌子上写着。"

她说的牌子竖在一个环形挂衣架顶上，上面用巨大的白色字母写着"捕捉十八世纪的魅力"。大字之下是花色书写体的签名——杰西卡·古登伯格。

我一边浏览着挂衣架的内容，一边思忖着真的有人名叫杰西卡·古登伯格是多么荒唐的事，然后，我的目光停留在一件精致华美的米色天鹅绒裙子之上，上面镶着绸缎的装饰和大量蕾丝花边。

"这件穿上一定好看。"小哈巴狗又出现了，翘翘的鼻子满怀期待地闻见了生意的味道。

　　"也许吧，"我说，"但不够实用。一走出店门就该脏了。"我略带遗憾地把这条米色裙子推开，继续打量着下一件十号尺码。

　　"哦，我可喜欢那几条红色的了！"姑娘入迷地攥紧了那亮丽的石榴红料子。

　　"我也喜欢，"我低声附和，"不过咱们也不想显得太过艳丽。要被当成个妓女就不好办了，对吧？"小哈巴狗透过刘海儿吃惊地望了我一眼，确认我是在调侃之后，会心地咯咯笑了起来。

　　"好吧，那条，"她越过我伸出了手，果断地说，"那条应该完美了。瞧，颜色正适合你。"

　　事实上，那条确实近乎完美了。深暗的金黄色及地长裙，四分之三的袖子上滚着花边，镶拼其间的厚重的丝绸上闪烁着褐色、琥珀色和雪利酒的颜色。

　　我从架子上小心地把它取下端详着。略显隆重，但未尝不可。没有脱线，没有开缝，做工还凑合。胸衣上机器制造的蕾丝花边只是简单地附着其上，但应该很容易加固。

　　"想穿穿看吗？试衣间就在那儿。"小哈巴狗在我肘边跃跃欲试，我的兴趣显然鼓舞了她。扫了一眼价目牌，我便心领神会了。她一定挣的是佣金。对着那足以与伦敦公寓的月租金相媲美的高价，我深吸了一口气，继而又耸了耸肩。说到底，金钱对于我又能有何用？

　　然而，我还是犹豫了。

　　"我不知道……"我踌躇着说，"这看着很漂亮，但是……"

　　"哦，不用担心这裙子会显得太年轻，"小哈巴狗热切地向我保证，"你看上去最多二十五岁！嗯……也许三十岁吧。"扫视了一眼我的脸，又拙劣地加了一句。

　　"谢谢，"我干巴巴地说，"那倒不是我担心的。你不会有不带拉链的吧？"

"拉链？"那浓妆下的小圆脸变得一片茫然，"呃……没有。我想没有。"

"好吧，不用担心，"我说着，把裙子挎在臂弯里朝试衣间走去，"如果我能过了这关，拉链将会是最无足轻重的问题。"

CHAPTER 22

万圣节前夜

　　"两枚几尼金币、六枚索维林金币、二十三个先令、十八个弗洛林、九个便士、十个半便士，还有……十二个花星。"罗杰手中的最后一个硬币叮当一声落在那一堆钱币上。他的手伸进衬衣口袋摸索着，清瘦的面孔显得很专注。"哦，这儿。"他又取出一个小塑料袋，小心地倒出一把很小的铜币，在刚刚的那些钱币旁边堆成一堆。

　　"小铜币，"他解释说，"是苏格兰当时的货币制度中最小的单位。我把能弄到的全都带回来了，因为很可能你最常用到的就是它们了。要不是需要买匹马什么的，都用不上那些大的硬币。"

　　"我知道。"我拿起了几枚索维林放在手中掂量了一下，让它们发出叮叮当当的响声。这些金币挺沉的，直径有将近一寸。我面前这笔小小的财富在台灯下熠熠闪光，这是罗杰和布丽花了四天工夫跑遍了伦敦各家稀有钱币经销商才搜集到的成果。

　　"有一点挺有意思的，你们知道，这些硬币现在的价值比它们的面值要高得多，"我拿起一个几尼金币，接着说，"但是如果按能买到的东西来衡量，它们当年的价值跟现在刚好差不多。这里是一个小小的农夫六个月的收入。"

　　"我差点忘了，"罗杰说，"其实这些你早已了如指掌，所有的东西值多少钱，卖什么价，诸如此类的。"

"也很容易忘记。"我答道，眼睛仍旧盯着那些古钱。从眼角里我看见布丽突然靠近了罗杰，而他的手自然而然地向她伸去。

我深深地吸了一口气，把目光从那一小堆金银财宝上抬了起来："好，就这样吧。咱们去吃饭好吗？"

晚饭在河道街的一家酒馆，大家几乎沉默无语。克莱尔与布丽安娜并肩坐在软座长椅上，罗杰坐在对面。他们各自用着餐，几乎没有目光的交流，但罗杰看得见所有频繁发生的微小接触，那肩膀、臀部或手指之间细微的碰触。

他自己会如何应对，他很想知道，如果这是他或者他父母的选择？分离是每个家庭都必须面对的，但通常只有死亡才能切断父母与孩子之间的纽带。眼前的这个局面因为主动的选择而变得格外艰难——当然，分离无论如何都不可能容易，他一边想着，一边用叉子把热腾腾的农家馅饼送进嘴里。

晚饭后大家起身离座，他把手轻放到克莱尔胳膊上。

"不为什么，"他说，"但你能帮我做个试验吗？"

"我想可以，"她微笑着回答，"什么试验？"

他冲着大门点头示意："你闭上眼睛踏出大门，到了外面再睁开。然后回来告诉我，你第一眼看见的是什么。"

她颇有兴趣地扬起嘴角："好吧。希望我第一眼看见的不是个警察，不然，我醉酒闹事被抓，你们还得来保我出狱。"

"只要你第一眼看见的不是鸭子。"

克莱尔用怪异的眼光瞥着他，还是顺从地转向酒馆大门，闭上了眼睛。布丽安娜望着母亲从门口消失，伸手扶着门厅的墙板，转头对罗杰抬起了红色的眉毛。

"你搞什么名堂，罗杰？鸭子？"

"没什么，"他紧盯着那无人的门洞，"一个古老的传统罢了。萨温节——就是万圣节，你知道——是传统习俗中占卜未来的盛会之一。有一种预言的方法便是走到屋子尽头，闭目踏出屋外，睁眼所见的第一件事物将预示你不久的将来的命运。"

"鸭子是个坏兆头？"

"要看它在做什么了，"他呆呆地回答说，眼光仍旧聚焦在门口，"如果鸭子把头藏在翅膀下面，那就是死兆。她怎么还不回来？"

"我们还是去看看吧，"布丽安娜有点紧张，"我不觉得因弗内斯市中心能有多少睡觉的野鸭，但河倒是不远……"

他们刚一走到门口，彩色玻璃的窗洞立刻暗下来，克莱尔打开了门，显出些许慌张。

"你们永远也不会相信我第一眼看见了什么。"她看见他俩马上大笑起来。

"不是只鸭子？脑袋钻在翅膀底下？"布丽安娜焦急地问道。

"不是，"她母亲困惑地看了看她，"是个警察！我向右一转便跟他撞了个满怀。"

"他正朝你走来啰？"罗杰感到莫名的解脱。

"怎么说呢？对，直到我撞上了他，"她回答说，"然后我们俩就揪住对方在人行道上转晕了。"她又笑起来，红红的漂亮的脸上，雪利酒色的眼睛在酒馆琥珀色的灯光下闪烁不已，"怎么了？"

"那是好兆头，"罗杰微笑着，"在萨温节看见一个男人向你走来，预示着你将找到所寻之物。"

"是吗？"她惊诧的目光注视着他的双眼，一瞬间竟绽放出明亮的笑容，"太好了！咱们回家去庆祝一下怎样？"

晚饭结束时大家的那种焦虑似乎突然消失了，取而代之的是一种近乎疯狂的激动之情。他们说笑着回到公馆，为过去与未来举杯庆贺——克莱尔和罗杰喝的是明奈湖苏格兰威士忌，布丽安娜喝的是可口可乐——大家为明天的安排讨论得热火朝天。餐柜上端坐着布丽安娜执意刻制的杰克南瓜灯，和眉善目地笑看屋中的热闹。

"这下你有钱了。"罗杰的这句话重复了第十遍。

"也有斗篷穿了。"布丽安娜附和道。

"是的，是的，是的，"克莱尔急切地回应，"我需要的一切——至少是我能搞得到的一切——"她纠正自己。停顿了一下，她突然伸手抓紧了布丽和罗杰。

"谢谢你们俩，"她使劲捏着他们的手，湿润的眼睛闪烁着，嗓音一下子变得很沙哑，"谢谢。我说不清楚我现在的感受，我说不清。可是——哦，我亲爱的，我会想你们的！"

接着她和布丽投进了彼此的怀抱，克莱尔把头埋在女儿的颈边，两人都牢牢地拥住对方，仿佛彼此间深沉的情感只靠这简单的力量便能表达出来。

当她们松开了的时候，眼睛湿湿的，克莱尔把一只手放在女儿的脸颊上。"我还是上楼去吧，"她小声说，"还有点事儿要做呢。早上见，宝贝儿。"她踮起脚在女儿的鼻尖上亲了一下，便转身匆匆地走出了房间。

母亲出了门，布丽安娜端着那杯可口可乐重新坐下，深深地叹了一口气。她无言地望着炉火，双手慢慢地旋转着杯子。

罗杰忙碌着在临睡前把屋子收拾好，关上了窗户，整理了书桌，并把帮助克莱尔准备行程的参考书籍一一归位。走到南瓜灯跟前他停下了脚步，烛光从上挑的双眼和锯齿状的嘴巴里照射出来，那乐呵呵的笑脸令他不忍吹熄了蜡烛。

"我不觉得它会烧着任何东西，"他说，"咱们留着这灯吗？"

布丽安娜没有回答。他瞥了一眼布丽安娜，发现她像石头一样一动不动地坐着，目光锁定在火炉上。她没听见问话。他挨着她坐下，握住了她的一只手。

"她没准儿能回来，"他温柔地说，"我们谁也不知道。"

布丽安娜慢慢地摇摇头，依然紧盯着跳动的火苗。

"我觉得不会，"她轻声说，"她告诉过你那会是什么样子，没准儿她都过不去。"长长的手指不安地敲击着腿上的牛仔裤布料。

罗杰瞧了瞧门口，确保克莱尔已经上楼，然后在布丽安娜身边的沙发上坐了下来。

"她的归宿应当是同他在一起，布丽，"罗杰说，"你看不出来吗，她谈起他的样子？"

"我看得出，我知道她需要他。"那丰满的下嘴唇在微微地颤抖，"可是……我也需要她！"布丽安娜一下子紧抓住自己的膝盖，俯下身子，似乎在竭力克制着什么突如其来的痛楚。

罗杰轻抚着她的头发，惊叹这指间滑过的丝丝闪亮的秀发居然可以如此柔软。他想拥她入怀，为了给她安慰，同样也为了她身上的那种触感，然而，她却僵硬得毫无反应。

"你长大了，布丽，"他小声说，"你已经自食其力了，不是吗？你爱她，但你不再需要她了——不再像小时候那样需要她了。她不也有权追求自己的幸福吗？"

"是的，可是……罗杰，你不明白！"她激动地喊道，接着抿紧了嘴唇用力咽下一口气，转向罗杰，满眼是深深的忧伤。

"我就只剩下她了，罗杰！她是唯一了解我的人，她和爸爸——弗兰克——"她更正道，"打一开始就了解我的人只有他们俩，他们看着我学会走路，他们会为我在学校的成绩而骄傲，他们——"她戛然而止，泪水满溢而出，留下一道道印痕在火光里闪烁不已。

"这一切听上去好愚蠢，"她的语气突然非常激烈，"愚蠢至极！可是——"她无望地搜肠刮肚，然后按捺不住地一跃而起。

"就好比——有许多事情我甚至都一无所知！"她说着急切地踱起步来，怒气冲冲，"你觉得我能记得我学走路时是什么样子？我学会说的第一句话是什么？我不知道，但妈妈她记得！这一切都好愚蠢，因为记不记得能有什么区别？丝毫没有区别！可那些事又是那么重要，因为她觉得它们很重要，而且……哦，罗杰，如果她走了，这世上就再没有人在乎我是什么人，也再没有人认为我是独一无二的了，不为别的，只因为我是我！我来到这个世界，真正在乎的只有她一人，如果她走了……"布丽怔怔地立在火炉前的地毯上，双手在体侧紧握着拳头，歪着嘴极力控制着自己，脸颊上泪水涟涟。片刻之后，她垂下肩膀，高挑的身躯里先前的所有张力荡然无存。

"可这又是多么愚蠢，多么自私，"她的语气变得冷静而理智，"而你完全不明白，你只觉得我好不懂事。"

"不，"罗杰安静地回答，"我觉得一切也许并不像你想的那样。"他起身走到她背后，把双臂合拢在她的腰间，恳求着她靠进自己的怀里。布丽起初有点儿抗拒，在他的臂弯里显得很僵硬。渐渐地，她屈从了自身对安抚的需要，松弛下来，由他把下巴靠上自己的肩膀，斜过脑袋跟她自己的脑袋贴在了一块儿。

"我以前从没意识到，"他说，"直到刚才。你记得车库里那些纸箱子吗？"

"哪些纸箱子？"她问，一边抽着鼻子扑哧地笑了出来，"有几百只呢。"

"上边写着'罗杰'的那些。"他稍稍抱紧了她一点，抬高双臂交叉在她胸前，把她舒舒服服地拥在怀中。

"里面全都是我父母亲的旧东西，"他说，"照片啊，书信啊，还有婴儿衣物、书和以前的各种杂物。都是牧师收养我的时候把它们收拾起来打的包。他像对待他最珍贵的史料一样对待这些东西——用两层纸箱，还采取了防蛀处理，诸如此类的。"

他抱着她左左右右来来回回慢慢地摇摆着，伏在她肩头凝望着炉火。

"有一回，我问他为什么还要那么麻烦地把它们保存下来——我不想要里面的任何东西，我根本不在乎。可他说我们还是要留着，他说那是我的历史——说每个人都需要一个历史。"

布丽安娜叹了口气，她的身体似乎越发松弛了下来，加入了罗杰那有节奏的、半昏睡的摇摆。

"你从来没有打开看过？"

他摇摇头："里面有什么不重要，重要的是它们在那儿。"

接着他松开了布丽安娜，退后一步，好让她转身面对自己。她的脸上泪痕斑驳，高挺而优雅的鼻子有几分红肿。

"你错了，知道吗？"他温柔地说，把手伸给她，"并不只有你母亲一个人在乎你。"

布丽安娜睡下好久了，罗杰却仍坐在书房，望着壁炉里的火焰渐渐熄灭。他总是觉得万圣节前夜是个不安分的夜晚，活灵活现着各种不眠的鬼神。今晚更是如此，想到明早将会发生的一切。杰克南瓜灯在桌面上咧开着满怀期待的笑容，散发出烤馅饼的温馨气息充满了整个房间。

一串下楼的脚步声传来，把他从思绪里唤醒了。他以为那会是难以入睡的布丽安娜，但下来的是克莱尔。

"我想你可能醒着。"她说。她穿着睡袍，白色缎子在黑暗的走廊里闪着微光。

他笑了笑，伸手邀她进屋："万圣节前夜我从来都是睡不着觉的，自从父亲给我讲了各种故事之后，我总觉得能听见鬼魂在我的窗外说话。"

她笑着走进火光："他们都说些什么？"

"他们说：'你可见过一个灰色的巨大头颅，那下颌骨上都不带血肉？'"罗杰引用道，"你听过那故事没？那个在闹鬼的教堂过夜的小裁缝遇见饿鬼的故事？"

"听过。不过假如有人在我的窗外说那些，我肯定整晚躲在被子里不敢动弹。"

"哦，我通常也是的，"罗杰向她保证，"除了有一次，大概七岁的时候，我鼓足了勇气站到床上，往窗台上撒了一泡尿——因为牧师不久前告诉我，往门柱上尿尿可以防止鬼魂进屋。"

克莱尔开心地哈哈笑起来，眼里火光闪动："结果管用吗？"

"嗯，如果当时窗户开着可能会更好些，"罗杰答道，"不过鬼魂确实没有进屋。"

他们都笑了起来，接着，又一个尴尬的小小沉默降临到他俩之间，就像先前整个晚上不时出现的好多次尴尬的沉默，闲谈间仿佛走在钢丝绳上突然意识到脚下那无穷无尽的深渊。克莱尔坐在他身旁凝望着炉火，双手在睡袍的褶皱间不安地交替。两枚结婚戒指折射出光芒，一金一银地眨着眼睛。

"我会照顾好她的，你知道，"罗杰静静地说道，"你应该知道的，对吗？"

克莱尔点点头，没有看他。

"我知道。"她说得很小声，他可以看到她睫毛边颤抖着却迟迟没有滴落的泪珠，火光闪烁。她摸索着睡袍的口袋，取出一个长长的白色信封。

"你一定觉得我是个糟透了的胆小鬼，"她说，"一点不错。可我……可我真的做不到——向布丽道别，我是说……"她停下来控制住自己的声音，伸手把信封递给了他。

"我全写下来了——能想到的一切。你能不能……"

罗杰接过信封。因为克莱尔一直贴身放着，那信封还有一点温热。他隐约感到不能让这封信在送到她女儿手中之前变冷，便把它塞进了自己胸前的口袋，感觉到信封弯折时发出的轻微声响。

"好的，"他听见自己的嗓音变得有点厚重，"那你会……"

"走得很早，"她深吸了口气说，"天亮之前吧。我叫了辆车来接我。"她放在腿上的双手绞作了一团，"如果我——"她咬了咬嘴唇，恳求地望着罗杰，"我不知道，你瞧，"她说，"我不知道自己能否迈出这一步。

我非常害怕，怕离开这儿，也怕离不开。总之——非常害怕。"

"我也会这样的。"罗杰说完伸出手，她握住了它。他们久久地把手握在一起，罗杰感受着她的脉搏，在他的指尖显得好轻、好快。

许久之后，她轻柔地握了一下，放开了他。

"谢谢你，罗杰，"她说，"你所做的一切。"她靠上前轻吻了一下他的嘴唇，然后起身走出门外，仿佛一个白色的鬼影，乘着万圣节前夜的清风飘进那黑暗的走廊。

罗杰又独自坐了一会儿，她的触觉依然温暖地印在他的肌肤上。杰克南瓜灯烧到了尽头，蜡烛强烈的气味在不安分的空气中升腾，摇曳的火光里，那异教的鬼神向外张望了最后一眼。

CHAPTER 23

纳敦巨岩

　　清晨的空气寒冷而雾气重重，我为身穿了斗篷庆幸不已。上一次穿这样的斗篷还是二十年之前的事，不过如今的人们穿什么的都有，那位因弗内斯的裁缝见我要定制一件带兜帽的羊毛斗篷，丝毫都没有显露出诧异。

　　我紧盯着地面上的小道。从下车的公路上看去，小山的峰顶被浓雾围绕着不见踪影。

　　"停这儿？"当时司机问道，一边疑惑地望着车窗外荒凉的乡野，"你肯定，夫人？"

　　"是的，"我的嗓子因恐惧哽咽着，"就是这里。"

　　"就是这儿？"他显得很怀疑，尽管我的大钞已经塞进了他的手心，"你要我在这儿等着吗，夫人？要不晚点儿过来接你？"

　　我非常想点头说好的。毕竟，如果我失去了勇气怎么办？此刻，对于这个模棱两可的问题，我的把握岌岌可危。

　　"不用，"我说，咽下口水，"这个不需要了。"假如无法跨出那一步，我也就只能走着回因弗内斯了，不过如此。说不定罗杰和布丽安娜会过来，可是我想那会更糟糕，含垢忍辱地被打回老家。抑或，那会是一种解脱？

花岗岩石子在我脚下滚动着，一块被我踩松了的土块坠下山坡，细碎的尘土四下散落开去。我不可能真的准备跨出这步，我心想。裙子里加固了的口袋装着沉甸甸的钱币，摇摆着打在我的大腿上，那些金银币沉重的体量提醒着我，这就是现实。我确实准备跨出这步。

但我不能。昨天深夜布丽平静地安睡着的模样从脑海里冒出来，向我挑衅着。离巨石越来越近，前方山顶上回忆的恐怖触须伸展到我的眼前，随之而来的是尖叫、混乱和被撕扯成碎片的感觉。我不能。

我不能，但我还是继续攀登着，手心继续冒着汗，脚步继续不由自主地往前移动。

登上山顶时天已破晓。浓雾被抛在了身后，竖立着的巨石衬着清亮的天空，轮廓鲜明而黑暗逼人。看见他俩的身影，我忧心忡忡地感到手心冒着冷汗，但我仍然迈步上前，踏进了石阵。

他们面对面地站在裂石前的草地上。布丽安娜听见了我的脚步，转过身来。

我惊异地望着她，说不出话来。她也穿着一件杰西卡·古登伯格的长裙，跟我身上的这件非常相像，只是换成了鲜亮的青柠绿色，塑料珠宝点缀在胸前。

"你穿这个颜色简直太难看了。"我说。

"这是他们唯一的一件十六号。"她平静地回答道。

"我的天，你来这儿究竟打算干吗？"恢复了些许理智后，我质问她。

"我们来送你的。"她说着，唇边泛起了一丝笑意。我看了看罗杰，他稍一耸肩，也歪着嘴笑了。

"哦，这样，好吧。"我说。布丽安娜身后矗立着两人高的巨石。穿过那大约一尺宽的裂缝，我能看见石阵之外的草地上泛着依稀的晨光。

"你该走了，"她坚决地说，"要不然我去。"

"你！你疯了吗？"

"没有。"她朝那块裂石瞧了一眼，咽下了口水。兴许是那绿色裙子反光，把她的脸映得一片雪白。"我可以的——我是说我可以穿过去。我知道我可以。吉莉丝·邓肯穿越石阵的那会儿，我听见那声音了。罗杰也听见了。"她看了罗杰一眼，仿佛在寻求一种肯定，接着，她的目光又重新回到我的身上。

"我不知道我能不能找到詹米·弗雷泽，或许那只有你才做得到。但如果你不愿意去尝试一下，那我就去了。"

我张大了嘴，哑口无言。

"你不明白吗，妈妈？他必须知道——他必须知道他成功了，他执意为你我所做的一切没有白费。"她的嘴唇在抖动，她抿住了嘴。

"这是我们欠他的，妈妈，"她温柔地说，"总得有人找到他，去把一切告诉他。"她的手触摸了一下我的脸颊，"告诉他我出生了。"

"哦，布丽，"我的声音哽咽到几乎无法开口，"哦，布丽！"

她把我的双手紧紧地握在手中，使劲地握着。

"他把你给了我，"她非常低声地说着，我几乎听不见她的声音，"现在，我必须把你还给他了，妈妈。"

那双与詹米如此相像的眼睛俯视着我，泪眼迷蒙。

"如果你找到了他，"她耳语着，"当你找到了我的父亲——把这个给他。"布丽俯身吻了我，用力地、温柔地吻了我，然后站直了身子，把我转向了巨石。

"走吧，妈妈，"她喘着气说，"我爱你。走！"

从眼角的余光里，我看见罗杰的影子靠近了她。我跨出了一步，又跨了一步。听到一个声音，一阵隐约的咆哮。我跨出了最后一步，整个世界便消失了。

Part 06

爱丁堡

CHAPTER 24

A. 马尔科姆，印刷商

我第一个清醒的念头是："下着雨呢。这里一定是苏格兰。"我第二个念头是，那第一个念头毫无帮助，因为此时脑海中搅拌着的一幅幅随机的画面正在相互碰撞，引发着每一个神经突触上一起又一起毫无关联的微型爆炸。

我吃力地睁开一只眼睛。眼皮被粘住了，整个脸感觉冰凉而浮肿着，仿佛我是一具被掩埋了的死尸。这么想着我恍惚打了个冷战，这个微小的动作提醒了我，我全身正包裹着湿透的布料。

雨毫无疑问地下着——声音像是轻快而稳健的鼓点，绿色的沼地上升腾起一层薄薄的雨雾。我坐起身，像一头河马从沼泽里探出头来，然后立刻又朝后倒了下去。

我眨了眨眼又马上闭上，任由雨水从天而降。细微的意识开始渐渐恢复——我记起了自己是谁，也记起了身在何处。布丽！她的脸突然闯入了记忆之中，好似一记重拳正中下怀，我顿时大声喘息起来。失却的画面裂痕斑斑地呈现在眼前，分离的撕扯又开始强拉住我，仿佛石阵通道里的混沌世界又开始回旋在我周身。

詹米！对了，那是我始终紧抓不放的支柱，是我固守理智的唯一秉持。我慢慢地开始深呼吸，把双手合拢在狂跳不已的心口，努力召唤詹米降临到我眼前。一瞬间，我以为自己失去了他，但他终于出现了，清晰而鲜明地浮现在我意识的双眼之前。

我又一次挣扎着坐起身，成功地张开双手支撑住了自己。是的，这里确实是苏格兰，几乎不可能是别的地方，可它又是曾经的苏格兰，至少我希望它是。无论如何，这不是我离开时的苏格兰。周围树木的形态完全变了，近旁山坡下有一片枫树苗，我上山的时候它们显然不在那儿——那又是什么时候？今天早晨？还是两天以前？

从我踏入石阵到现在有多久了，我不知道；我在石阵脚下的山坡上昏迷了多久，我也不知道。根据身上衣物的透湿程度，那应该是很长的一段时间。雨水已经淋透了我的每寸肌肤，冰冷的小溪正顺着体侧在衣裙之下汩汩地往下流淌。

一侧麻木的脸颊开始刺痛，我用手捂住了它，感到皮肤上刻着一片坑坑洼洼的斑纹。低头一看，草地上落满了花楸树的莓果，有红有黑地闪着光泽。多么巧合，我心想，隐约觉得煞是有趣。我跌倒在一棵花楸树下——而花楸正是高地人用来祛除巫术和魔法的宝物。

紧抓着那棵花楸光洁的树干，我用力把自己拉了起来，一边扶着树干稳住自己，一边朝东北方向望去。雨幕笼罩的地平线是一片模糊不清的灰色，但我知道因弗内斯就在那个方向。若有现代的公路，应是不消一个小时的车程。

道路是着实存在的。沿着山脚我可以分辨出一条粗糙的路径，轮廓依稀，在泛着水光的绿色沼泽植物的边界上形成一条银光闪闪的深色线条。然而，四十多英里的徒步旅程，同那天驱车前来的感觉一定相差甚远。

站了一会儿我觉得好些了，四肢的无力感同意识里的混乱与崩溃一起，在慢慢退却。此番穿越与我预想的一样艰险，或许更糟。瞬时间我又感到头顶凶神恶煞的巨石，一个冷战，寒意刺痛了肌肤。

然而，毕竟我还活着。活着，并且有一种小小的确信，犹如一轮微型的红日埋藏在胸中。他就在这里。如今我知道他一定在，而这个意识在我投身巨石的一刻之前尚未成形。那是本着信念的放胆一跳，仿佛对詹米的思念是我朝那汹涌的洪流里投下的一条救生的绳索——最终，当那绳索在我掌心一紧，我便自由了。

此时，波涛把又湿又冷的我伤痕累累地冲上岩石林立的岸边，但我终于到了！到了这个陌生国度，而我要找的男人就在这里。忧伤与恐惧的回忆开始消退，我意识到我的骰子已经掷出，落子无悔，返程几乎是必死无疑。意识到我可以在此地留存下来，犹豫和惶恐开始被一种异常的平静取代，几乎有点欢欣鼓舞。不能回头的时候，除了出发别无选择——出发去找他。

后悔自己没想到让裁缝在斗篷的面料与衬里之间加上防水层，我一边咒骂着自己的粗心，一边把湿透的衣服裹得更紧了一些。即便是湿的羊毛也有一些保暖作用，如果我走动起来会更暖和。我很快地拍了拍衣裙，放心地发现那包三明治也随我安全着陆了。很好，空着肚子走四十里路实在让人有点望而生畏。

运气好的话，我都不需要走那么远，我可能找到一个村子或一户人家，并幸运地买到一匹马。不然的话，我也有所准备。我的计划是赶到因弗内斯，不管以什么方便的途径，之后再乘坐公共马车去爱丁堡。

此时詹米身在何处，这点很难说。爱丁堡是他发表文章的地方，他有可能在那儿，但也很有可能在任何别的地方。如果找不到他，我可以去拉里堡，他的老家。无疑，他的家人应该知道他在哪里——如果他还有家人的话。这个突如其来的念头让我一阵心寒，我哆嗦了一下。

我想起每天早晨从停车场走到医院路过的一家小书店，一度曾经销售过海报。最后一次离开乔的办公室的那天，我看到几张令人目眩神迷的样品。

"今日是你余生的开始。"其中的一张印着这行字，一只模样愚蠢的小鸡从蛋壳里傻傻地伸出脑袋。另一扇橱窗里的另一张海报上，一条毛毛虫正顺着花枝向上攀爬，花枝上方飞腾着一只绚丽的蝴蝶，下方的格言是"千里之行，始于足下"。

　　我意识到，老掉牙的俗套之所以这么烦人，正因为它往往是对的。我放开了那棵花楸树，开始朝着山坡下我的未来出发。

　　从因弗内斯到爱丁堡的车旅漫长而颠簸，一辆大马车里，同我脸贴着脸挤在一起的有其他两名妇女，其中的一位带着个怨声载道的儿子，另有四名身材与脾性各不相同的男士。

　　格雷厄姆先生是坐在我身边的一位矮小而活泼的年长绅士，他在脖子上挂着一袋樟脑和阿魏，把整车厢的人都熏得泪眼迷蒙。

　　"这个对祛除带有流行感冒的邪恶流液相当有效，"他向我解释道，一边拿起那个口袋在我鼻子底下轻轻摇晃，像摇着一个香炉，"秋冬季里我每天都戴着它，都已经有近三十年没生过病了！"

　　"太惊人了！"我礼貌地感叹道，竭力屏住呼吸。他的话我并不怀疑，兴许就是这股气味将所有的人拒之千里，于是病菌都对他鞭长莫及了。

　　相比之下，这药在小男孩身上的效果就远不尽如人意了。自从小少爷乔吉对车厢里的气味做了几次未加遮掩的高声评论后，他便被裹在了他母亲的胸前，此时他向外张望着，脸色颇有点发青。我密切地关注着他，并同时关注着对面座椅下的那把便壶，以备不时之需，助此二者迅速找到彼此。

　　我猜想这把便壶是为恶劣天气或其他紧急情形准备的，因为一般来说为了女士们文雅的需要，马车会每过一小时左右稍作停歇，这时候全车乘客则好似一群鹌鹑般四散着进入路边的植被之中，即使那些不存在大小便需要的人，也很需要从格雷厄姆先生阿魏袋的恶臭里寻求解脱。

　　换了一两次座位，格雷厄姆先生发现他在我身边的位子被华莱士先生占了，一个胖胖的年轻律师，刚在因弗内斯处理完一位年迈亲戚的遗产，准备回爱丁堡，他这么向我解释。

　　对于他从事的法律事务，我的兴趣远不如他本人，但此情此景下，他显然被我吸引的事实也算让人欣慰，于是当他从口袋里掏出袖珍的象棋棋盘摆在膝盖上，我便与他开始对弈，消磨了几个小时时间。

期待着即将在爱丁堡遇见的一切，我的注意力既没有集中在旅途的不便上，也没有专注于复杂的棋局。A．马尔科姆这个名字不断回旋在我的脑际，犹如一支希望之歌。亚历山大·马尔科姆，这必定是詹米，显然必定是他！詹姆斯·亚历山大·马尔科姆·麦肯锡·弗雷泽。

"考虑到卡洛登之后高地叛党的遭遇，在爱丁堡这样的地方使用化名是非常合情合理的。"罗杰·韦克菲尔德这么向我解释，"尤其对于他——毕竟他是个被定了罪的叛徒。而且看样子，他好像也习惯成自然了，"他的口气有点挑剔，一边审视着那篇批判税法的文章潦草的手稿，"就当时来说，这简直就是煽动叛乱。"

"是啊，听上去很像詹米。"当时我这么冷冷地一说，但内心着实在狂跳不止，眼见那与众不同的散漫草书和其中措辞大胆的评述。我的詹米。我拨弄着裙子口袋里硬硬的长方形小包，琢磨着还有多久我们才能抵达爱丁堡。

天气一直反常地好，除了偶尔的细雨之外，一路畅通无阻，我们用不到两天时间就完成了整个旅程，途中四次停车换马的时候，我们在驿站酒馆里吃了点东西。

马车驶进一座庭院，是一家名叫博伊德白马的客栈的后院，坐落在爱丁堡皇家一英里的脚下。乘客们下了车，步入熹微的阳光，好似一窝刚从蛹中孵化的蝴蝶，翅膀凌乱，动作生涩，对于走动的自由深感陌生。走出幽暗的车厢，就连多云的爱丁堡灰色的天光都显得令人目盲。

我感到久坐的双脚有点发麻，但还是连忙开始赶路，指望能在先前同程的旅伴们忙着领取行李的时候赶紧逃离这个院子。然而事与愿违，快走到街上时，华莱士先生追上了我。

"弗雷泽夫人！"他说，"请问我能否有幸陪同您去往目的地？您肯定需要人帮您搬行李的吧。"他回头朝马车望去，马夫们明显正相当随意地把旅行袋和手提箱一个个扔进人群，继之传来一片混乱的抱怨和叫喊。

"呃……"我说，"谢谢您，不过我……呃，我会把行李留给店主看管。我的……我的……"我忙乱地搜肠刮肚，"我丈夫的仆人会过来取的。"

听见"丈夫"一词，他的胖脸微微一沉，但还是很有礼貌地恢复了笑容，举起我的手深鞠了一躬。

"我明白了。能否允许我为了您一路上令人愉悦的陪伴表示深切的感谢，弗雷泽夫人？也许我们下次还会见面。"他直起身，审视着喧腾的人群从我们身边经过，"您丈夫会来接您吗？能认识他我将深感荣幸。"

虽说华莱士先生对我的兴趣算是种相当的赞美，但也很快变得相当烦人。

"不，我要晚些时候才跟他碰头，"我说，"遇见您真是荣幸，华莱士先生。希望以后还能再见。"我热诚地握了握华莱士先生的手，这让他很有些窘迫，趁着这时我便一溜烟地穿过了成群的旅客、马夫和食品小贩。

我没敢在车站附近停顿，生怕他会跟着我追出来。于是我一转弯冲上了皇家一英里的斜坡，在宽大的衣裙所允许的范围里全力奔跑，跌跌撞撞地穿过人群。幸运的是，我选了个市集日来到这里，从车站方向看起来，我不一会儿就消失在街边林立的锁定摊位和卖牡蛎的商贩之中了。

跑向斜坡的途中，我停下来，像个躲过追捕的小偷一般喘起了大气。这儿有座公共喷泉，于是我在池边坐下，好缓一缓呼吸。

我到了。真的到了。爱丁堡在我身后顺坡而上，一直上到那巍岩耸立的爱丁堡城堡，我的前方则正对着城市脚下雄伟壮阔的荷里路德宫。

上一次我站在这座喷泉边的时候，美王子查理正向集结在爱丁堡街头的市民发表演说，用他的皇族气概掀动得群情振奋。当时他从池边向那喷泉中央雕花的尖顶奋力一跃，一脚踏进池中，抓紧一个泉水喷头呼喊道："向英格兰进军！"于是乎，人群咆哮起来，欣然感动于这彰显着青春的昂扬斗志和英武体能。若非注意到池中泉水早已为此举预先关闭，我本人也很可能会被深深打动。

查理如今身在何处，我心生好奇。卡洛登后他回到了意大利，想必是从此过上了终生流亡的皇族所可能过上的某种生活。他近况如何我无从知晓，也无心去牵挂。此人既已从历史的书页中翻篇而过，也在我的生命里就此终结，留下的只有一派残破不堪。如今还有多少能得到拯救尚未可知。

我觉得好饿。天刚亮时在邓达夫的客栈里吃了点简陋的麦片粥和煮羊肉，那顿匆忙的早餐以后我就什么都没再吃了。口袋里还有最后一个三明治，当车厢里满是同车旅客窥探的目光时，我一直没去动它。

我掏出三明治，小心地把它打开。夹了花生酱和果冻的白面包此时已惨不忍睹，紫色的果冻渗透了疲软的面包，整个三明治被压成了扁平的一坨，然而它却美味无比。

我认真地享用起来，品味着醇厚而油滑的花生酱。有多少个早晨，我在这样的面包上涂抹花生酱，为布丽安娜做三明治带去学校当午餐？想到这儿，我坚决地打消这个念头，转而把注意力分散到路人身上。与现代人相比，他们确实有点不同，无论男女都相对较矮，营养不良的迹象颇为明显。尽管如此，他们身上却有一种强烈的亲切感——这些是我熟知的人，大多是苏格兰和英格兰人，多年来听惯了波士顿人平直的鼻音，这满大街滔滔不绝的浓郁的小舌腔给了我一种异乎寻常的回家的感觉。

吞下了最后一口代表我的过去的甜蜜与香浓，我一把捏皱了保鲜纸，环顾了四周，见没人看我，便打开手掌让那一丁点儿塑料薄膜偷偷地掉到了地上。那团薄膜在鹅卵石路上滚了几英寸，随后仿佛有了生命一般，自动地松散开来。轻风吹起，那微薄的透明纸瞬时张开了翅膀，就像一片树叶似的从灰色的石头上飞扬起来。

一对车轮驶过，掀起的气流把它吸到一辆运货马车底下，它恍惚眨眼一般反射出一道闪光，旋即便消失了踪影，没有引起路人丝毫的注意。我不禁怀疑，同样是植入了错误的年代，我的存在会不会像它一样波澜不兴？

"你又犹豫不决了，比彻姆，"我开始责备自己，"该上路了。"我深吸了一口气，站了起来。

"劳驾，"一个面包店小伙计走过我身边，我拉了拉他的衣袖，"我在找一个印刷商——马尔科姆先生，亚历山大·马尔科姆。"我感到一股恐惧与兴奋交汇在我腹中，如果爱丁堡根本没有什么名叫亚历山大·马尔科姆的印刷社店主呢？

答案是，确有其人。小伙子的脸先是沉思着扭曲起来，继而又舒展开了五官。

"哦，是的，夫人——就打这儿下去，在您的左手边。卡法克斯巷。"他一点头，夹紧了胳膊底下的面包，重新投入了人流涌动的大街。

卡法克斯巷。我侧身挤进了人群，沿着建筑物的边缘走去，以防被不时从高处窗口泼下的污水溅到。爱丁堡几千人口所排放的污水统统经由鹅卵石街巷的阴沟排出，依靠重力作用和频繁的雨水来维持城市的可居住性。

这时候，皇家一英里宽阔的大街对面，卡法克斯巷低矮而暗沉的入口赫然展开在我眼前。我怔住了，呆呆地望着前方，剧烈的心跳足以从一码之外听见，如果有人在听的话。

雨将下而未下的样子，空气中的潮气让我的头发卷曲起来。我把发卷从额头推开，在没有镜子的情况下尽力地整理着一头乱发。继而，瞥见前方有一扇平板玻璃的窗户，我赶紧凑上前去。

布满水汽的玻璃雾蒙蒙的，但还是映出了一个模糊的影子，那影子瞠目结舌的样子，满脸通红，但除此之外还算是张看得过去的脸。而我的头发却已不失时机地卷成了一头疯狂的乱麻，四下里从发卡间挣脱出来，俨然是美杜莎发型的完美翻版。我烦躁地扯掉了发卡，开始盘起我的发卷。

店里有个女人正伏在柜台上。她带着三个小娃儿，我心不在焉地旁观着，只见她放下手中的买卖，转身不耐烦地教训起他们来，用手提包扑打着中间的那个孩子，那男孩刚刚摆弄完地上水桶里种着的几株新鲜的茴芹。

这是一家药房。我一抬头，见大门上书写着"霍氏"的招牌，激动地意识到我认识这里。我暂住爱丁堡的那会儿，曾经在此买过草药。打那以后，橱窗里的陈设明显有所添加，加了一大罐有色药水，其中悬浮着一具略显人形的东西，兴许是猪的胚胎，兴许是婴儿期的狒狒，咧开着嘴的扁平五官压在圆柱形的罐壁上，模样令人很是不安。

"好吧，至少我比你可好看多了！"我摁下一枚不听话的发卡，喃喃自语道。

也比店里的那个女人要好看点儿，我心想。她结束了交易，正把钱袋塞进手提包，消瘦的脸上皱起了眉头。她的肤色是那种城里人常有的苍白，皱纹很深，清晰的褶痕从鼻子延伸到嘴边，眉头紧蹙着。

"你这小耗子，让魔鬼逮了去算了！"一行人嚷嚷着走出店门时，她生气地责骂着小男孩，"我跟你说了多少遍了，叫你把爪子揣兜里！"

"打扰一下。"一种难以抗拒的突发的好奇推着我走上前去，打断了她。

"哎？"一下子从母性的规劝中被分了神，她茫然地看着我，近距离下她更显得有些憔悴。她紧缩着嘴角，嘴唇向内翻折进去——无疑是因为掉了牙齿。

"我忍不住在羡慕您的孩子们，"我尽力显示出即兴的爱慕之意，露出和蔼的微笑，"多漂亮的小宝贝儿！告诉我，他们都几岁了？"

她惊讶地垂下了下巴，证明她确实掉了好几颗牙。冲我眨了会儿眼睛之后，她回答道："哦！是这样，您真客气呀，夫人。啊……玛斯丽十岁了，"她向着正用袖口擦着鼻涕的大女儿点了点头，"乔伊八岁——

快别把手指头塞鼻子里了，你这脏孩子！"她轻声地责骂着，然后转过身自豪地拍了拍最小的孩子的脑袋，"小波莉嘛，今年五月刚满六岁。"

"真的？"我凝视着这个女人，露出了惊愕的表情，"看不出来，您的孩子都这么大了。您一定很年轻时就出嫁了吧。"

她不无骄傲地微笑着。

"哎哟，没有！没那么年轻，我生玛斯丽那年也就十九岁。"

"真不可思议。"我衷心地表示惊叹，从兜里掏出几个便士，分给孩子们每人一个。接过硬币，他们羞涩地点头致谢。"祝您日安——恭喜您有这么可爱的家人。"我说完一转身，微笑着挥手离开。

十九岁生了大女儿，而玛斯丽现在十岁。她只有二十九岁。而我，感谢良好的营养、卫生和牙科医术，并幸免了多次怀孕生产与重体力劳动的拖累，看起来比她着实年轻好多。我做完深呼吸，把头发捋到脑后，迈进了卡法克斯巷的阴影之中。

小巷蜿蜒而下，稍有点长，印刷店就在坡底的地方。巷子两侧有热闹的店家和住宅，但此时我所注意的别无他物，只有挂在那门口的干干净净的白色招牌。

A. 马尔科姆

印刷商，图书经销商

招牌上的大字底下印着："图书、名片、手册、大报、信件等"。

我伸手触摸着店名的黑色字母。A．马尔科姆，亚历山大·马尔科姆，詹姆斯·亚历山大·马尔科姆·麦肯锡·弗雷泽。也许吧。

再等一分钟，我又要不敢迈步了。于是我推门进去。

屋里最靠前的是一排宽宽的柜台，其中有一扇可以打开的翻板，侧面的架子上摆放着几盘铅字。另一侧的墙上钉有各色的海报与告示，无疑都是样品了。

通往后屋的门打开着，可以看见一架印刷机笨重而棱角分明的轮廓。伏在印刷机上，背对着我的，是詹米。

"是你吗，乔迪？"他问，没有转过脸来。他穿着衬衣和马裤，一手拿着把小小的工具，正在摆弄着机器的内胆。"你去得够久的。有没有搞到那个——"

"不是乔迪，"我的声调高得有点儿异乎寻常，"是我，"我说，"克莱尔。"

他非常慢地直起身子。他留的长发梳成一条深棕红的辫子，浓浓的色泽闪着古铜色的亮光。在他转身之前，我来得及注意到他束发用的是一根整齐的绿色丝带。

他看看我，没有说话。一丝震颤掠过那强壮的颈部，他咽下口水，还是什么也没说。

依旧是那张明朗而友善的脸，那维京人高耸而平直的颧骨上方轻扬起一对深蓝色的眼睛，宽宽的嘴唇两角微翘，仿佛永远有个微笑藏在那儿，一触即发。当然，那眼角和嘴边的皱纹加深了。鼻子有些许异样，笔直的鼻梁靠近基部的地方变宽了点儿，那是一道断骨后久已痊愈的旧伤疤，让他多了几分凶悍，我心想，不过同时也减了几分孤傲之气，让他看起来有一种新的粗犷的魅力。

见他久久地望着我，眼睛都不眨一下，我穿过柜台的翻板走了过去，清了清嗓子："你的鼻子是什么时候折断的？"

那宽阔的嘴角微微一抬："大约是我上次与你告别之后的三分钟——外乡人。"

他的话里有些犹豫，喊我的口气几乎像是在提问。我们之间近得不足一尺，我试探地伸手摸了一下他那伤口的细线，鼻梁骨顶住古铜的肌肤显出一道白色。

他向后一缩，仿佛有电火花划过我们俩之间，刹那间粉碎了他先前平静的表情。

"你是真的！"他小声说道。我先前就觉得他脸色很白，此刻，所有残留的血色悉数褪尽。他双眼一翻，颓然倒地，连带着印刷机上原先摆着的纸张和零碎物件也纷纷坠落——作为一个如此高大的人，他摔倒得竟这般优雅，我漫不经心地想。

那不过是一阵昏厥。待我跪倒在他身边松开了他喉头的领结，他的眼睑已经扑闪起来。此时我已没有丝毫疑问，却还是不由自主地扯开了他领口厚厚的亚麻。它当然还在，那锁骨上的小小的三角形刀疤，拜皇家龙骑兵第八队之乔纳森·兰德尔上尉所赐。

他慢慢地恢复了平日健康的血色。我往地下盘腿一坐，把他的头枕在我的大腿上。他的头发在我手中浓密而柔软。他睁开了眼睛。

"很糟糕，对吧？"我微笑着俯视着他，我们成婚的那天，他曾对我说了同样的话，也是同样地把我的脑袋捧在膝头，一晃已经二十多年。

"很糟糕，恐怕有增无减啊，外乡人。"他回答说，嘴角抽搐了一下似乎闪过一丝笑容。突然间，他坐了起来，瞪着我。"天啊，我的主啊，你确实是真的！"

"你也是。"我扬起下巴望着他，"我以……以为你死了。"我本想显出轻松自如的样子，但我的嗓音背叛了我。泪水从脸颊上奔涌而下，他搂紧了我，衬衣粗糙的布料接住了我的眼泪。

我开始颤抖，所以许久之后才意识到他也在颤抖，出于同样的原因。我们坐在布满灰尘的地板上不知过了多长时间，只是拥在彼此怀中哭泣，任由二十年的渴望泪泪地淌下我们的脸庞。

他的手指紧紧地缠在我的发间，被扯松了的头发披散到我的脖子上。松脱的发卡顺着我的肩膀洒落而下，犹如冰雹般叮叮咚咚地打在地上。我自己的手指攥紧了他的前臂，掐进了他的亚麻衣裳，好像生怕他的躯体如果不被束缚住便会随时消失一样。

他似乎也被同样的恐惧支配着，突然握住我的双肩，把我推远了点儿，死死地盯住我的面孔，一手放到我脸颊上，一遍遍地描摹起我的骨骼线条，毫不理会我的眼泪和肆意泛滥的鼻涕。

我大声吸了吸鼻子，这好像让他恢复了神志，他松开我，急忙从袖口里摸出一条手帕，笨手笨脚地先擦了擦我的脸，再擦了擦他自己的。

"把它给我。"我抓过那慌乱摇摆着的布条，用力擤了擤鼻子，"好了，你来。"递过手帕，我望着他擤完鼻涕，发出的声音活像只快被勒死的家鹅。我咯咯地笑了，忘记了伤感。

他也笑了，用指关节抹去眼中的泪水，却仍无法把注视着我的眼睛挪开。

忽然间，我发现没有触摸到他令我难以忍受。我向他扑过去，他也适时地抬起双臂接住了我。我拥紧了，直到听见他的肋骨发出咔咔的声响，感觉着他的双手粗鲁地抚弄我的背脊，一遍遍地念我的名字。

最后，我终于放开了手，往后坐了坐。他瞧着自己双腿间的地板，皱起了眉头。

"你掉了什么东西？"我好奇地问。

他抬起头笑了笑，有点害羞。"我还以为我完全失去把持，尿湿了裤子呢！还好没事儿，不过是坐在个麦芽酒罐子上了。"

真的，一汪香醇的棕色液体正从他身下慢慢地扩散开来。我惊叫了一声，跟跄着站起来，扶他起身。他估摸了一下身后的衣物被弄脏了多少，但无望地放弃了，于是耸耸肩解开马裤。刚把窄窄的布料从屁股上褪下来，他马上停下来看了看我，脸有点儿红了。

"没事儿，"我说，感到自己的脸颊此时也已变得通红，"我们都结婚了。"我说着却垂下了眼睛，觉得顿时透不过气来，"至少，我想我们是。"

他盯着我看了好久，然后一弯笑容泛起在那宽大而柔软的嘴唇上。"哎，我们是结婚了。"他说，一边踢开那弄湿了的马裤，一边朝我靠过来。

我向他伸出了一只手，既是一种欢迎又是一种阻挡。我多么想要再次触摸他，胜于想要任何其他东西，却又莫名其妙地羞涩无比。过了这么久，我们究竟该如何重新开始？

　　这种夹杂着羞涩的亲密感束缚着我们，他也感觉到了。他在离我几寸远的地方停下来，握住了我的手。犹豫了些许，他低下头，嘴唇似是而非地擦过我的指关节。一触到我的银戒指，他的手指便停下来，把那金属指环轻握在拇指与食指之间。

　　"我一直没把它摘下来。"我脱口而出，似乎这件重要的事情他必须知道。他轻轻地捏了捏我的手，却没有放开。

　　"我想——"他停下来咽了咽口水，仍旧握着我的手。他的手指再次摸索到银戒指，"我非常想吻你，"他说得很温柔，"可以吗？"

　　我的泪水早已盈满眼眶，此时再次涌起的两滴泪珠漫了出来，我能感觉到它们，饱满而圆润地滚下了我的脸颊。

　　"可以。"我耳语道。

　　他慢慢地把我拉近了他，把我们牵着的手握在他胸口下边一点儿。"我有很久没干过这个了。"他说，蓝色的眼睛里深藏着希望和恐惧。我接下了他目光中的礼物，并奉还给了他。

　　"我也是。"我柔声回答。

　　他的双手用无比细腻的温情捧起了我的脸，他的嘴唇覆盖到我的嘴上。

　　我不知道自己期待的是什么。是期待着重演我们最后分别时的那场猛烈的怒火吗？我曾多少次记起那一幕，在回忆中重新经历那每一个瞬间，却眼睁睁地无法改变它的结局。是期待着我们黑夜里的婚床上那种无穷无尽的、近乎粗暴的相互拥有吗？对此我确实很渴望，也曾多少次汗湿着、颤抖着从回忆的睡梦里惊醒。

　　可是，此时我们却是两个几乎互不相触的陌生人，各自在慢慢地、试探性地寻找着会合的可能，用无声的双唇寻找着，并同时给予着彼此的默许。我闭着眼睛，詹米也同样闭着眼睛，我不用看就知道。很简单，我们根本就不敢直视对方。

他没有抬头，只是开始轻轻地抚摸我，透过我的衣服感触着我的骨骼，温习我的曲线。最后他的手顺着我的胳膊游走下来，抓住了我的右手。又一次摸索到那个戒指，他的手指开始环绕着触摸起银指环上交织着的高地纹案，多年的磨砺让那纹案变得很光润，却仍旧清晰可辨。

他把嘴唇从我的嘴上挪开，游移到我的脸颊和眼睛上。我轻抚他的背脊，隔着衬衣感觉着那看不见的道道印痕，那旧时伤疤的遗迹，就像我的戒指，久经磨砺却依旧清晰。

"多少次我见你出现在眼前，"他在我耳边温暖地低语道，"你常常会来。有时是在我的梦里，有时是在我发烧的病床上，在我害怕、在我孤独到确信我快要死去的时候。我需要你的时候你总会出现，微笑着，头发卷在脸颊边。可你从不开口说话，也从来没有碰过我。"

"现在我可以碰你了。"我伸出手温存地抚过他清晰可见的鬓角、耳朵、脸颊和下巴，游走到他的后颈，那束起的红色的头发之下。终于，他抬起头，双手捧着我的脸庞，深蓝色的眼里闪耀着强烈的爱的光芒。

"不用害怕了，"他柔声说，"我们俩在一起了。"

如果店门上的门铃没有响，我们兴许会无止境地站在那儿彼此凝视到永远。我放开詹米，突然转回头望去，只见一个精瘦的小个子男人，毛糙的一头黑发，正张着嘴站在门口，手里举着个小包裹。

"哦，你来啦，乔迪！干吗去了这么久？"詹米说。

乔迪没有回答，怀疑的双眼一个劲儿地上下打量着他的雇主，光着两腿仅着一件衬衣站在店中央，马裤与鞋袜抛了一地，而揽在怀中的是衣裙起皱、头发散乱的我。乔迪的瘦脸顿时责难地皱起了眉头。

"我不干了，"他醇厚的嗓音带着西部高地人的腔调，"印刷归印刷——这点我是支持你的，可别想错了——可我是属于自由教会的，跟以前我爸和再以前我祖父一样。为一个天主教徒帮工是一回事儿——教皇的钱币跟谁的都一样，对吧？——可为一个道德败坏的天主教徒帮工就大不同了。为你自己的灵魂，老兄，你爱干吗干吗去吧。但在店里狂欢这种事儿，要我说，就实在太过分了。我不干了！"

他把包裹端端正正地摆在柜台正中，一转身便大步流星地往外走去。门外，市政厅的大钟正开始敲响，乔迪走到门口一转头，谴责地瞪了我们一眼。

"而且连正午都没到！"说着，把店门重重地甩在身后。

詹米望着他的背影出了会儿神，然后慢慢地又坐回到地板上，笑得眼泪都流了出来。

"而且连正午都没到！"他重复着，擦了擦脸颊上的眼泪，"哦，上帝啊，乔迪！"他前仰后合地用双手抱紧了膝盖。

我也忍不住大笑起来，但心里颇为担忧。

"我可没打算给你惹麻烦，"我说，"你觉得他会回来吗？"

他吸了吸鼻子，满不在乎地用衬衣下摆擦了擦脸。

"哦，会的。他就住在街对面的威克姆巷。我过会儿会去找他的，去，去解释清楚。"他说着看了看我，慢慢回过神来，补充说，"天知道怎么个解释法！"一时间，他似乎又要大笑起来，不过还是忍住冲动站了起来。

"你还有别的马裤吗？"我问，一边拾起了扔在地上的那条，把它挂在柜台上晾干。

"哎，我有——在楼上。不过你等一下。"他那长长的手臂钻进柜台下的橱柜，取出一张告示，上面整齐地印着"已外出"的字样。他把告示挂在门外，又从里面紧紧地插上了门闩，转向我。

"你愿意跟我上楼来吗？"他诱惑地伸出臂弯，眼里闪着亮光，"如果你不觉得这算道德败坏的话？"

"为什么不呢？"开怀大笑的冲动像冒着泡的香槟酒在我的血管里蠢蠢欲动，"我们都结婚了，不是吗？"

楼上分隔成两间屋子，楼梯平台的前后各一间，再加上平台处的一小间厕所。后屋显然完全用作印刷店的储藏室了，门被支开着，我能看见装满书本的木箱，用麻绳捆扎整齐的小册子堆得高高的，还有一桶桶的酒精和墨粉，以及一堆奇形怪状的五金器件，多半是印刷机的备用零件。

前屋则朴素得活像一间修道士的卧房。屋里有个抽斗柜，上面摆着一架陶瓷烛台，另有一个洗脸台、一个板凳和一张窄窄的小床，不比露营用的折叠床大多少。看到这个我松了口气，这才意识到我一直屏着呼吸。他是一个人住。

我迅速地环顾了四周，确定屋里没有女性存在的迹象，我的心才恢复了正常跳动的节奏。这里明显只住着詹米一人。他拉开遮住屋子一角的帷幔，露出一排木钩，上面挂的无非是几件衬衣、一套暗灰色外衣和长马甲、一件灰色的羊毛斗篷和他这会儿来取的那条备用马裤。

他背对我把衬衣掖好，系上了新裤子，但我能从他肩头紧张的轮廓里看见几分拘谨。一种同样的张力在我自己的颈后抽紧。重逢的震惊平复了一些，我们俩一下子又都变得非常害羞。我见他挺了挺肩膀，转身面对了我。歇斯底里的大笑和泪水都已经止住，虽然种种突发情感留下的痕迹在他脸上仍旧看得出来，我知道我的脸上也一定如此。

"见到你真是太好了，克莱尔，"他轻轻地说，"我以为我永远……唉。"他稍一耸肩，好像亚麻衬衣的肩膀有点紧似的。然后他咽了咽口水，正视了我的眼睛。

"那孩子？"他问，一时间所有的情感在他脸上表露无遗，急切的期待、绝望的恐惧，还有想要同时抑制住这两者的挣扎。

我微笑着伸出手说："来。"

我仔细想过很久，如果穿越石阵能够成功，我此行该带些什么。由于一度曾被指控施行巫术，这次我格外小心。然而有一件东西我必须带上，无论它被人看见会产生何种后果。

我拉他到小床边坐在我的身旁，从口袋里掏出了我在波士顿精心包好的长方形小包裹，打开防水层，把里面的东西塞进了他的手里。"给。"

我说。

他小心翼翼地接了过去，像是捧着一个未知的危险物品。一双大手紧紧地合拢在那叠相片的周围，刚出世的布丽安娜圆圆的小脸则一无所知地展开在他的十指之间，小拳头紧握着毛毯，似乎被这全新的生存状态累坏了一般，闭着斜翘的眼睛，在睡梦中微张着小嘴。

我抬眼看了看他，一张彻底空白的脸上写满了惊愕。他把相片捧在胸前，圆睁着眼睛，一动不动，如同刚刚被利箭穿心一般——而我猜他确实是这个感觉。

"你女儿给你带来了这个。"说着，我把他的脸转过来，温柔地亲吻了他的嘴唇。这一下打破了魔咒，他眨了眨眼睛又活了起来。

"我的……她……"那诧异的声音很沙哑，"女儿，我的女儿，她……她知道？"

"是的。来看看别的。"我从他手中抽走了第一张，露出下面的快照里已有四颗牙齿的布丽安娜，滑稽的笑容喜气洋洋地缀满了一岁生日蛋糕上的糖花，头顶上挥舞着崭新的毛绒小兔，得意得活像个小小的恶魔。

詹米不知所云地咕哝了一声，绷紧的手指松开了。我从他手里接过那一小撂相片，开始一张一张地拿给他看。

布丽安娜两岁，矮矮胖胖的，穿着滑雪服，帽子底下的圆脸儿红得像小苹果，一绺一绺的头发如羽毛般随风飘扬。

布丽安娜四岁，头发梳成油光的小铃铛造型，身穿白色背带套裙，一条腿搁在另一边膝盖上，端坐着为摄影师绽放着笑容，文静而优雅。

五岁，自豪地拥有了她第一个午餐盒，等候着登上开往幼儿园的校车。

"她不让我跟她一起去，一定要一个人走。她非，非常勇敢，什么都不怕……"我有点儿哽咽，解说着，展示着，指点着一幅幅变换着的画面，他不断抓过新的相片，之前的那些则纷纷滑落到地上。

"哦，上帝！"他惊呼，见到布丽十岁时坐在厨房地板上搂着大个儿纽芬兰犬小熏的画面，这是张彩色照片，她的头发，衬着小熏油亮的黑色皮毛，闪烁着灿烂的光彩。

他颤抖不已的双手再也握不住了，我不得不把最后的几张拿给他看——长大成人的布丽，一张里提着一串刚钓到的鱼，满脸欢笑；一张站在窗前，独自沉浸在秘密的思绪中；一张脸色绯红，头发蓬乱，劈了一半的柴火，正倚靠着斧柄稍作歇息。这些相片展示了她同一张脸上我所能捕捉到的各种不同的情绪，同一张脸，高高的鼻子、宽宽的嘴唇、高耸而宽阔的维京人的颧骨，还有那双上挑的眼睛——一张她父亲的脸的更精巧、更纤细的翻版，而她父亲此时正与我并肩坐在这小床上，颤动着无言的嘴唇，悄无声息的泪水从他的脸颊上奔涌而下。

他伸出一个张开的手掌悬浮于相片之上，颤抖的十指没有触及那光亮的表面，他转向我，缓缓地倒在我的怀里，像一棵倾倒的大树般优雅得难以置信。静静地，他把脸埋在我的肩头，泣不成声。

我的手臂紧搂住他宽宽的、抽泣着的肩膀，把他抱在胸前，我自己的泪水落在他的头发上，在那红色的波浪里印下一摊摊深色的小小的印迹。我把脸颊贴在他的头顶，小声地说着些无关紧要又支离破碎的东西，仿佛他是布丽安娜。我想，也许这就像外科手术——即便已修复了所有存在的损伤，康复的过程依然会很痛苦。

"她的名字呢？"临了他抬起脸来，用手背擦了擦鼻子。他重新捡起相片，轻手轻脚的，好像那些画面经他一碰便会冰消瓦解。"你给她取了什么名字？"

"布丽安娜。"我自豪地回答。

"布丽安娜？"他望着相片皱起了眉头，"怎么给小姑娘取了这么糟糕的名字！"

仿佛被当头一击，我惊跳起来。"哪里糟糕了！"我气愤地说，"多美的名字啊，况且，还是你让我取这个的呢！糟糕？你什么意思？"

"是我让你取这个的？"他眨起眼睛。

"千真万确！当我们——当我们——我们最后告别的时候。"我抿紧了嘴唇没再哭出来。片刻之后，按捺住了心绪，我补充道："你让我给孩子取名时随你父亲。他的名字是布莱恩，不是吗？"

"哎，是的。"终于，他脸上的笑容战胜了其他情感，"哎，"他重复着，"是的，你说得没错。只是——啊，我以为那娃儿会是个男孩，仅此而已。"

"那你很遗憾啰，她不是个男孩？"我瞪着他，一边开始一张张地抢回那四散的相片。他用双手按住我的手臂，阻止了我。

"没有，"他说，"没有，我不遗憾，当然不会！"他的嘴角微微地一翘，"但我也不想否认，她可是让我大吃了一惊，外乡人。你也一样。"

我静静地坐了一会儿，看着他。为了这一刻，我准备了几个月，可我仍旧膝盖绵软，柔肠百结。而他则全然措手不及地眼见我的出现，在如此的打击之下有些许摇摆也在所难免。

"我想我确实吓了你一跳。我来了你有没有觉得遗憾？"我咽下口水，问道，"你——你要不要我离开？"

他的双手像钳子一般夹紧了我的胳膊，我轻轻地叫出了声来。意识到他弄疼了我，他松了手，却依然把我抓着不放。我的建议让他的脸顿时变得很是苍白，他深吸了一口气又吐了出来。

"不，"他回答，貌似镇静，"我不是，我——"他的下颌一时间突兀地停顿在半空，接着又重复道，"不。"非常肯定。

他滑落了一只手握住了我的，俯身用另一只手捡起些相片铺开在自己的膝盖上，他低头细细地端详着，让我都看不清他的表情。

"布丽安娜，"他轻声道，"你念错了，外乡人。她应该叫布丽叶娜。"他用那高地人特殊的音调，把重音放在前边儿的"布丽"上，轻快地带过了后边的音节，布丽叶娜。

"布丽叶娜？"我学着念了一遍，笑了。他点点头，眼睛仍旧盯着相片。

"布丽叶娜，"他说，"很美的名字。"

"你喜欢我很高兴。"我回应他。

他抬起目光正视我的眼睛，一撇笑意在宽宽的嘴角忽隐忽现。

"给我讲讲她，"他的食指勾勒着那身穿滑雪服的胖娃娃，"姑娘小时候是啥样子？她最先学会说的是什么？"

他把我拉近了点儿，我顺势依偎到他的身旁。高大坚实的他散发出清新的亚麻和油墨的气息，一丝温暖的男性的味道令我感到熟悉而又兴奋不已。

"'狗狗'是她学会的第一个词。第二个是'不！'"

他脸上的笑意扩散开来："哎，这个词他们都学得很快。她很喜欢狗，是吧？"他像摆弄纸牌似的把相片呈扇形铺陈开，找到了有小熏的那张，"跟她一块儿的这狗很可爱啊。是什么品种？"

"纽芬兰犬，"我俯身浏览起那些相片，"还有一张，里面有我一个朋友送给她的小狗崽……"

淡泊的灰色日光越发暗沉下来，雨点已经在屋顶上滴滴答答地下了好一会儿，这时，一声毫不客气的咆哮从我杰西卡·古登伯格的蕾丝胸衣下响起，打断了我们的谈话。自打那花生酱三明治以后已经又过了好长时间。

"饿了，外乡人？"这还用问，我心想。

"嗯，既然你这么问，我确实饿了。你还在抽屉最上层藏吃的吗？"我们刚成婚的时候，我总是习惯时时备着点儿食物，好应付他经久不衰的好胃口。而我们住到哪里，哪里的大小橱柜的顶层抽屉里就总会有各色的面包卷、小糕饼或小块奶酪。

他笑着伸了个懒腰："别说，我真还藏了些。不过这会儿东西不多，只有几个放了好久的薄饼。不如我带你下楼去酒馆吧，看看——"一时间，刚才翻看布丽安娜相片时的喜悦从他脸上消失了，取而代之的是一种忧虑。他瞥了一眼窗外，淡灰的天光已渐变为一种柔和的紫灰色，他忧虑的神情加深了。

"酒馆！天哪！我把威洛比先生给忘了！"我还没来得及说上话，

他已站起身，开始翻找衣柜里干净的袜子。一手提着袜子，一手拿着两个薄饼，他走了出来，顺手把后者抛到我的膝头，一屁股坐到板凳上胡乱拉扯着把袜子穿了起来。

"威洛比先生是谁？"我咬了一口薄饼，碎屑散落下来。

"该死，"他似乎在自责，不是说我，"我说好了中午去找他的，完全给忘了！这会儿肯定四点都过了！"

"没错，我刚听见大钟响过。"

"该死！"他又骂了一遍，一边把脚蹬进一双带着锡质搭扣的皮鞋，站起来，从挂钩上抓过外衣，停在了门口。

"你想跟我来吗？"他忧虑地问。

我舔了舔手指，站起来披上了斗篷。

"千军万马都挡不住我。"我向他保证。

CHAPTER 25

风 月 楼

"威洛比先生是谁？"我问他，我们走到卡法克斯巷的拱门底下停了停，探头向外望着那鹅卵石铺就的道路。"呃……他是我的一个合伙人，"詹米回答，小心地看了看我，"最好把你的兜帽儿戴起来，看这倾盆大雨。"

雨确实下得挺大。瓢泼的雨水从头顶的拱门上倾泻而下，汩汩地流进阴沟，把街上的污水和垃圾一洗而光。我深深地吸了一口那湿润而清新的空气，兴奋不已地享受着这夜晚的狂野气息，享受着身边高大而强健有力的詹米。我找到他了。我终于找到他了，今后的人生还有多少未知似乎都已不再重要。我感到无所畏惧而坚不可摧。

我抓过他的手捏了一下，他低头冲我一笑，捏了捏我的手作为回答。

"咱们去哪儿？"

"去世界尽头。"雨声轰响着让交谈难以继续。詹米二话不说地扶着我的臂弯穿过了鹅卵石街道，接着，我们冲下了皇家一英里的陡坡。

所幸的是，那家名叫世界尽头的酒馆就在不到一百码的前方。当我们弯腰钻过低矮的门楣走进酒馆狭小的门厅时，我身上的斗篷只有肩膀上淋湿了一点儿，尽管雨下得很大。

大厅里人头攒动，烟雾缭绕，很温暖，比起外面的风暴是个非常舒适的庇护所。除了沿着墙边的凳子上坐了几个女人以外，这里大多数的客人都是男性。间或看得见一两个衣着得体的商人，但在这个时间，绝大多数有家可归的男人都已回家。此时酒馆里无外乎是些当兵的、混码头的、做苦力和学生意的，外加个把零散的酒鬼。

我们的出现颇引起了些注意，四下里传来了招呼的叫喊，长桌上的人们推搡着要让出位子来。显然，詹米是世界尽头的熟客。一些好奇的目光向我投来，但没有人说什么。我仍旧把斗篷紧紧地裹在身上，跟着詹米穿过了酒馆的人堆。

"不用了，小姐，我们待不久，"一个年轻的女招待迎上前来，殷勤地微笑着，他答道，"我是来找他的。"

姑娘眼睛一翻："哦，是吗？来得可不早啊！我妈把他放楼下了。"

"哎，我是晚了，"詹米抱歉地说，"我有……生意给耽误了。"

姑娘好奇地打量了我一番，转眼耸了耸肩朝詹米展开了她的酒窝。

"喔，没问题，先生。哈利给他送了一壶白兰地，后来我们就没再听见他的动静了。"

"白兰地，嗯？"詹米无可奈何地问，"他还醒着吧？"他从衣袋里取出一个皮质的口袋，掏出几个硬币放到姑娘伸出的手里。

"我想是的，"她藏好了硬币欣然回答，"我刚刚听见他唱歌来着。谢谢了，先生！"

詹米点点头，弯腰钻过屋后的门楣，示意我进去。酒吧间大厅背后是个小小的拱顶厨房，火炉上煨着一大锅貌似炖牡蛎的东西，香味扑鼻，我闻着香味流起了口水。我希望我们与威洛比先生的生意能在晚饭桌上洽谈。

一个穿着肮脏的衣裙的胖女人跪在火炉边，往里面扔着柴火。她抬头冲詹米点了点头，没有起身。

他举手作答，一边走向角落里的一扇小木门，抬起门闩把门开向了一道黑乎乎的下行楼梯，通向地下深处。远处楼下闪过一道亮光，仿佛酒馆底下有精灵们在挖掘钻石。

詹米的肩膀把狭窄的楼道挤得满满的，遮住了我的视线。当他踏入楼下开敞的空间，我才看见一排粗壮的橡木椽子，接着是一排巨大的酒桶，沿着石墙的一侧，摆放在一排栏杆顶上架着的长长的木板上。

只有一把火炬点在楼梯底端，酒窖里阴影重重，深处那洞穴一般的空间显得破旧不堪。除了楼上酒吧里传来的沉闷的喧哗，我听不见任何声音。绝对没有什么歌声。

"你肯定他在这底下？"我弯腰朝酒桶下的空隙瞥了一眼，怀疑那嗜酒的威洛比先生会不会喝多了白兰地，想找个隐蔽的地方睡上一觉。

"哦，是啊，"詹米的声音严肃中带着无奈，"我想那小家伙是躲起来了。他知道我不喜欢他在公共场合喝酒。"

我听了抬起眉毛，但他只是咕哝着朝阴影里走去。这酒窖很长，他的身影一会儿就消失了，只听见黑暗中他小心翼翼的响动。我停留在楼梯口火把的光环里，饶有兴趣地审视着四周。

除了那排酒桶，屋子当中还堆着几个木箱，靠着一堵大约五尺高的奇怪的墙，这堵墙单独竖立在酒窖的地面上，向黑暗处延伸过去。

二十年前，当我们与查尔斯王子殿下一同投宿爱丁堡时，我确实曾听说过这家酒馆有如此一景，但由于种种原因从未目睹。这堵墙最初为爱丁堡的创始人在一五一三年灾难性的弗洛登原野战役之后建造的围墙。当他们不失公正地断言，与南方的英格兰人往来永远不会有好处，于是便有了这座城墙，既划定了城市的边界，又界定了苏格兰文明世界的尽头。此地因而被称作"世界尽头"，而老苏格兰人的这番一厢情愿也造就了城墙遗址上历经数代更迭而始终未改其名的酒馆。

"该死的小家伙，"詹米走出阴影，发梢上粘着蜘蛛网，眉头紧蹙，"他肯定在墙后面。"

他一边转过身，一边用双手捂着嘴叫喊了起来。那是一种连盖尔语都不像的、莫名其妙的奇怪语言。我怀疑地掏了掏耳朵，不清楚穿越石阵是否使我的听觉发生了错乱。

眼角有什么动静一掠而过，我抬头望去，只见一团鲜艳的蓝色物体飞过古城墙上方，正好砸在詹米的肩胛骨之间。

一声可怕的巨响，他倒在酒窖的地上，我一个箭步冲到他身旁。

"詹米！你没事儿吧？"

他趴在那儿说了一连串的盖尔语粗话，才慢慢地坐起身来，一手揉着自己斜蔽在石板地上的额头。这时候，那团蓝色的东西变形为一个非常矮小的东方人，高兴地咯咯咯笑个不停，黄色的圆脸儿闪耀着欣喜和白兰地的光泽。

"你是威洛比先生，我想？"我询问眼前这奇异人物，同时小心防备着他会使出更多的把戏。

他好像听出了自己的名字，咧开嘴笑着冲我猛地点了点头，眼睛眯成了闪光的细缝。他指着自己用汉语说了些什么，然后跃入空中飞快地连翻了好几个后空翻，最后蹦着站起身，满脸胜利的光芒。

"见鬼的跳蚤。"詹米爬起来，小心地在外衣上擦了擦自己磨破了皮的手心，一把拽起那东方人的领子，把他当空提了起来。

"好啦，"他把那小个子放到楼梯上，用力戳戳他的后背说，"咱们该走了，快点儿。"那蓝衣服的瘦小身影应声瘫软下来，像一袋子待洗的衣服似的倒在台阶上。

"他没喝醉的时候还行，"詹米抱歉地向我解释，一边把东方人举到一侧的肩膀上，"不过他真的不该喝白兰地的。实在是个可怕的酒鬼。"

"这个我看见了。你倒是怎么搞到他的？"我着了迷似的跟着詹米上了楼梯，威洛比先生的辫子衬着詹米的灰色羊毛毡斗篷，像个节拍器一般来来回回地摆动着。

"是在码头。"他正要继续解释，头顶的门打开了，迎接我们回到酒馆的厨房。粗壮的老板娘见我们走了过来，气鼓鼓的一脸不满。

"好，马尔科姆先生，"她皱着眉说开了，"您很明白我欢迎您来这儿，您也得明白我不是个爱挑剔的女人，开个酒馆儿老爱挑剔可不方便。不过，我也告诉过您的，您那个小黄脸男人可不是——"

"哎，您是提过，帕特森夫人，"詹米打断了她，一边从口袋里挖出一枚硬币，一鞠躬递给了胖胖的老板娘，"您的容忍令我非常感激。这事儿不会再发生了。我希望。"他低声地补充了一句，向帕特森夫人又鞠了一躬，便弯腰钻过那矮门楣走进了酒馆大厅。

再次走进大厅，我们又引起了一阵骚动，不过这次的影响是负面的。人们有的默不作声，有的压低了声音咕哝着我们几乎都听得见的诅咒。我猜想威洛比先生兴许不是这家酒馆最招人待见的顾客。

詹米侧身穿过人群，让道的人们很勉为其难。我全力紧跟其后，努力不去正视任何人的眼睛，努力屏住呼吸。对于尚未适应十八世纪恶劣的卫生条件的我，不堪忍受如此狭窄的空间里许久未清洗的躯体所散发出的恶臭。

快走到门口时，我们还是遇上了麻烦，麻烦的化身是一个体态丰满的年轻女人，身上的衣裙比老板娘母女朴实的素色打扮略显花哨，领口则更低一点儿，她的主要职业不难猜到。我们刚走出厨房的时候，她正与几个学徒工小伙子沉浸在打情骂俏之中，当我们走过他们身边，她一抬起眼，便立即尖叫着跳了起来，同时还把一杯麦芽酒打翻在地。

"就是他！"她摇摆着手指惊叫着指向詹米，"那个下流的恶魔！"她的双眼似乎一时难以聚焦，我估计她打翻的已不是今晚的头一杯了，虽然此时还不晚。

她的同伴们好奇地盯着詹米，尤其当那年轻女子走上前来，用手指当空指着戳着，像在指挥合唱班似的。"他！就是我告诉你们的那个下流的小痞子——对我做出那种恶心事儿的家伙！"

我跟其余的人一起好奇地看着詹米，但很快地，和大伙儿一样地意识到，年轻女子这番话的对象并不是他，而是他背上的人。

"你这下流的恶魔！"她冲着威洛比先生蓝色丝绸裤子的屁股底下

叫喊着，"好色鬼！鼻涕虫！"

眼见着姑娘如此难过，她的同伴们激动起来，一个高高壮壮的小伙子握紧了拳头站起身，靠在桌边，满眼闪烁着麦酒和暴怒。

"就是他，啊？要我替你揍他一顿吗，玛吉？"

"可别冒这个险，小伙子，"詹米简短地提醒他，挪挪肩上的重负，调整好重心，"你喝你的，我们这就离开。"

"哦，是吗？你是给这小跳蚤拉皮条的吧？"年轻人粗俗地冷笑了一声，满脸潮红地转向我这儿，"至少你的这个婊子不是个黄脸——咱们来瞧瞧她咋样。"他动手动脚地扯起了我的斗篷，露出那件杰西卡·古登伯格胸衣低低的领口。

"看着白里透红的，"他的同伴不失赞许地评论道，"敢情她上上下下是不是都这样？"我来不及躲闪，他已经朝我的胸衣动起手来，抓住了蕾丝花边的边缘。那不堪一击的料子并非为十八世纪生活的严苛要求所设计，从侧面被撕坏了一半，一下子暴露出很多的白里透红。

"放手，你这婊子养的！"詹米靠过来，眼里闪着怒火，空着的一手握紧了拳头威胁道。

"骂谁呢，你这细脚伶仃的自大狂？"前面那个年轻人接口，没能从桌子后面绕出来，他跳上桌，直扑向詹米，不料詹米灵巧地一闪，弄得他一个嘴啃泥，摔在了墙上。

詹米一个大步迈向那桌子，对着另一个学徒工的脑袋猛地打了一拳，打松了那小子的下巴，瞬时抓过我的手把我拉出了大门。

"快点儿！"他哼哼着说，移了移威洛比先生那滑溜溜的身体，稳稳地抓紧了，"他们立刻就会追上来！"

的确如此。叫喊声传来，酒馆里涌出更多哄闹的人，顿时充斥了我们身后的大街。詹米见到第一个出口便立即拐出皇家一英里，我们冲进一条幽暗的窄巷，一路上飞溅起泥浆和各色来历不明的污水，钻过一道拱门，顺着另一条蜿蜒的小巷奔驰而下，仿佛潜入了爱丁堡的九曲羊肠。

耳边闪过一堵堵漆黑的石墙，一扇扇破落的木门，最终一拐弯进到一个小小的庭院，我们才得以停下来喘上一口气。

"他……到底……做了什么？"我喘息着问道，实在想象不出瘦小的威洛比先生能对刚才的玛吉那般壮硕的小丫头做出什么了不得的事儿。看上去她完全可以把他像个苍蝇一样摁死。

"嗯，你知道，那全都跟脚有关。"詹米瞥了一眼威洛比先生，解释说，一脸无可奈何的郁闷。

"脚？"我不由自主地看了看威洛比先生整齐的微型小脚，穿着一双布底的黑缎子鞋。

"不是他的，"詹米见状继续解释道，"是女人的脚。"

"什么女人？"我问。

"嗯，迄今为止，仅限于妓女而已，"说着他朝拱门方向望去，寻找尾随的人群，"不过你也说不准他会做出什么样的尝试。没法儿说，"他简单地总结道，"他是个异教徒。"

"我明白了，"我嘴里这么说，其实根本没明白，"是什么——"

"他们在那儿！"小巷尽头的一声大喊打断了我的问题。

"见鬼，我以为他们已经作罢了。快，这边！"

我们又跑了起来，顺着一条小巷回到皇家一英里，下坡没几步路又拐进了一条窄巷。我能听见身后大街上的呼喊，而詹米抓着我的胳膊一下子把我拽进一个门洞，院里满是木桶、包裹和板条箱。他紧张地环顾了四周，便把瘫软的威洛比先生塞进一个装着垃圾的大桶。稍事犹豫，他扔了块帆布掩盖住了威洛比的脑袋，又立刻拖着我躲到一辆载满木箱的板车后头，一把将我拉到地上，蹲在他的身旁。

经过这非同寻常的折腾，我气喘吁吁，心脏被恐惧刺激得怦怦直跳。冷风加上运动令詹米脸色通红，头发七上八下地竖着，但他的呼吸却平稳得很。

"你老做这种事儿吗？"我问他，一手按住胸口，徒劳地想要放慢自己的心跳。

"也没有。"他答道，一边警惕地越过板车窥探着追击者。

隐约间有奔跑的脚步声回响起来，又渐渐消失，随后一切便安静了，只剩滴答的雨水不断打在我们头顶的木箱上。

"他们跑远了。不过咱们最好再待会儿，以防万一。"他搬了个木箱下来让我坐，又给自己也弄了一个，叹着气坐了下来，一手撩开面前散落的头发。

他冲我歪嘴一笑："对不起，外乡人。我没想到会这么……"

"波澜起伏？"我替他说完，回应了他一个微笑，掏出手帕擦去自己鼻尖上的一滴水珠。"没关系，"我瞟了瞟那只大木桶，其中的震动和摩挲的声响意味着威洛比先生正多多少少在恢复清醒。"呃……关于脚的事儿，你是怎么知道的？"

"他告诉我的。他喜欢喝酒，你是知道的，"他一边解释，一边瞅着那个隐藏着他的合伙人的大木桶，"一旦多喝两口，他就会谈起女人的脚，以及他想要对它们做出的种种可怕的事情。"

"对一只脚究竟能做出什么可怕的事情来？"我非常好奇，"那显然没有多少可能性吧。"

"不，可能性多着呢，"詹米严肃地说，"不过，我可不想在大街上谈这些。"

我们背后的木桶深处传出几声模糊的抑扬顿挫。那是一种音调上本来就有很多高低起伏的语言，我说不清，可还是觉得威洛比先生是在问什么问题。

"闭嘴，你这小蛆虫！"詹米粗鲁地回答，"再多嘴，我立马一脚踩你脸上，看你还喜不喜欢！"木桶里传出一阵尖锐的傻笑，随即又恢复了平静。

"他想要什么人在他脸上走路？"我问。

"是的，要的就是你。"詹米干脆地回答，对我愧疚地耸耸肩，脸颊上的红色又深了一层，"我还没来得及告诉他你是谁。"

"他会说英语吗？"

"哦，会一点儿吧，不过没多少人能听懂他说的英语。我多半儿就跟他说汉语。"

我瞪大了眼睛望着他："你会说汉语？"

他耸耸肩，歪着头微微一笑："嗯，我说的汉语大约就跟威洛比先生说的英语差不多，不过嘛，在跟谁聊天的问题上他也没那么多选择，所以就只好将就我了。"

我的心脏似乎已恢复了正常，我仰靠在板车上，把兜帽往前拉了拉，好遮挡住细雨。

"他怎么会叫威洛比的呢，这么个名字？"我问。对威洛比先生我确实很好奇，但我更想知道的是一个斯斯文文的爱丁堡印刷商与他又是什么关系，然而，有一种顾虑阻挡着我去刺探詹米的生活。方才起死回生——或者说，从那与死境无异的地界归来——我实在无法去当场质问他生活中的所有细节。

詹米用手擦了一下鼻子："哎，那个，只是因为他的真名叫'倚天宙'，背靠着天堂的意思，据他所说。"

"太难念了？对此地的苏格兰人来讲？"我了解大部分苏格兰人狭隘的天性，他们若不愿接触陌生的异国语言，我丝毫不会吃惊。詹米的语言天赋着实是一个基因学的特例。

他笑了，洁白的牙齿在初降的夜幕下熠熠闪光。"嗯，也不是那个，不全是。只是，你要把他的名字说走样了一丁点儿，就非常像盖尔语里的一句粗话。我想，威洛比可能更好用些。"

"是这样。"既然如此，我心想，我不应该再去问那不雅的盖尔语是什么了。我转过头向身后望了一眼，那海岸的方向似乎已再无人影。

詹米见状站了起来，点点头："是的，我们可以走了。那群小家伙这会儿早该回到酒馆了。"

"我们回印刷店的路上不会经过世界尽头吗？"我疑虑地问，"还有别的路可走吗？"此时天色已经全黑，跌跌撞撞地折回爱丁堡藏污纳垢的后街窄巷，委实不是个好主意。

"啊……不用。我们不回印刷店了。"我看不见他的脸，但他的神情里仿佛透着一丝保留。或许他在城里还有另一处住所？想到这个可能，我感觉心头有些空落。印刷店的楼上，很明显是一间苦行僧的小屋，但他会不会还拥有一所别苑——和家室？在印刷店里我们只来得及交换了最基本的信息，我根本无从知晓他二十年来的所有经历，抑或是他眼下所从事的一切。

然而，见到我他分明很高兴——最起码可以这么说。也许他此时若有所思的愁绪只不过源于他醉酒的合伙人，而不是我。

他弯下腰，对着木桶里说了些带着苏格兰腔的汉语。这是我一辈子听见过的最古怪的声音，像极了风笛调音时发出的尖锐声响，我一边这么想一边兴致盎然地玩味着他的表演。

不管他说了什么，威洛比先生都回之以滔滔不绝，外加时不时的痴笑和鼻息。最后，瘦小的威洛比先生从桶里爬了出来，远处巷子里的马灯勾勒着他袖珍的体形。他轻盈地跳下，旋即拜倒在我的脚下。

对詹米所说的关于脚的奇闻还记忆犹新，我连忙退后了一步，而詹米安慰地拍了拍我的手臂。

"啊，没关系，外乡人，"他说，"他不过是在为先前对你的不敬表示歉意。"

"哦，是这样。"我心存疑虑地望着威洛比先生，这时候他正朝着地面不停地说着些什么。茫然无措于得体的礼节，我俯下身，轻拍了一下他的脑袋。显然此举并未冒犯他，他一跃而起，连连向我鞠躬行礼，直到詹米不耐烦地令他罢休，我们才终于启程朝皇家一英里进发。

詹米把我们领到一幢隐匿在小巷里的楼房，再下坡一丁点儿就是卡农盖特教堂，荷里路德宫大约在四分之一英里外的山坡之下。眺望着宫殿大门口的一盏盏马灯，我不由得打了个寒战。我们曾随同查尔斯·斯图亚特在宫中住了将近五周，那是他短暂的革命生涯早期一段战绩辉煌的日子。詹米的舅舅——科拉姆·麦肯锡就死在那里。

詹米叩响了大门，门应声打开，所有的回忆随之散尽。一个小巧而优雅的黑发女人手持蜡烛站在门口，探头看着我们。见到詹米，她欢呼着把他迎进屋里，问候着吻了吻他的脸颊。我的五脏六腑顿时拧成了拳头，直到听他招呼她为"珍妮夫人"，我的心才放了下来。没有人会如此称呼自己的妻子——也不会这样称呼情妇吧，我希望。

然而，这个女人身上依然有些什么令我很不自在。她无疑是个法国人，尽管英语说得不错——这没什么奇怪，爱丁堡是个港口，也是个容纳百川的都会。她穿着厚重的丝绸，裁剪繁复，虽说阔绰有余，却也不失庄重，只是身上的胭脂香粉可比普通的苏格兰女人浓厚得多。而最令我不安的是她打量我的样子——眉头紧锁，带着一丝显而易见的不悦。

"弗雷泽先生，"她抚摸着詹米的肩膀，亲密得令我十分厌恶，"我能不能跟您单独说两句？"

詹米把斗篷递给了走上前来的女仆，瞥了我一眼，立刻解读出了个中微妙。

"当然，珍妮夫人，"他恭敬地回答到，一边伸出手把我拉到跟前，"不过首先——请允许我向您介绍，我的妻子，弗雷泽夫人。"

一时间我的心跳突然停止，待到重新恢复的时候，我可以肯定那小小门厅里每个人都能够清楚地听见。詹米的目光与我相遇，他微微一笑，握在我手臂上的指尖紧了紧。

"您的……妻子？"珍妮夫人的脸上显出一种我说不清是惊异还是恐惧的表情，"可是弗雷泽先生……您把她带来这里？刚刚我还在想……您带来个女人……唉，虽说是没有问题，但侮辱了我们自己的姑娘们也不好……可现在……带您妻子……"她张大了嘴，颇不雅观地露出了几颗腐烂的白齿。不一会儿，她猛地摇了摇头，慌忙恢复了优雅的姿态，对我点点头，挤出亲切的问候："晚上好……夫人。"

"也祝您晚上好。"我恭敬地回应道。

"我的房间准备好了吗，夫人？"詹米没有等她回答，便转身领着我上了楼梯，"我们准备在这儿过夜。"

他回头瞟了一眼跟着我们进来的威洛比先生，他一来便早已就地坐下，此刻身上正滴着雨水，小小的平板的脸上显出一种梦境般的表情。

"呃……？"詹米指着威洛比先生比了个询问的手势，向珍妮夫人抬了抬眉毛。她瞪着威洛比先生，仿佛不知他从何而来，过了会儿才回过神来，连忙拍着手掌唤来了女仆。

"看看若西小姐有没有空，好吗，保利娜？"她指示道，"然后，拿点儿热水和干净的毛巾送去给弗雷泽先生和他的……夫人。"她吐出最后的两个字时，显出一种目瞪口呆的惊异，仿佛仍旧无法相信那是事实。

"哦，还有件事，夫人，如果您能好心地帮个忙，"詹米倚着栏杆，微笑地俯视着她，"我妻子需要一件干净的衣裙，出于很不幸的意外，她的衣服不能穿了。您能否在明早之前准备好？谢谢您，珍妮夫人。祝您晚安！"

跟随他走上四层盘折而上、通往小楼顶层的楼梯，我一声没吭，着实是忙于思考，而我脑海里一片混沌。酒馆里的小伙儿称他为"拉皮条的"，可那一定只是骂人的话吧——绝不可能。对于我所认识的詹米·弗雷泽来说，绝不可能，我纠正自己，望着眼前身着深灰色斜纹呢外衣的宽厚的肩膀。然而，对于眼前的这个男人呢？

我不太清楚自己期待的是什么，但我们的房间很普通，窄小而干净——而回头一想，这又很不普通——屋里陈设着板凳、简单的床铺和抽屉柜，柜子上摆着脸盆、水壶和插着蜂蜡蜡烛的陶制烛台，詹米用带上楼来的一支长蜡烛点亮了房间。

他褪下淋湿的外衣，随意地扔到板凳上，往床上一坐便开始解开湿湿的鞋子。

"天哪，"他说，"饿死我了。希望厨子还没有睡。"

"詹米……"我说。

"把你的斗篷脱下来，外乡人，"见我仍站在门口，他说，"你都湿透了。"

"是。嗯……是的。"我咽下口水接着说，"只是……呃……詹米，为什么你在妓院里会有固定的房间？"我径直问道。

他有点尴尬地揉了揉下巴。"对不起，外乡人，"他说，"我知道我不该带你来这儿，可我能想到的也只有这里，能很快替你补好衣服，再弄点儿热的晚餐。而且，我还得给威洛比先生找个地方好让他别再惹麻烦，既然我们反正都得来这儿……唉——"他看了看那张床，"比起我在印刷店的小床，这儿要舒服多了。不过，也许这是个坏主意。我们可以走，如果你觉得不够——"

"我不在乎那个，"我打断他，"问题是——你为什么会在妓院里有个房间？你是不是这儿的常客，所以——"

"常客？"他抬起眉毛仰头看着我，"这儿？天哪，外乡人，你以为我是什么人？"

"见鬼，我怎么知道，"我说，"所以我才问你呢。你准不准备回答我的问题？"

他盯着自己穿着袜子的脚看了一会儿，脚指头在地板上动来动去。最后他抬起头，平静地回答说："好吧。我不是珍妮的客人，不过她是我的客人——而且是个常客。她给我留这间房，是因为我忙生意时经常跑码头搞得很晚，需要随时能够吃上顿饭睡上一觉，并且需要不被打扰。这间房是我同她的交易的一部分。"

我一直屏住呼吸，听到这里，我松了半口气。"好吧，"我说，"那么我下一个问题恐怕该是，一个妓院的老板娘跟一个印刷商做的是哪门子交易？"我脑海里闪过一个念头，也许他帮珍妮夫人印广告传单来着？不过立刻打消了那荒唐的想法。

"这个嘛，"他不紧不慢地说，"不。我想下一个问题不是这个。"

"不是这个？"

"不是。"他一气呵成地跳下床，站到我面前，近得让我不得不抬起头才看得见他的脸。我突然非常想退后一步，但我没有，主要原因是根本没有空间让我后退。

"问题应该是，外乡人，你为什么要回来？"他说得很温柔。

"你竟然问得出这种问题！"我的手掌紧按住背后粗糙的木门，"该死的，你觉得我为什么要回来？"

"我不知道。"他那柔和的苏格兰口音显得很冷静，但即便在暗淡的烛光下，我仍能看见他敞开的衬衣领口里跃动的脉搏。

"你回来是想做回我的妻子，还是仅仅来告诉我女儿的消息？"似乎感觉到如此近的距离在压迫着我，他倏地转过身，走到窗前，窗户的百叶窗在风里吱吱作响。

"你是我孩子的母亲——就因为这个，我亏欠你，我的灵魂都是属于你的——是你让我知道我的生命并非徒劳无功——知道我的孩子安然无恙，"他转身面对着我，一双蓝眼睛炯炯有神。

"你我曾是一体，外乡人，可自从我们分开，已经过了太久了。你有了你的生活——在那儿——而我的生活在这里。对我所经历的一切你都一无所知。你现在回来，是出于你的愿望吗，还是觉得是你的责任？"

我感到喉头一紧，但我依然正视着他的眼睛。

"我现在才回来，因为以前……我以为你死了。我以为你在卡洛登死了。"

他垂下眼睛看着窗台，拨弄起上面的一根木刺。

"哎，我明白了，"他轻声说道，"其实……我是想去死的。"他微笑着，却很认真地说，两眼注视着那根木刺，"我也很努力地争取了。"他又抬眼看了看我。

"你是怎么发现我没有死的呢？说到这个，你又是怎么找到我在哪儿的？"

"有人帮助了我。一个叫罗杰·韦克菲尔德的年轻的历史学家帮我
找到了史料，是他发现了你在爱丁堡的踪迹。当我看见 A．马尔科姆，
我就知道……我想……那可能就是你。"我的回答显得很没有说服力，
但是细节以后有的是时间说给他听。

"啊，是这样。所以你就来了。可……为什么呢？"

我望着他，没有说话。兴许是觉得有点儿窒息，抑或只是想要做些
什么，他把玩起百叶窗上的闩子，把窗户打开了一半，湍急的水声和雨
水清冷的气味顿时淹没了小屋。

"你是不是想告诉我你不要我留下？"我终于开了口，"因为如果
这样……我是说，我知道你有你现在的生活……也许你有……其他的牵
绊……"异乎寻常敏锐的知觉使我即便在此时倾盆的大雨和胸中狂乱的
心跳之上，仍能听见整幢楼里各种细小的动静。我偷偷地在裙子上擦了
擦潮湿的掌心。

他从窗口转身惊诧地望着我。

"上帝啊！"他说，"不要你？"苍白的脸上，他的眼睛亮得有些不
自然。

"二十年了，我为你心如焚火，外乡人，"他柔声道，"你知不知道？
耶稣啊！"轻风搅乱了他脸颊边的发丝，他不耐烦地把它们捋到后面。

"可我不再是你认识的那个男人了，二十年了，那还可能吗？"他
别转身，无可奈何地挥着手，"你我间现在的了解都不如我们成婚的
时候。"

"你要不要我离开？"我的耳边有浓稠的热血在澎湃。

"不！"他急切地冲向我，紧扼住我的肩头，我不由得朝后缩了回去。
"不，"他放低声音，"我不要你走。我告诉过你了，我是认真的。可是……
我必须要知道。"他把头俯向我，满脸是苦恼的困惑。

"你要不我？"他耳语道，"外乡人，你愿不愿意接受我——为了

你曾经认识的那个男人，孤注一掷地接受现在的我？"

我感到巨大的解脱席卷而来，其中掺杂着些许恐惧。这股浪潮从他紧抓着我肩膀的手中一直倾泻到我的脚尖，令我上上下下的关节酥软无力。

"你这么问也实在太晚了，"我说着，伸手上前摸了一下他的脸颊，刚刚露头的粗糙的胡须在我的指尖上柔和得像干硬的长毛绒毯，"因为我已经孤注一掷地抛弃了一切。但无论你现在是谁，詹米·弗雷泽——是的。我愿意。我要你。"

烛火在他眼中泛着蓝色的光芒，他向我张开双手，我无言地走进了他的怀抱。我把脸颊枕在他的胸口，惊叹着拥他入怀的感觉，如此健硕，如此坚实，如此温暖。年复一年地渴望着一个无法触及的灵魂，如今他真真切切地在我怀中了。

片刻之后，他松开了手，非常温柔地摸了摸我的脸，俯视着我，微微笑了笑说："你有着魔鬼般的勇气，是吧？不过，你一向如此。"

我努力想回报他一个微笑，但嘴唇不由得颤抖起来。"那你呢？你怎么知道我又变成什么样儿了呢？二十年来我做了些什么你也一无所知。我可能是个非常可怕的人，你都不知道！"

嘴上的笑意洋溢到了他的眼里，幽默点亮了他的目光："这么说也不无可能。可你知不知道，外乡人——我觉得我根本就不在乎！"

我站在那儿又端详了他足有一分钟之久，然后，挺起胸膛深深地叹了口气，搞得衣服上的针脚又脱了几个。

"我也不在乎。"

与他共处，要说害羞似乎有点儿荒唐，可我却害羞得很。一晚上的冒险经历加上他对我说的一切，着实打开了一道现实的断层——我们之相隔着二十个未曾共度的年头，而尚不可知的未来已经展开在眼前。此时我们来到一个可以重新相互了解的起点，一同去发现，是否我们依然是那两个曾一度存在于一体的人——是否我们还能够再次合二为一。

一记敲门声打破了紧张的气氛。一个矮小的女仆端来个托盘，里面盛着我们的晚餐。她羞涩地朝我行了屈膝礼，对詹米笑了笑，熟练而迅速地将晚餐——冷切肉、热汤和温热的燕麦面包加牛油——摆放就绪，点起炉火，咕哝了一句"晚安"便离开了。

晚餐进行得很慢，我们都小心翼翼地把话题局限于无关紧要的事情。我告诉了他我是怎样从纳敦巨岩走到因弗内斯，又用格雷厄姆先生和乔吉小少爷的故事把他逗得哈哈大笑。接着，他又给我讲了威洛比先生的故事，告诉我他是如何在本泰兰码头——爱丁堡附近的一个运输港口，发现了那个饿得半死又酩酊大醉地躺倒在一排酒桶之后的东方人。

我们几乎没有谈及我们自己，可我一边进餐却一边越发敏感地意识到他躯体上的存在，满眼只见他忙于斟酒、切肉的纤长的双手，那衬衣之下不时地扭转着的强健躯干，还有当他弯腰捡起掉落的餐巾时，那颈部和肩膀显露出的优雅线条。有一两次，我认为我看见他的眼光也同样地流连于我——是一种热切，又稍带犹豫——而每一次他都很快地挪开目光，遮住了自己的眼睛，不让我看出他的所见，以及他的感受。

晚餐结束时，我们的脑海里都只想着同样的一个念头。考虑到我们的所在，这点几乎无可逃避。一股夹杂着恐惧和期待的震颤掠过我的周身。

终于，他把酒一饮而尽，放下酒杯，直视着我的眼睛。

"你愿意……"他停顿了一下，眉目间的潮红加深了一度，但他仍然看着我的眼睛，咽下口水，继续说道，"你愿意与我一同上床吗？我是说，"他连忙补充，"天很冷，我们又都淋了雨，而且——"

"而且这里也没有椅子，"我替他说完，"好的。"我抽出了握在他掌心的手，转身面向床铺，一种混合着兴奋和踌躇的奇特感受令我呼吸急促。

他很快地褪下了马裤与长袜，转而向我看过来。

"对不起，外乡人，我都没想到帮你解开绑带。"

看来帮女人宽衣解带并不是他常做的事，我不由自主地想道，嘴角于是泛起了微笑。

"那个嘛，其实不是绑带，"我嘀咕着，"但如果你能在后边那儿帮把手……"我把斗篷放到一边，背对着他撩起披散的头发，露出长裙的后背。

一阵困惑的沉默之后，我感到一个手指慢慢地滑下我的背脊。

"那是什么？"他显得很诧异。

"那叫拉链，"我笑着说，虽然他看不见我的笑容，"看到最上面那个小拉环了吗？只要捏住它，往下拉就是了。"

随着那悄然的滑动声，两道拉齿一分为二，那件杰西卡·古登伯格长裙所剩的残余垂落下来。我从袖子里抽出胳膊，让长裙重重地掉在脚边，趁自己还没有失去勇气，及时转过身来面向詹米。

他猛地朝后一退，被这突如其来的破蛹而出惊呆了。随后他眨了眨眼睛，怔怔地望着我。

我赤裸地站在他面前，只穿着鞋子、玫瑰丝长袜和吊袜带。一种压倒性的冲动让我想要把裙子重新抓起来，但我没有，只是挺直了背脊，抬起下巴，静静地等待着。

他一言不发，双眼随着脑袋轻微的移动在烛光下闪烁着，但他依然有本事把所有的思想悉数藏在那令人莫测的面具背后。

"见鬼，你就不能说点儿什么？"我终于质问道，声音并没有抖得特别厉害。

他张开嘴，却仍没有说出话来，只是慢慢地左右摇摆着脑袋。

"耶稣啊，"最后他耳语道，"克莱尔……你是我见过的最最美丽的女人。"

"你，"我用宣判的口气回答，"是老眼昏花了。多半是青光眼，你要得白内障还早了点。"

他听了哈哈大笑，略微有些颤抖，这时我看到他确实被蒙蔽了双眼——泪光在他眼里闪烁,虽然他正在微笑。他伸出手,使劲眨了眨眼睛。

"我的眼睛可跟老鹰一样尖锐,"他的口气同样坚决,"而且一贯如此。过来。"

我有些犹豫地拉住他的手,从地上衣裙勉强的庇护之中跨了出来。他温柔地拉近我,坐在床边让我站在他的两膝间,轻轻地在我的双乳之上各吻了一下,然后把头枕在中间,温热的呼吸触动着我裸露的肌肤。

"你的胸脯就像雪白的象牙。"他轻声说,"胸脯"一词显然带着苏格兰高地口音,那口音,每当他感动忘我之时,总会变得好重。他抬起手拢住了我一边的乳房,黝黑的手指反衬着我苍白的肤色。

"只要看见它们,如此丰满,如此圆润——基督啊,我可以永远把头枕在这里。可是,外乡人,能触摸到你……你那白色天鹅绒一样的皮肤,你的身体甜美而悠长的线条……"他停顿了一下,我能觉出他吞咽时喉头的肌肉在收紧,他的手慢慢地移动着,顺着我腰间和髋部的弧度,向着臀部和大腿起伏的曲线下行。

"敬爱的上帝啊,"他说,声音依然轻柔,"看着你,外乡人,我无法忍受不去触摸你。有你在身边,我怎么能够不想要你!"他抬起头,在我心口印下一个吻,接着,他让自己的手游走到我腹部平和的弧线,轻轻地描摹起那里,自从布丽安娜出生后留下的细小的印痕。

"你……不介意这些?"我犹豫地问道,一边用手指来回抚弄着自己的肚子。

他似乎有点可怜地抬起头笑了笑,迟疑片刻后,提起了自己衬衣的下摆。

"你介意吗?"他问。

那是一片从大腿中部几乎延伸到腹股沟的伤疤,长达八英寸的扭曲的白色组织。看到这个,我无法抑制地倒抽了一口凉气,跪倒在他跟前。

我紧抱住他的腿,把脸颊贴在上面,仿佛此时此刻我便能这样把他留住——正如同当年我无法如此留住他。我感到他缓慢而深沉的脉搏震荡在我手指之下的股动脉中——与眼前那盘曲着的伤疤里丑陋的沟沟壑壑无外乎一寸之隔。

"它没有吓坏你，没有让你恶心吗，外乡人？"他把手放在我的头发上问道。

我抬起头惊异地望着他："当然没有！"

"哎，那好。"注视着我的目光，他伸手抚摸起我的小腹，"如果这是你经历了你自己的战斗留下的伤痕，外乡人，"他温柔地说，"那我也丝毫不会介意。"

他扶我起来坐到他身边的床上，靠过来亲吻了我。我踢掉了鞋子，蜷起双腿，透过他的衬衣感受着他身上的暖意。我摸索着找到了他领口的纽扣，解开了它。"我要看看你。"

"啊，没什么好看的，外乡人，"他犹疑地笑了一声，"不过不管是什么样子，它都是你的——如果你想要。"

他从头顶扯下衬衣扔到地上，然后躺倒下来，脑袋枕着手，把身体展现在我的眼前。

我并不清楚我期待着看见什么，而事实上，他的裸体确实令我没喘过气来。他依然那么高大，毫无疑问，体形依然那么漂亮，纤长的骨骼和精干的肌肉依然显得优雅而充满力量。烛光下，他仿佛散发着一种由内而外的光芒。

他也变了，这很自然，但变化得很微妙，似乎是被放进了烤炉，一直烘焙到表面坚硬起来。他的肌肉和皮肤似乎都紧致了几分，更贴近他的骨骼，成为一个越发严密的整体。尽管他从不曾显得笨拙，但那种孩子气的松散感已尽数消退。

他的肤色比从前黑了，成为一种浅浅的金色，自上而下，从晒成古铜色的脸和脖子渐变成大腿深处映着蓝色血管的纯白。私处红褐色的毛发凶险地竖立成一丛，显而易见，他并没有说谎，他确实非常想要我。

我的目光与他相遇，他立刻歪了歪嘴角。"我确实答应过要对你诚实，外乡人。"

我笑了，同时感到眼睛在泪水中刺痛着，满腔困惑的情感顿时涌出。

"我也答应过你。"我迟疑地朝他伸出手，被他一把握住。一时间，那力量和温度把我吓了一跳，我努力握紧了手心，他面向着我站了起来。

于是我们都站着没动，尴尬地迟疑不前。我们都强烈而敏感地意识到对方的存在——又怎么可能不呢？小屋如此狭窄，而其中的空气又充斥着一种犹如静电般的荷载，强烈到抬眼可见的地步。我感到一种空洞的恐慌，如同坐着过山车上到顶峰的那种无助。

"你也跟我一样害怕吗？"最后我问道，声音在我自己听来十分嘶哑。

他仔细地审视了我，抬起一边眉毛。

"我觉得不可能，"他说，"瞧你浑身的鸡皮疙瘩，你是害怕了还是冷了，外乡人？"

"都是。"我的回答把他逗笑了。

"那就钻里边去。"他说着放开了我的手，俯身掀开了被子。

当他挪进被子躺到我身边，我仍旧没有停止颤抖，尽管他的身体暖和得让我切切实实地震惊了。

"天哪，你一点儿也不冷！"我脱口而出，转身面向着他，他的暖意散发出微光辐射到我周身的肌肤。一种本能的牵引将我颤抖的身体贴近了他。我感到我的乳头在他的胸膛上紧张地挺立起来，感到他裸露的肌肤在我身上意外的震慑。

他有点儿疑惑地笑了："不，我不冷，那我猜我一定是害怕了，哎？"他用双臂温柔地环抱住我，我摸了摸他的胸膛，那红色的卷毛之间，我能感到千百个小鸡皮疙瘩在我的手指之下一涌而起。

"记得我们曾经彼此害怕对方，"我轻轻地说，"我们的洞房之夜——你就握住我的手，你说触摸会让一切变得容易些。"

我的指尖触到了他的乳头，他小声地叫唤了一下。

"哎，我是说过，"他似乎有点喘不过气来，"主啊，就这样摸我，再来一次。"他抱着我的手突然握紧了。

"摸我,"他又一次轻声说,"也让我来抚摸你,我的外乡人。"他用手捧起我,摩挲着,抚弄着,我的胸脯在他手心里绷紧着,沉重无比。我仍在颤抖,而此时他也同样在颤抖。

"我们成婚时,"他耳语着,我的脸颊上他的气息很温暖,"我就望着你,你穿着白裙子,那么美——那时我满脑子只想着我们什么时候可以独处,让我解开你衣服上的绑带,让你赤裸着躺在我身边。"

"现在呢,你要我吗?"我吻着他锁骨之上的低谷,那晒得黝黑的肌肤。他的肌肤隐约有点儿咸咸的,头发里散发出烟熏的味道和辛辣的男性气息。

他没有回答,只是猛地一动,我便立即感到他硬硬地顶住了我的肚子。

惊恐与欲念同时把我推上前贴紧了他。毋庸置疑,我非常想要他。我乳房生疼,绷紧的小腹中充满了欲念,那种陌生的、瞬时袭来的激情在我双腿之间很湿很滑,把我敞向他的怀抱。然而,与情欲同样强烈的,是一种仅仅想被占有的念头,渴望着他来征服我,用瞬间粗暴的侵占来荡平我所有的疑虑,足够强硬又足够迅猛地占有我,让我可以忘记我自己。

我也可以感觉到他的急促,他掬起我双臀的手在颤抖,髋部身不由己地抽动着,然后又戛然地制止了自己。

来吧,我在心中默念,重重的焦虑折磨得我痛苦不堪。看在上帝的分上,这就上来吧,而且别手下留情!

可我无法说出口。我在他的脸上看到了同样的需要,但他也无法说出口。如此的言语在我们两人之间既为时过早,又来得实在太迟了。

幸而我们还拥有另一种共同语言,对此我的身体仍记忆犹新。我猛然将髋部迎上前去,同时握紧了他的,感觉到他臀部的弧线在我手掌之下坚硬起来。我抬起脸庞,催促着他的吻,而他的吻正不偏不倚地骤然而降。

一记粉碎性的重击，我的鼻子撞上了他的前额，疼得令人作呕。我捂住了脸翻身逃脱，泪水如注。

"嗷！"

"天哪，我弄疼你了吗，克莱尔？"我眨眨眼挤走了眼泪，见他焦急的脸庞俯视着我。

"没有，"我愚蠢地回答，"不过我的鼻子断了，我觉得。"

"没有，它没断，"他温和地摸索着我的鼻梁，"当你折断了鼻子，那碎裂的声音会奇响无比，且血流如注。你没事儿的。"

我小心翼翼地摸了摸鼻孔下方，他说得确实没错，我没有流血，疼痛也很快消退了。意识到这点时，我也意识到他正压在我身上，我双腿张开着，他的阳具触碰着我，离决定性的时刻只相差不到一丝一毫。

同样的意识也从他眼中渐渐清晰起来，我们都没有动，甚至没敢呼吸。片刻之后，他挺胸深吸了一口气，抓过我双手手腕，高举过我的头顶，一手牢牢按住，令我紧绷的肉体无助地拱起在他的身下。

"把嘴给我，外乡人。"他轻柔地说着俯下身来，遮住了烛光，我们的双唇接触的一刻我只看见暗淡的光晕中他那黝黑的肌肤。他温柔地轻拂着，又温暖地按压着，我略抽了一丝冷气，松开了自己，于是他的舌头开始在我嘴里搜寻。

我咬了咬他的嘴唇，他惊讶地退后了一点儿。

"詹米，"我贴近着他的嘴唇，吐纳着温热的气息，"詹米！"除此之外我说不出别的，只能用髋部顶着他不住地抽搐，一次又一次地，催促暴力。一转头，我咬住了他的肩膀。

他从喉头发出一声低吟，重重地深入了我体内。我紧得如同任何处女，惊叫出来，在他身下又一次拱起。

"别停下！"我赶紧说，"看在上帝的分上，千万别停！"

他的身躯言听计从地回答了我，用的是同样的语言。他向我的深处强劲地俯冲着，那钳制着我手腕的手掌握得更紧了，把每一举重击的强势一次次深切地推进我的子宫。

随后，我的手腕被松开了，他几乎摔倒在我身上，我被他的体重压制在床上，他的手伸向下方牢牢地按紧了我的骨盆，不容许分毫动弹。

我呜咽着想要扭动身子，被他在脖子上狠咬了一口。

"别动！"他冲我耳边吼道。我没有动，但只因为我根本动弹不得。我们压在彼此身上，颤抖不已。我觉着肋骨上沉重的声声捶打，却无法辨认那是我的心跳，还是他的。

接着他在我体内轻微地动了一下，如同一句肉体的问话。无须赘言。我报以一阵震颤，因我正全然无力地受制于他身下，只感到自己释放的这阵阵痉挛一遍遍地摩挲着他，反复地抓紧又松开，恳求他与我融为一体。

他用双手撑起身子，高仰着头弯起了背脊，双眼紧闭，呼吸沉重。随后非常缓慢地，他低下头，睁开了眼睛。一种无法名状的柔情从他俯视我的目光里满溢而出，脸颊上烛光一闪，或许是汗水，或许是眼泪。

"哦，克莱尔，"他低语道，"哦，上帝啊，克莱尔。"

于是他开始释放，在我内里深处。他没有动弹，只有一股震荡从他肢体内散布开来，颤动了他的双臂，红色的汗毛在微光中瑟瑟战栗。他垂下头，发出了哭泣般的声响，散落的头发挡住了他倾泻而出时的表情，唯有他的肉体的每一记抽搐和搏动在我的双腿之间，唤起一声声摇荡在我的肉体深处的回响。

当一切结束之后，他撑起身子久久地俯视着我，静默得好似一块石头。直到最终才轻手轻脚地躺了下来，依偎着我的脑袋，像死了一样。

我从满足的沉睡中醒来，抬起一只手轻放到他的胸骨之上，那脉搏沉稳而雄壮的地方。

"想必这就像是骑单车吧。"我安然地把头枕在他肩膀的圆弧之中，慵懒地随手拨弄起他胸前一簇簇的金红色卷毛。"你知不知道你胸前的毛比以前多了好多？"

"不知道，"他昏沉沉地回答，"我没数过。单车也有好多毛吗？"

我惊异地大笑起来。"不，我只是说你我都没忘记该怎么做。"

詹米睁开一只眼睛，若有所思地看着我。"多蠢的人会忘记那个呀，外乡人？"他说，"我可能缺少练习，可我还没丧失所有的功能吧。"

我们安静地躺了好久，觉察着彼此的呼吸以及每个细小的颤动和位移。我们贴合得很完美，我把头嵌入他肩头的空洞之中，而他的躯体则是我掌心之下温暖的版图，既陌生又熟悉，留待着我重新去发现。

小楼的构造很结实，屋外的风雨淹没了楼里的大部分声响，但间或会有隐约的脚步声或言语从楼下传来，时而有低沉的男声，放浪地大笑起来，时而有高挑的女声，职业地调情示爱。

听到那些，詹米尴尬地挪了挪身子。

"也许我该带你去个酒馆的，"他说，"只是——"

"没事儿的，"我安慰他，"不过，我想象了那么多可能的情景，倒是从未料到过会与你在一个妓院重聚。"迟疑了片刻，虽然不愿多做刺探，我还是忍不住好奇地问道："你……呃……不是这儿的老板吧，詹米？"

他瞪着我，往后一靠。"我？天哪，我的上帝，你把我当成什么了，外乡人？"

"我可不知道啊，你说呢？"我有点生硬地反问，"我刚一找到你，你就晕倒了。我才让你清醒过来，你又害我在酒馆被骚扰。接着，又跟个诡异的东方人一块儿满爱丁堡地被人追打，直到最后又来到这么个妓院——尤其这妓院老板娘还跟你的关系非同一般地好，且容我这么说。"他的耳郭变成了粉红色，似乎挣扎着不知该笑好还是该气愤才好。

"然后，你脱了衣服，宣称你是个有着堕落的历史的可怕人，说罢便跟我上了床。你说我该怎么想？"

他选择了大笑。

"啊，我虽不是个圣人，外乡人，"他说道，"但我也不是个拉皮条的。"

"听到这个我很高兴。"说着我顿了顿，继续道，"你是想直接告诉我你的身份呢，还是想让我从各种臭名昭著的可能性里挑呢？直到我猜中为止？"

"哦，这样啊？"他被我的建议逗乐了，"你猜我最像什么？"

我仔细地打量了他，他安然平躺在凌乱的床单里，咧开嘴笑看着我，一个胳膊支着脑袋。

"嗯，我敢押上我的衬裙，赌你不是个印刷商。"我说。

他的嘴咧得更宽了："为什么呢？"

我粗暴地戳了戳他的肋骨："你看着太健康了。男人到了四十岁，腰里的肉大多开始变松变软了，而你身上连一盎司多余的肉都没有。"

"那多半是因为没人做饭给我吃，"他沮丧地说，"如果你常年在酒馆里混吃，你也不会胖的。幸好，你看起来吃得算是规律。"他亲热地拍拍我的屁股，见我朝他的手抬起了巴掌，他大笑着躲到一边。

"别想转移我的注意力，"恢复了我的尊严，我继续说，"不管怎样，你那些肌肉可不是成天趴在印刷机上劳作的结果。"

"你从来没有摆弄过印刷机吧，外乡人？"他嘲弄地抬起一边的眉毛。

"没有。"我沉思着皱起了眉头，"我猜你不是公路劫匪吧？"

"不是，"他笑得越发猖狂，"再猜。"

"贪污舞弊？"

"没有。"

"嗯，不太可能是绑票勒赎，"我说着扳起手指，开始剔除其他的选择，"小偷？不会。海盗？不可能，除非你不晕船了。放高利贷？也不大可能。"我望着他，放下了手。

"我离开时你是个叛党，但那个可不是赖以谋生的好行当。"

"哦，我还是个叛党，"他安慰我，"只是最近没被定罪而已。"

"最近？"

"因为叛国罪我在监狱里待了好些年呢，外乡人，"他有点严肃地说，"因为起义的缘故。不过那是很久以前的事了。"

"是的，那我知道。"

他放大了瞳孔："你知道？"

"那个，还有些别的，"我说，"我以后会告诉你。且不说那些，这会儿咱们言归正传——眼下你到底靠什么谋生？"

"我是个印刷商。"他咧开了笑容。

"兼叛党？"

"是，兼叛党。"他点头表示肯定，"最近两年内，我因煽动叛乱罪被抓过六次，我的住所被占了两次，不过法庭一直没能证明我有罪。"

"可哪次他们要真的能证明了，又会怎样？"

"哦，"他抬起一只自由的手当空比画起来，回答得若无其事，"戴枷示众、钉耳朵、鞭笞、牢狱、流放那些。多半儿不会是绞刑。"

"太让我宽心了。"我冷冷地评论道，心中泛起一丝落寞。找到他以前，我甚至不曾想过他的生活会是什么样子。如今真的找到了他，我委实吃了一惊。

"我可是警告过你的。"他收起了调侃的腔调，深蓝色的眼睛显得格外严肃而专注。

"确实。"我深吸了一口气。

"你现在想离开了吗？"他的语气很随意，但我看得出他的手指用力抓住了被子的一边，紧得连指关节都鼓了起来，衬着他黝黑的肤色显得好白。

"不想，"我努力地微笑着，"我回来可不是只为了和你睡一觉。我回来是为了和你在一起——如果你愿意接纳我。"我犹疑地总结完毕。

"如果我愿意接纳你！"他舒了一口气从床上坐起来，盘着腿面向我，把我的双手合抱在他的手掌之间。

"我——简直无法形容我今天的感受，能够触摸到你，外乡人，并且确信你是真实的，"他的目光在我周身游走，我感受到他火热的念想，和我自己融化着向他贴近的热度，"重新找到你——如果要再重新失去你……"他打住，吞下了喉头的哽咽。

我轻抚他的脸庞，描摹起那颧骨和下巴干净而细致的轮廓。

"你不会再失去我了，"我说，"再也不会了。"我笑笑，梳理着他耳后浓密的红发，"即便我发现你聚众酗酒并犯下重婚罪。"

听到这个他猛地抽搐了一下，惊恐地松开了手。

"怎么了？"

"其实——"他欲言又止，抿住嘴唇扫了我一眼，"只是——"

"只是什么？你还有什么没告诉我的？"

"那个，只是印刷煽动性手册赚不到多少钱。"他解释道。

"这我同意，"想到他进一步的坦白会揭示些什么，我的心跳开始加快，"那你还干些什么？"

"那个，我就还干点儿走私，"他不无歉意地说，"在印刷之余，算是吧。"

"走私？"我瞪着他，"走私什么？"

"嗯，主要是威士忌，时不时也运些朗姆酒，还有些法国葡萄酒和麻纱。"

"原来如此！"整幅拼图里的碎片开始一一落位——威洛比先生、爱丁堡码头，还有关于我们今晚的住所的谜团。"这就是你与这里的关系所在吧——你说珍妮夫人是你的顾客，就是这个意思？"

"是的，"他点点头，"我们合作得很好。从法国运来的酒都储存在楼下的一个酒窖里，有些我们就直接卖给珍妮，其余的那些在运走之前由她替我们保管。"

"嗯，那你们的约定里，包括……"我小心地说，"你，呃……"

他朝我眯起了他的蓝眼睛。

"至于你想问的，外乡人，我的回答是：不。"他的语气很坚决。

"哦，是吗？"我心中暗喜，"你能读出我的心思啰？那我想问的是什么？"

"你想知道我会不会时而用我得到的报酬换取些别的，对吗？"他抬起一边的眉毛。

"嗯，是的，"我承认，"虽说那也不关我的事。"

"哦，不关你的事吗？"这时他两条红色的眉毛都抬了起来，他抓住我的双肩，俯身靠向我。

"关不关？"他接着问，呼吸显得很急促。

"关，"我回答得同样急促，"那你没有——"

"我没有。过来。"

他用双臂环抱住我，把我拉近他的身边。身体的记忆力与头脑不同。当我在思考、疑虑和担忧的时候，我不得不尴尬而笨拙地摸索前行。而当意识和思考不再横加干涉，我的身体本来就记得他，并能与他和谐地一应一答，仿佛上一次被他触摸仅仅是几个瞬息之前，而非时隔多年。

"这一次我比我们洞房的那个晚上都害怕。"我呆呆地望着他喉头缓慢而强劲的脉搏，自言自语地说。

"是吗？"换了个手臂，他把我抱得更紧了，"我很可怕吗，外乡人？"

"不是，"我把手指搭上了他那细小的脉动，呼吸着他身上散发的那种深沉的麝香气息，"只是……头一次……我没想过那一切会长久。我想的是离开这里，那时候。"

他发出一声隐约的鼻息，胸膛中央一小块凹陷的低谷里有细微的汗珠在闪光。

"你确实离开了，可你现在又回来了，"他说，"可不，回到了我这里。还能有什么比这个更重要的？"

我望着他，稍稍抬了抬身子。他那像猫一般的向上扬起的眼睛此时紧闭着，睫毛上闪耀着绝美的色泽，那是我凝望了无数次，而始终无法忘怀的红色，从尖端深暗的棕红渐渐淡去，直到根部浅到近乎金黄。

"你当时怎么想的，我们头一次躺在一起的时候？"听到我的问话，他深蓝的眼睛慢慢地睁开，目光落到我的身上。

"对于我，外乡人，一切从来就意味着天长地久。"他简单地回答。

后来，我们交缠在一起进入了梦乡，雨点打在百叶窗上的声音很轻柔，夹杂其间的是底下小楼里各色交易的沉闷声响。

不安的一夜。过度的疲劳让我无法再支撑更久，但过度的欣喜也让我无法睡得更深。也许我是担心一旦睡去他又会消失。我们紧靠着躺在一起，并没有清醒，但彼此的知觉却妨碍着各自陷入沉睡。我觉察得到他肌肉中每一个细小的抽搐和呼吸间的每一次起伏，我也知道他同样觉察着我。

半梦半醒之间，我们辗转反侧地触摸着对方，仿佛跳着一种缓慢而倦怠的芭蕾，无声地复习彼此身体的语言。在深夜中最寂静的时分，当他无声地转向我，我也转向了他，于是我们又一次在缓慢而无言的柔情里水乳交融，直到最终双双静止下来，收藏起彼此的秘密。

像暗夜里的飞蛾，我的手轻捷地掠过他的腿，找到了那细长如深邃的河流一般的伤疤。我用指尖追溯着那黑暗中悠长的线条，停在那河流的尽头，似有似无地轻触着，无声地问道："怎么弄的？"

一声叹息改变了他呼吸的节奏，他的手覆到我的手上。"卡洛登。"这简单的一句耳语如招魂一般唤起了记忆中的一切悲剧、死亡和徒劳枉然。还有那把我从他身边夺走了的可怕的分离。

"我再也不会离开你了，"我小声说，"再也不会。"

他把头从枕头上转过来，黑暗中我看不见他的脸，只有他的双唇轻拂着我的，如昆虫的羽翼一般轻盈。他转身仰卧在床上，把我挪到他的侧面，他的手沉重地搭在我大腿的弧线上，把我揽在他近旁。

不知过了多久，我感觉他又动了一下，把床单推开了一点儿。一股凉风拂过我的前臂，细小的汗毛丝丝立起，随即又在他温暖的抚摸之下躺倒下来。我睁开眼睛，见他侧卧在那儿，专注地凝视着我的手。屋子在难以觉察地从黑夜向白天转变，那静置在被子上的手像一尊白色的雕像，骨骼与筋络勾勒出灰白的线条。

"告诉我她是什么样子。"他低着头，轻言细语地徐徐描绘起我手指的外形，那细长的手指在他深色肌肤的触摸之下恍惚如鬼影一般。

"她哪里像你，哪里像我？告诉我吧！她的手就像你的一样吗，克莱尔？还是像我的？你能画出她的样子吗？好让我能看得见。"他把自己的手放在了我的手边上，他完好无损的那一只，笔直的手指，平伏的关节，修剪得短短的指甲方正而整洁。

"像我的。"我刚刚苏醒的嗓音低哑得都盖不过屋外雨声的鼓点。楼下一片寂静。我那静置着的手示意性地把手指轻轻地抬了起来。

"她的手细长得像我——却比我的要大点儿，手背宽宽的，外侧靠近手腕的地方有条很深的弧线——像那样，就像你的。她的脉搏在那儿，跟你的在一个地方。"我摸到他桡骨的弧线上有一条静脉跨过的地方，腕关节与手掌的交界。他静默无声地让我的指尖触摸他的心跳。

"她的指甲也像你，方方的，不是我这样的椭圆形。不过右手歪歪的小指倒像我，"说着我抬起了那小指，"我母亲也一样，兰姆叔叔告诉我的。"我五岁时母亲就去世了，对她我没有清晰的记忆，但每每无意间看到自己的手，我便会想起她来，如同此刻一般，定格在一个洒满恩典的瞬间。我把那翘着歪歪的小指的右手叠在他的手上，然后举起了它，抚上他的脸颊。

"她也有这条轮廓，"我勾勒出他从鬓角到脸颊间刚劲的线条，轻声说道，"有你一模一样的眼睛，一样的睫毛，一样的眉毛，还有你们弗雷泽家的鼻子。她的嘴更像我的，厚厚的下嘴唇，但宽宽的嘴角像你。下巴尖尖的，像我，不过线条更加有力。她是个大个子姑娘——几乎六英尺高。"我感到他怔了一下，便随即轻轻地用膝盖碰了碰他的膝盖，"他的腿像你的一样长，不过非常女性化。"

"那她有没有这条小小的蓝色血管，就这儿？"他抚摸着我的脸颊，拇指温柔地逗留在太阳穴上，"还有像小翅膀一样的耳朵，外乡人？"

"她总是抱怨自己的耳朵，说它们招风。"一时间，布丽安娜仿佛在我们之间活了起来，我感到泪水刺痛了我的眼睛。

"她的耳朵上穿了耳洞，你不介意吧？"我加快了语速，努力想止住眼泪，"弗兰克不喜欢，说那个看着低俗，说她不该那样。可那是布丽想要的，所以我就答应了，在她十六岁那年。我也有耳洞，所以觉得更没有理由阻止她，而且她的朋友们都有，而且我——我不想——"

"你做得对，"他打断了我近乎歇斯底里的话语，"你做得很好，"他柔和而坚决地重复着，抱紧了我，"你是个极好的母亲，我确定无疑。"

我又哭了起来，无声地，靠着他颤抖不已。他温存地搂着我，摩挲着我的后背喃喃地说："你做得没错，"一遍又一遍，"你做得很好。"直到最后，我停止了哭泣。

"你给了我一个孩子，我的褐发美人，"他对着我散作一团的头发轻柔地说道，"我们就永远合为一体了。她既安然无恙，你我便得永生。"他非常轻盈地吻了我，随即把头枕在了我的旁边。"布丽叶娜。"他轻轻吐出她的名字，用那独特的高地人的口音，把那个名字占为己有。随着一声深深的叹息，他沉入了睡梦。片刻之后，望着他舒展在梦乡里宽阔而甜美的嘴角，略带着笑意，我也随之沉沉睡去。

CHAPTER 26

妓女的早餐

多年来，作为一个母亲和医生的双重职责培养了我从最酣熟的睡梦中立即清醒过来的能力。就像此刻醒来，我立刻清楚地意识到身边破旧的亚麻床单、窗外滴着雨水的屋檐，以及詹米身上温暖的气息，那气息里夹杂着从头上百叶窗缝里渗入的清甜的凉意。

詹米不在床上。无须伸手或睁开眼睛，我已经知道身边没有人。不过，他在不远的地方。听得见一些窸窣的动静，接着，近处响起微小的摩擦声。我在枕头上转过脸来，睁开了眼睛。

屋子里灰暗的光线将一切都洗去了色彩，但他的身体在暗处却显得线条分明。衬着屋里黑色的背景，他坚实地突显着，像一具象牙雕塑，真切得仿佛蚀刻在空气表层。他赤裸着背对着我，站在刚刚从洗漱台下拉出来的便壶跟前。

我欣赏着他方正而又浑圆的臀部肌肉，两侧各陷下一个小窝，也欣赏着那浅白的肌肤脆弱的样子。他背脊上的那条深沟是一条流畅的曲线，从胯部升向肩膀。他轻轻地动了动，微光照到他后背上的伤疤，隐隐的寒光一现，我的呼吸霎时间哽在喉头。

他转过身，神情平静而略带恍惚，见我正看着他，些微惊跳了一下。

我微笑着没有作声，想不出说什么好。就这么看着他，他也看着我，嘴角带着同样的微笑。他沉默着靠近我坐到床上，床垫在他的身下动了一动。他摊开掌心放在被子上，我便把自己的手摆了上去，丝毫没有犹豫。

"睡得好吗？"我愚蠢地问。

他咧开嘴笑了："没有，你呢？"

"没有，"即便是隔开了如此的距离，我也能感受到他的温暖，尽管屋里很冷。"你不冷吗？"

"不冷。"

我们又沉默了，却无法把彼此的眼光挪开。晨光渐亮，我仔细地端详着他，逐一比照着回忆与现实。一线阳光划开百叶窗缝照进屋里，从他的一绺头发上折射出红铜的光彩，他肩头的弧线和腹部平缓的斜坡被一一镀上了金色。比起我的记忆，他似乎更为高大一些，尤其是更为近在咫尺。

"你的个子比我记忆里更大了。"我试探地说。他斜过脑袋，调笑地俯视着我。

"我觉得你好像小了那么一丁点儿。"

他包裹着我的手，手指轻柔地在我手腕的骨头上绕着圈儿。我觉得嘴唇好干，便吞下口水舔了舔嘴唇。

"很久以前，你问我知不知道我们之间的这个是什么。"我说。

他注视着我，此时的光线令他深蓝色的眼睛显得近乎黑色。

"我记得，"他小声说，手指一时间握紧了我，"那究竟是什么——当我触摸你的时候，当你与我同床共枕的时候。"

"我说我不知道。"

"那时我也不晓得。"他的微笑淡去了些微，但仍旧潜藏在嘴角之际。

"我现在也还是不知道，"我说，"可它——"我停下清了清嗓子。

"可它还在那儿，"他替我说完，嘴角的笑意升了起来，点亮了他的眼睛，"是吗？"

是的。我对于他的强烈的感觉从未消亡，就好像他是我身边一条点燃了的火线，并会随时引爆的炸弹。然而，我们之间的感情却已不再相同。当我们合二为一地坠入梦乡，彼此间牵系着对我们共同的孩子的爱恋，再次醒来时，作为两个独立的人，捆绑着我们的那层关系已经变了。

"是的，它还在——我是说，那不仅是因为布丽安娜的关系吧，你觉得呢？"

握在我手指上的压力增加了。

"你问我，想要你是否因为你是我孩子的母亲？"他难以置信地抬起了一边红色的眉毛，"这个，当然不是。并非我没有心存感激，"他匆匆地补充道，"但是——当然不。"他低下头专注地看着我，阳光照亮了那窄窄的鼻梁，他的睫毛闪闪发光。

"不，"他说，"我想我可以就这么看着你几个小时，外乡人，看你哪里变了，哪里没有。看你身上那些细小的地方，像这边下巴的轮廓——"他温柔地抚摸着我的下巴，游弋的手顺势捧起我的脑袋，用拇指摩挲起我的耳垂，"还有你的耳朵，还有你耳垂上一丁点儿的小洞。它们都没变，就跟从前一样。还有你的头发——我一直用盖尔语喊你的，我的褐发美人，你还记得吗？"他始终轻言细语着，手指穿行于我的鬈发之中。

"我猜这个还是有些变化的。"我说。我还没有满头花白，但从前的棕色头发里已有一丝丝褪成了淡淡的金色，间或能看见一根根银色的发丝。

"像雨里的山毛榉树，"他笑着用食指捋平了我的一个发卷，"像树叶上的雨水滴落在树干上的样子。"

我伸出手轻轻抚弄着他的大腿，触摸着那自上而下的长长的伤疤。

"我多希望我能在那儿照顾你，"我轻柔地说道，"离开你是我做过的最最糟糕的事情，明知……明知你一心想去赴死。"吐出"赴死"这两个字，我几乎难以忍受。

"这个，我可是够努力的。"他做了个扭曲的鬼脸，尽管心中激动不已，我还是不由得笑了。"没有成功不是我的错。"他冷眼端详着自己腿上又粗又长的伤疤，"也不是那个举着刺刀的英国佬的错。"

我用手肘支起身子，眯起眼审视那刀疤："这是刺刀的刀伤？"

"哎，是啊。后来伤口溃烂了，你瞧。"他解释说。

"这个我知道。我们找到了一本梅尔顿勋爵的日记，他把你从战场送回老家，说你一定不可能活着到家的。"我把放在他膝盖上的手握紧了一把，仿佛想确认他真的活生生地在我眼前。

他哼哼了一声："啊，我自己都没敢相信。他们在拉里堡把我拖下板车时，我就跟死了没有区别。"回忆闪过，他的脸暗沉下来。

"主啊，我常会半夜醒来梦见那辆板车。那是两天的旅程，我好像发着烧，或者是冻僵了，要不就是两者都有。他们把我埋在干草里，草梗戳在我的眼睛里、耳朵里，还有全身的衬衣里。跳蚤到处跳来跳去的，钻进衬衣把我给生吞活剥。我的腿，每颠簸一下都像要杀了我一样地疼，而一路上那个颠簸呀！"他痛苦地回忆着。

"听着好可怕。"我一边说着，一边觉得这用词是多么苍白无力。

他发出短促的鼻息。"是啊。我忍受这一切的唯一动力是想象着有朝一日再遇见梅尔顿时，我该怎么报复他当年没有枪毙我的罪行。"

我笑了，他低头看着我，嘴角带着苦笑。

"我不是觉得好笑，"我微微地喘着气说，"我笑只是因为不然我会哭的，而我不想哭——因为一切都早已成为过去了。"

"哎，我知道。"他握紧了我的手。

我深吸了一口气："我——我先前没有回头去探究历史。我觉得我会无法承受——如果找到了真相。"我咬着嘴唇，承认这点像是一种背叛，"我并没有试图——我并不想——忘记，"我笨拙地搜寻着合适的用词，"我忘不了你的，这个你得知道，我永远都不会的。可是——"

"别自寻烦恼了，外乡人，"他轻轻拍了拍我的手，打断了我，"我明白你的意思。其实，我也总是避免回忆过去。"

"可如果我回头了，"我低下头出神地看着亚麻床单上平整的纹理，"如果我早回头看一看——我也许会早点儿找到你。"

我的话悬浮在我们之间的空气当中，像一句指控，把那年复一年苦难的失落与分离拉回到记忆里。终于，他深深地叹了一口气，伸出手指抬起我的下巴，面对他。

"如果你回头了，"他说，"你会不会抛下女儿，让她失去母亲？回到卡洛登之后，任由我无力照料你，任由我眼看着你与大伙一同受尽苦难，唯有责备自己将你带进如此的厄运？任由我眼看你死于饥饿，死于疾病，而深知是我杀死了你？"他抬起诘问的眉毛，摇了摇头，"不。是我让你走的，也是我让你忘记我。我该不该怪你对我言听计从，外乡人？当然不。"

"可我们也许会有更多的时间！"我说，"我们也许会有——"他打断了我，用那最简单的方法，低下头吻住了我的嘴唇。他的嘴温暖而柔软，脸上拉碴的胡子依稀摩擦着我的皮肤。

片刻之后他放开了我。晨光渐染，他的肌肤开始呈现古铜的色泽，缀着胡须上星星点点的红铜的火光。他深吸了一口气。

"哎，也许。可是想到那些——我们不能。"他坚实地注视着我的眼睛，搜索着什么东西，"我不能回头，外乡人，否则我将无法活下去，"他简单地总结道，"假如你我只有昨晚和此刻，也足够了。"

"怎么可能足够，我可不够！"我叫起来，把他逗笑了。

"贪婪的小东西，是吧？"

"是的。"我回答。紧张的气氛消散了，我重新注意起他腿上的伤疤，好暂时不去思考关于错失的时光与机会的痛苦话题。

"故事还没讲完呢，关于这个。"

"是啊。"他摇晃着朝后一仰，眯眼看了看自己大腿上倾泻而下的那条白线，"啊，那是詹妮——我姐姐，你记得吗？"

我当然记得詹妮，个子只有她弟弟的一半，乌黑的头发也全然不同于红发的他，然而倔强的个性却有过之而无不及。

"她说她不准备看着我死，"他可怜巴巴地一笑，"所以，她没有。我的意见似乎与此事毫无关系，因此她也没高兴问我。"

"听上去就像是詹妮。"想着詹妮，我不由得感到一阵舒心的暖意。看来詹米并没有如我担心的那样孤苦伶仃。为了拯救她的弟弟，詹妮·默里绝对会与撒旦对搏——显然，她确实做到了。

"她给我服了退烧药，在我腿上涂了药膏来抽离毒素，可什么都没有用，一切只有更糟。伤口肿了起来，臭气难闻，后来又开始发黑腐烂，大家都觉得只有锯掉那条腿才能保住我的性命。"

他一脸就事论事的神情叙述着，可那念头却令我不免晕眩起来。

"明显他们没有，"我说，"那又是怎么回事儿？"

詹米抓抓鼻子，一手把头发拨到脑后，将开了垂到眼前的狂野的散发。"那个嘛，要归功于伊恩，"他说，"他不肯让詹妮那样做。他说他最了解只有一条腿的生活，虽然他自己不是非常在乎，可他觉得我绝不会喜欢——考虑到所有的因素。"他加上了最后一句，一边挥了挥手，又瞥了我一眼，算是涵盖了所有的一切——包括战役的失败，包括战争，包括我，包括他的家园和生计——关于他的正常生活的方方面面。我感到伊恩很可能是非常正确的。

"于是，詹妮喊来三个佃农坐在我身上摁住我，而她则拿起一把菜刀划开了我的腿，一直切到里面的骨头，再用开水把伤口清洗干净。"他一副轻描淡写的样子。

"圣耶稣基督·罗斯福啊！"我恐怖地惊叫起来。

他见状微微一笑："哎，不过还挺管用。"

我使劲地吞下口水，隐约尝出来苦胆的滋味。"上帝啊，我都觉得你得瘸腿一辈子了！"

"啊，她尽其所能洗得非常干净，然后缝起了伤口。她说她不能让我死，不能让我变成瘸子，也不能让我整天躺着顾影自怜，还有——"

他耸耸肩，有点无可奈何，"总之，当她说完了所有的不能让我干的事儿，我觉着我能做的也只剩下快点儿好起来了。"

他笑了，我也应声笑答。回忆着那段往事，他的笑容舒展开来："一旦我可以站起来了，她便命令伊恩天黑后带我出去练习走路。上帝啊，我们俩的样子一定非常滑稽，伊恩拖着他的木腿，我拄着我的拐杖，两人来来回回走在大路上，活像一对一瘸一拐的鹳鹤！"

我又笑了，却不得不使劲眨眨眼睛，忍回泪水。眼前的这幅画面再真切不过了，一对跛行的高大身影，在黑暗与痛苦中彼此倚靠着，彼此支撑着，固执地挣扎前进。

"你在一个岩洞里生活了一段时间，是吗？我们找到了关于那个的传说故事。"

他惊异地抬起眉毛："传说故事？关于我，你是说？"

"你是个赫赫有名的高地传奇，"我就事论事地说，"你将会成为，起码是。"

"因为我住在岩洞里？"他显得有些欣喜，又有些尴尬，"啊，那个也能当故事，有点儿太愚蠢了吧？"

"安排把你自己出卖给英国人换取你头上的悬赏，这还不够戏剧性吗？"我越发一本正经地说道，"这个险，你可冒得不小啊！"

他的鼻尖有点儿红了，脸上现出些微窘迫。

"那个啊，"他不好意思地说，"其实我不觉得监狱有什么特别可怕的，在当时的情况之下……"

我尽量显得平静，但此时回想起来，一股突如其来的荒诞的愤怒让我直想上前摇撼他的身躯。

"监狱，滚你的！你清清楚楚地知道他们可能绞死你，不是吗？而你他妈的还是去了！"

"我必须做些什么，"他耸着肩，"如果英国人傻到肯花那么大的价钱买我一具肮脏的尸首——那我也没办法。总没有哪条法律禁止人们赚傻瓜的钱吧？"他翘起了一边嘴角，让我顿时不知该给他一个亲吻，还是一记耳光。

我哪个也没给，只是坐在床上开始用手指梳理我乱作一团的头发。

"我看嘛，谁是傻瓜还有待商榷，"我没有看他，"不过即便如此，你应该知道你女儿非常为你自豪。"

"真的？"他听起来惊愕无比，我抬头看了他一眼，尽管心存恼怒，还是忍不住笑了。

"那是当然。你可是个十足的英雄啊，不是吗？"

听到这里他的脸色已经通红，他非常局促不安地站了起来。

"我？绝对不是！"他抓了抓自己的脑袋，这是他在思考或者困惑的时候一向的习惯。

"不，我是说，"他慢慢地开始解释，"我做的可绝对不是什么英勇的行为。我只不过……再也忍受不了了。看着他们所有人忍饥挨饿，我是说，却无法帮助他们——詹妮、伊恩和孩子们，还有所有的佃农和他们的家人。"他无助地俯视着我，"我当时真的不在乎英国人会不会绞死我，"他说，"我觉得他们不会，因为你告诉过我的，但就算这一去真的意味着绞刑——我也会去的，外乡人，义无反顾。不过那不是勇敢——远远不是。"他一脸挫败地把双手抛向空中，背转身去，"我实在没有任何别的办法！"

"我明白了，"过了一会儿，我柔声回答道，"我可以理解。"他站在小衣柜边上，仍旧一丝不挂，听到我的话后他转身看着我。

"真的吗？"他的表情很严肃。

"我了解你，詹米·弗雷泽。"此时我感到一种绝对的确信，继我踏进石阵的一刻起我从未如此肯定。

"真的吗？"他又问了一遍，这次我看见他嘴边隐隐的笑意。

"我想是的。"

他绽开了笑容，正准备开口回答，却听见卧房门被敲响了。

我惊跳了一下，好像摸了火烫的炉灶。詹米哈哈笑起来，弯腰拍了拍我的胯部，向门口走去。

"我猜是女佣给我们送早点来了，外乡人，不会是巡警。再说我们是结了婚的，对吧？"他挑起一边眉毛戏谑道。

"话是这么说，你是不是得穿点儿什么呀？"他正把手伸向门把。

听我一说，他低头瞧了自己一眼。

"我不觉得这个楼里的人见此会惊慌失措的，外乡人。不过，为了尊重你的感情嘛——"他冲我咧嘴一笑，从洗漱台上抽了一条亚麻毛巾，胡乱地往腰间一裹，随即打开了门。

我瞥见走廊里站着一个男人高大的身影，连忙把床被一拉盖过了脑袋。这个反应纯粹是出于恐慌，因为假如那真是个爱丁堡警官或其手下，我很明白几条被子根本挡不住什么。继而来客开始说话，而我庆幸自己暂时安全地躲了起来。

"詹米？"那个声音显得相当震惊。虽然二十年没有听见，我还是立刻辨认了出来。转了个身，我秘密地掀起了被子的一角，偷偷向外望去。

"呵，当然是我啰，"詹米的声音不耐烦地说，"你没长眼睛吗，老兄？"他一把把姐夫伊恩拉进屋里，关上了门。

"我当然看出是你了，"伊恩的语气里不乏尖锐，"我只是不晓得该不该相信我的眼睛！"他那整齐的棕色头发里已经看得见丝丝的白发，脸上的皱纹里写着多年的辛劳。然而，乔·艾伯纳西说得没错，他一开口，那张新面孔立刻与旧的记忆重叠起来，变成了我所认识的伊恩·默里。

"我找到这儿是因为印刷店那小伙子说你昨晚没在那儿，而詹妮给你寄信息是用的这个地址。"他说着，睁大了怀疑的眼睛环顾了整个房间，似乎在防备着衣橱背后会跳出个什么东西。他的目光随后迅速地回到他的小舅子身上，后者正满不在乎地系着他的临时遮羞布。

"我从没想过会在个窑子里找到你，詹米！"他说，"楼下那个……那位夫人开门的时候我还不太肯定，可是后来——"

"不是你想的那样，伊恩。"詹米马上接口。

"哦，不是吗？詹妮还在那儿担心你犯什么病了呢，那么久没有个女人陪你过日子！"伊恩哼了一声，"我得去告诉她犯不着为你的身体操心了。那我儿子呢？在走廊那头跟另一个婊子在一块儿？"

"你儿子？"詹米明显很吃惊，"哪个儿子？"

伊恩瞪着詹米，那张其貌不扬的长脸上，先前的怒气渐渐地变为了惊恐。

"他不在你这儿？小伊恩不在这儿？"

"小伊恩？天哪，老兄，你觉得我会把个十四岁的娃儿带到妓院里来？"

伊恩张开了嘴，又闭上，一屁股坐到板凳上。

"说真的，詹米，我都不知道你现在在干些什么了，"他漠然地说，紧咬牙关抬头望着他的小舅子，"从前我都能理解，现在全变了。"

"你这又算是什么意思？"我可以看见怒火涌上詹米的脸。

伊恩瞥了一眼大床，又飞快地移开目光。这时候，詹米脸上的红潮虽然没有退却，但我觉察到一丝窃笑从他嘴角泛起，当即，他夸张地向姐夫鞠了一躬。

"恕我无礼，伊恩，我都把起码的礼数给忘了。请允许我向你介绍我的伴侣。"说着他一步跨到床边，掀开了被子。

"别！"伊恩惊叫着跳了起来，惶恐地看看地板，又看看衣橱，只是不敢朝床上看一眼。

"怎么，你都不肯向我的妻子问好吗，伊恩？"詹米问。

"妻子？"伊恩瞠目结舌，吓得都忘了移开目光，"你娶了个妓女？"他失声问道。

"不能完全这么说吧。"我说。听见我的声音，伊恩的脑袋抽搐着转了过来。

"你好，"我从鸟巢般的床被之间伸出手，向他愉快地打了个招呼，"好久不见啊！"

常有人描述见到死人复生的恐怖反应，我一直觉得那些着实有点儿夸张，然而自从我这次回到过去，亲自领受的种种反应使我不得不改变这一观点。詹米见到我立马昏厥倒地，而如果说伊恩的头发还没有真的竖起来的话，他的模样实在可以用魂飞魄散来形容。

他眼珠暴突，嘴巴一开一合地发出隐隐的吞咽声响，逗得詹米甚是开心。

"让你把我的人品往坏里想！"他得意扬扬地说，转而又不乏怜悯地为瑟瑟发抖的姐夫倒了一点儿白兰地，递上酒杯，"对人切莫妄下断言，方不至遭他人武断啊，哎？"

我以为伊恩会把酒打翻在身上，可他倒设法把酒杯端到嘴边，还喝了一口。

"是什么——"他声音嘶哑，泪水盈盈地瞪着我，"怎么会——？"

"说来话长啊。"我回答，同时瞟了一眼詹米。他简单地点了点头。过去的二十四小时里，我们有太多问题不得不思考，哪里顾得上研究如何向人们解释我的存在。而眼下，我着实认为这个问题也可以再搁一下。

"我好像不认识小伊恩唉。他走丢了吗？"我礼貌地问道。

伊恩机械地点点头，目光一直没离开我。

"他上周五偷跑着离开了家，"他茫然地说，"留了个条说去找他舅舅了。"他又喝下一大口白兰地，不由得咳嗽了一声，眨了几下眼睛。接着，他看着我，擦擦眼睛，坐直了身子。

"你看，这已经不是第一次了。"他向我解释着，仿佛见我有血有肉的样子令他渐渐恢复了自信。看起来，我既没有跳下床的意思，也不太像会随时拽起自己的脑袋，以高地无头鬼的标准姿势开始游荡。

詹米挨着我在床边坐下，抓起我的一只手来。

"六个月前，我让菲格斯送小伊恩回家之后我就没再见过他，"他也开始显得忧心忡忡，不亚于伊恩，"你肯定他说的是来找我？"

"这个嘛，我可不知道他哪里还有第二个舅舅了。"伊恩颇显尖刻地回答，随即将白兰地一饮而尽，放下了酒杯。

"菲格斯？"我打断了他们，"那么说菲格斯一切都好？"听到这个名字我心头涌上一阵喜悦，回忆起詹米在巴黎雇来作扒手，之后又当作小跟班带回苏格兰的法国孤儿。

被我扯开了思绪，詹米低头看了看我。

"哦，是啊，菲格斯现在可是个英俊小生了。当然，变化也是有一点儿。"一丝阴云似乎飘过他眉眼之间，却立刻被他的微笑扫尽，他捏了捏我的手，"再见到你他准会吓呆的，外乡人。"

没有兴趣谈论菲格斯，伊恩站了起来，在打了蜡的地板上来来回回踱起了方步。

"他走时没有带马，"他小声嘀咕着，"所以他身上也就没啥可值得抢的。"他一个转身，冲着詹米问道，"上回你带那小子过来，走的是哪条道？是绕着福斯湾走的陆路，还是坐船穿过海湾的？"

詹米揉了揉下巴，蹙起眉头："我没去拉里堡接他。他是和菲格斯一起过的凯瑞埃里克关，然后在拉根湖同我会合的。后来我们一起沿斯特鲁恩和威姆一线南下……是，我想起来了，我们不想穿过坎贝尔的领地，所以就朝东走，到了多尼布里斯托才过的海湾。"

"你觉得他还会那么走吗？"伊恩问，"如果他只认识那条道？"

詹米一脸怀疑地摇了摇头："有这个可能吧，但他知道海岸线上有多危险。"

伊恩又重新开始踱步，两手背在身后。"上一次他偷跑着离家，我把他揍得根本坐不下来，连站着都够呛，"伊恩摇着头，紧闭起嘴唇，看来小伊恩让他父亲伤透了脑筋，"按说那小蠢货该学乖了吧，嗯？"

詹米不无同情地哼了一声。"你以前每次挨了揍就放弃你想干的事儿了？"

伊恩停下脚步，叹着气又坐回板凳上。"倒没有，"他老实地答道，"不过我想我爹每次肯定很解气。"见詹米被逗乐了，他露出了无奈的笑容。

"他会没事儿的，"詹米自信地说，一边起身拾起自己的马裤，满不在乎地让毛巾掉到了地上，"我去四处打听打听，如果他在爱丁堡，天黑前会有消息的。"

伊恩瞟了一眼床上的我，急忙站起来。"我跟你一块儿去。"

我觉得詹米脸上闪过一丝疑虑，但他点点头，把衬衣套上了脑袋。

"行。"他的头钻出衣领，看着我又皱起了眉。

"我想你得待在这儿了，外乡人。"他说。

"我想也是，"我干巴巴地附和道，"谁叫我没衣服可穿呢。"送晚餐的女仆带走了我的衣裙，而替换的衣服却迟迟没有出现。

伊恩立起了两条羽毛状的眉毛，而詹米只是点点头。

"我出去时跟珍妮说一声，"他说着若有所思地眉头一皱，"我一时半会儿不一定回得来，外乡人。有些事儿——唉，我有些生意得处理下。"他捏捏我的手，看着我的表情缓和下来。

"我不想离开你，"他温柔地说，"可我非去不可。待这儿等我回来，好吗？"

"别担心，"我安慰他，伸手指了指他方才丢弃的亚麻毛巾，"就穿着那个我哪儿也去不了。"

他俩砰砰的脚步声从走廊里远去，消失在楼里蠢蠢欲动的各种声响之中。这青楼正在懒洋洋地苏醒过来，若按照严苛的苏格兰作息标准，此时早已日上三竿。我可以听见楼下不时传来的缓慢低沉的捶打声，间或有百叶窗铮铮地在不远处打开，随着一嗓子"小心倒水啦"，一盆脏水即刻应声泼洒到底下的大街上。

走廊尽头传来一些人声响动，不知所云的简短交谈之后，一扇门随即关上。这小楼似在伸展筋骨，又似在长吁短叹。梁柱和楼梯在吱呀作响，熄了火的壁炉深处冷不防地会冒出一股带着煤烟味的热气，想必是楼底下某处与我共用同一个烟囱的炉火正在呼吸。

　　我舒展着躺倒在枕头上，周身洋溢着睡意和一种强烈的满足感。几处不太寻常的地方有些许酸痛，却未尝没有几分舒心。此时我虽不舍詹米离我而去，但无法否认的是，我也很高兴能够独自一人慢慢寻味一切。

　　我恍惚感觉拥有了一件久违的宝物，而宝箱却密闭着无法开启。我能掂量出它那令人可喜的重量与体形，能体会到拥有它的巨大快意，却无法知道里面究竟藏着什么。

　　我渴望了解我们错过的这些日子里他经过的、说过的、想过的和做过的一切。当然我一直知道，若卡洛登后他得以生还，他会有自己的生活——凭借我对詹米·弗雷泽的了解，他的生活绝不可能简单。然而，了解事实和直面事实却有着天壤之别。

　　有很长一段时间，他一直停留在我的记忆里，一个光鲜而静止的存在，如同凝固在琥珀之中的昆虫。然后，罗杰找到的那一系列简短的历史踪迹让我仿佛透过锁眼窥见了什么，那一张张独立的影像，像历史章节里的断句和修改批注，调整着我的记忆，每一张影像中那蜻蜓的翅膀或起或落地呈现出不同的角度，好似电影胶片里的一帧帧定格画面。如今，我们之间的时光又一次流动起来，眼前的蜻蜓开始飞翔，左左右右地忽闪着，而我能捕捉到的无非仍是它翅膀上的点点亮光。

　　太多问题我们都还没来得及提出——拉里堡的家人可好？姐姐詹妮和孩子们是否都安然无恙？显然，伊恩活得不错，且不论他的假腿——然而，家中的其余成员和庄园里的佃农又可曾幸免苏格兰高地的那场灾祸？而如果他们都健在，詹米又怎会住在爱丁堡？

　　再者，如果他们健在——我们又该如何解释我突如其来的再次出现？我咬了咬嘴唇，怀疑是否有任何说法——除了事实真相之外——能对此做出合理的解释。这也许要取决于当年卡洛登之后，詹米对我的消失做了什么样的解释。可那个时候，哪里需要编造任何理由？只需权当我消失在起义的余波里，无非是荒郊野岭又一具死于饥荒或惨遭杀戮的无名的尸体。

唉，车到山前我们总能想出办法的，我心想。此刻，我更急于了解詹米的那些不尽合法的活动到底有多大规模和多少危险。走私和煽动叛乱？我隐约知道，干走私的在苏格兰高地受人尊敬的程度就跟二十年前的盗马贼差不了多少，其职业风险也相对较低。煽动叛乱则另当别论，而加之于一个曾被判有罪的詹姆斯党叛徒的身上，这里的职业风险就更难以把握了。

那可能就是他不用真名的原因了，我猜想着，起码该是原因之一。昨晚来到妓院的时候，我在不安与兴奋之余还是注意到珍妮夫人称呼他用的是他的真名。如此看来，他也许是用自己原本的身份从事的走私，而在合法与不合法掺半的印刷生意上则使用了亚历山大·马尔科姆的名义。

经过一晚上短短的这么几个小时，我的所见所闻和一切感受足以让我确信，我所认识的那个詹米·弗雷泽依然还在。与此同时，他究竟还有几重身份却仍有待观察。

一声试探的敲门声打断了我的思路。是期待已久的早餐，我心想。我可真饿坏了。

"请进。"我在床上坐起来，拉过两个枕头靠在背后。

门非常慢地打开了，停顿了许久之后，一个脑袋伸了进来，非常像一只蜗牛在冰雹过后钻出螺壳的样子。

粗糙而浓密的深棕色头发覆盖着这个脑袋，头发修剪得很是拙劣，凌乱参差的发边厚厚地搁在一双大耳朵上。乱发之下是一张瘦长的脸，和颜悦色，却其貌不扬，唯有一双棕色的大眼睛可称得上美丽，如鹿眼般巨大而柔和地看着我，好奇的神情里夹杂着犹疑。

那双眼睛与我对视了良久，才开口问道："你是马尔科姆先生的……女人？"

"我想是吧。"我小心地回答说。这显然不是给我送早餐的女佣，既是男性，又如此年轻，所以也不太可能是此地的其他雇工。不过那眉眼里隐约有几分熟悉，虽然我肯定没见过他。我把床单拉高了点护在胸前："那你是谁？"

这个问题让他思量了半晌，最后终于同样小心地答道："我是伊恩·默里。"

"伊恩·默里？"我惊跳起来，慌忙扯住床单，"快进来，"我命令道，"如果你确实是我猜的那个人，你为什么不待在你该待的地方？为什么会上这儿来？"他听了很是惊慌，仿佛在考虑要不要撤离。

"不许动！"我喊了一声，一条腿伸出被子想制止他。见到我裸露的下肢，他瞪大了那棕色的大眼睛，一动都没敢动。"进来。"我说。

我很慢地把腿缩回被子底下，他也跟着一样慢地走进了房间。

他细高个儿的身材像只初出茅庐的鹳鹤，六英尺多的身板上稀疏地挂着约莫只有九英石的体重。一旦知道他的身份便太容易看出他与他父亲的相似之处了。不过他的肤色随的是母亲，此刻当他突然意识到自己站在一个裸体女人的床边，那苍白的脸庞上泛起了无以复加的潮红。

"我……呃……我要找我的……找马尔科姆先生，我是说。"他死盯住脚下的地板，咕哝着说。

"如果你指的是你的詹米舅舅，那他不在这儿。"我答道。

"不在。我想他是不在。"他似乎想不出再说什么好，只是继续死盯着地板，一只脚别扭地弯折着，仿佛随时要把它高高地举起，就如同他酷似的那只涉水的鹳鹤一般。

"你知不知道他去……"他抬起眼睛开口问道，但刚瞥见我便立刻又羞红了脸，垂下眼帘，没有了声音。

"他在找你，"我说，"和你父亲一起，"我又补充了一句，"他们刚走不到半小时。"

他的脑袋从细瘦的脖子上骤然昂起，眼睛瞪得圆圆的。"我父亲？"他倒吸了一口气，"我父亲来过这儿？你认识他？"

"那是啊，"我不假思索地回答，"我认识伊恩有好多年了。"

他虽说是詹米的外甥，却远没有詹米深藏不露的能耐。他的所有心思全写在脸上，我能循着那变化的表情揣摩出他的心迹。起先是得知父亲在爱丁堡的真实的震惊，接着是意识到父亲与一个貌似从事某种职业的女人熟识多年的恐惧，直到最后是当小伙子顿时对父亲的品格开始重新估价时油然而起的那种全身心的激愤。

"呃——"我略带惊慌地说，"那可不是你想的那样。我是说，你父亲和我——其实是你舅舅和我，我是说——"我努力设法向他解释，试图避免把事情复杂化，而他已经径直转向门口。

"等一下，"听到我试图挽留，他停下脚步却没有回头。他的一双擦洗得干干净净的耳朵像小翅膀一样有点儿招风，在晨光下投射着柔嫩的粉红。"你多大了？"我问。

他转过身望着我，一脸苦恼的样子。"我再过三个礼拜就十五岁了，"红晕又一次爬上他的脸颊，"甭担心，我足够大了，我都知道——我是说，我知道这里是什么地方。"他生涩地一点头，显然是想儒雅地朝我鞠躬致意。

"请别见怪，夫人。如果詹米舅舅——我是说，我——"他搜肠刮肚没能找到合适的字眼，最后脱口而出，"很高兴认识您，夫人！"话音刚落，他已转身冲出房门，门应声合上，砸得门框嘎嘎作响。

我倒在枕头上，不知道应当觉得好笑，还是应当担惊受怕。我揣度着伊恩父子相遇时彼此会说些什么，如此想着，我又开始好奇小伊恩怎么会来到这里寻找詹米。他明显很清楚这是他舅舅可能出没的地方，然而，从他胆怯的姿态里能看出他以前从没来过青楼。

他是从印刷店的乔迪那儿获取的信息吗？好像不太可能。可是除此之外，他还可能从哪儿得知他舅舅与此地的联系呢？最大的可能性只能是詹米本人。

而如果是这样，我继续推理着，詹米应该早知道他外甥在爱丁堡了，那他又为何要假装没见过他呢？伊恩是詹米从小一起长大的至交老友，如果有什么事情值得他去对姐夫撒谎，那这件事一定非常严重。

我的苦思冥想还没有任何结果，又一阵敲门声响了起来。

"请进。"我抚平了床被，期待着早餐托盘的到来。

门打开的时候，我把目光投向五英尺左右的高度，指望着女仆的脑袋会在那里出现。上一次开门时，为迎合小伊恩的高度我把视线抬高了一尺。这一次，我却不得不放低我的目光。

"见鬼，你在这儿干吗？"当威洛比先生袖珍的身影爬着进小屋，我连忙质问道，一边坐起身，匆匆将双脚藏于身下，把床单连同被子一起盖过了肩头。

作为回答，威洛比先生爬到我床前不到一尺的地方，咚的一声把脑袋重重地敲在地板上。随后他不慌不忙地抬起头，再次重复了这个动作，那恐怖的声响如同西瓜被斧子劈开了一样。

"住手！"我大叫起来，阻止了他第三次重复此举。

"一千个道歉。"他撑起身子蹲在那儿解释道，一边眨巴着两眼看着我。他醉得很厉害，磕过地板的额头上一块深红色的印记令他的模样更显糟糕。我相信他并不打算把头往地上撞一千次，但我也不敢打包票。分明是宿醉未消的他，能够做到一次已经不容易了。

"没有问题，"我一边说着，一边小心翼翼地沿着墙往后退去，"没什么可道歉的。"

"有，道歉，"他继续坚持，"蔡米告诉是夫人。夫人是最尊贵的大夫人，不是臭婊子。"

"非常感谢，"我连忙回应，"蔡米？你是说詹米？詹米·弗雷泽？"

威洛比先生点点头，明显发现那头有点儿磕坏了，于是用双手抱住脑袋，闭上了双眼，那双眼立即在他脸上的褶皱之间消失得无影无踪。

"蔡米，"他肯定地说，依然闭着眼睛，"蔡米说要道歉，最尊贵的大夫人。倚天宙最谦卑的仆人。"他深深地鞠了个躬，双手依然抱着脑袋。
"倚天宙。"他重复道，睁开眼敲起了自己的胸膛，表示那是他的名字，
以防我会把他与周遭任何其他谦卑的仆人给搞混了。

"一点儿都没有问题，"我说，"呃，很高兴遇见你。"

这下他显然大受鼓舞，一下子俯身倾倒在我跟前，浑然无骨的样子。

"倚天宙是您的仆人。"他说，"大夫人如果喜欢，请您踏足谦卑的
仆人。"

"哈！"我冷冷地回答，"我可听说过你。踏足，欸？绝对没这个
可能！"

那窄窄的黑眼睛里亮光一闪，他抑制不住地傻笑起来，我也忍不住
笑了。他重新坐起身，抬手抚了抚头顶上像刺猬一样竖立起来的脏兮兮
的黑发。

"我为大夫人洗足？"他绽开了笑容向我提议。

"绝对不要。"我说，"如果你真的想帮忙，去找个人给我送点早餐。不，
等等，"我改变了主意，"先告诉我你是在哪儿遇上詹米的，如果你不介
意。"我礼貌地补充了最后几个字。

他蹲坐起来，摇头晃脑地回答道："码头，两年以前。我从家乡远
道而来，没有食物，藏身酒桶。"他解释说，张开双臂用圆圈比画着他
的旅行方式。

"你偷渡来的？"

"商船，"他点点头，"在码头，偷食物。一夜偷到白兰地，酩酊大
醉。睡觉很冷，快要冻死，不过蔡米找到了我。"他又一次跷起大拇指
捅捅自己的胸脯，"蔡米谦卑的仆人。大夫人的仆人。"他向我又一个鞠躬，
令人担忧地踉跄了几下，所幸又安然无恙地站直了身子。

"白兰地似乎是你的克星啊，"我评论道，"很遗憾我拿不出什么可
以给你敷在头上的，这会儿我什么药都没有。"

"哦，不担心，"他安慰我，"我有健康的球儿①。"

"那太好了。"我甚是疑惑，不确定他是不是又在打我的脚的主意，抑或是酒劲上了头，已区分不了基本的身体部位；或者是中国哲学里有什么讲究，能把头部和睾丸的健康联系到一块儿？为防万一，我环顾四周开始寻找可利用的武器，好在他企图钻进我的床被的时候用来自卫。

然而，他却只是把手伸进了自己那宽大的蓝色丝绸袖笼里，像个魔术师一般变出了一个白色的绸缎小包。接着他从里边倒出一对圆球，顺势用手掌接住。两个圆球比弹珠要大，比棒球小点儿，事实上，其尺寸与正常的睾丸倒正是一般大小，只不过要坚硬很多，显然是用某种抛光了的绿色的石料制成。

"健康球儿，"威洛比先生在手掌上转起两个小球，对我解释说，"广东的花玉，最好的健康球。"

"是吗？"我看呆了，"它们还有药用？——对身体好，你是这个意思？"

他开始使劲地点头，旋即又突然停下，轻轻地呻吟了一番。片刻之后，他摊开手掌，把球儿来来回回地运转起来，手指推动着它们利落地绕着圈圈。

"全身是一体，双手连全身，"他说道，一边指着那张开的掌心，轻轻地触碰着那对光滑的绿色球体之间的各个不同位置，"头在这里，胃在那里，肝在那里，有健康球全都没问题。"

"嗯，我看它们倒也便携，就跟阿尔卡泡腾片一样。"正说着，我的肚子大声地咕咕叫了起来，多半是听见有人议论它了。

"大夫人需要食物。"威洛比先生一语中的。

"你真聪明，"我说，"是的，我是饿了。你能不能替我去告诉什么人？"

他立刻把健康球扔回小包里，跳起来深深地又一鞠躬。

---

① 英语里把睾丸俗称为球。

"谦卑的仆人走了。"说着，他走了出去，途中又重重地撞了一下门框。

越来越荒唐了，我心想。对威洛比先生此行是否能给我带来食物，我内心充满了怀疑。从他的状态看来，他要能下完所有的台阶而不摔个四脚朝天，就已经是万幸了。

与其继续光着身子坐在这里，接受外面的世界随机派来的各色代表的访问，我想，是时候迈出我自己的脚步了。我站起来，小心地将一条被子裹在身上，便迈开步子挪进了走廊。

顶楼似乎空无一人。除了我刚刚离开的房间，另外只有两扇房门。一抬头，我能看见屋顶上裸露的椽子。这里看来是阁楼，其他的两间屋子很可能是仆人的睡房，这会儿他们想必正在楼下忙碌。

顺着楼梯有些许嘈杂的声响从楼底下传来，同时涌上楼道的还有煎香肠的香气。肚里隆隆的响动告诉我，我的肠胃也闻到了，并且认为最近二十四小时内仅仅下肚一个花生酱三明治和一碗浓汤，远远低于适当的营养摄入水平。

我把被子的两角像纱笼筒裙一样在胸前掖好，提起身后的裙裾，循着食物的飘香走下楼去。

香味的源头——连同各种敲敲打打、噼噼啪啪和一群人在集体进食的声响——来自底楼之上的第一个楼层的一扇关闭的房门。我推门进去，发现自己站在一间长条形饭厅的尽头。

饭桌边围坐着二十来个女人，其中有几个穿着平日的长裙，但大多装束随意无比，相形之下我裹身的被子倒显得尤其保守。长桌端头的一个女人见我流连在门口，招了招手，友好地挪了下位子，让我坐在长凳一头。

"你是新来的姑娘啰，哎？"她好奇地望着我，"你可不比夫人平时雇来的那么年轻哦——她喜欢的一般都不到二十五岁。不过你看着还不赖，"她连忙想起来安慰我道，"你肯定能行的。"

"皮肤不错，脸蛋儿也漂亮，"坐在我们对面的黑发女子评论道，打量我的眼光很超然，活像是在给种马估价。"就这么看看，胸脯儿也挺水灵。"她微微地抬起下巴，隔着桌子瞥着我胸脯之间暴露着的部分。

"夫人可不喜欢咱把铺盖从床上拿走的，"最先招呼我的那个责备地对我说，"要是还没啥好看的可穿，你就该穿你的衬裙。"

"哎，那铺盖是得小心着点儿，"黑头发姑娘一边继续审视着我，一边提醒道，"要是弄脏了，夫人会扣你薪水的。"

"你叫啥，亲爱的？"一个矮矮胖胖的姑娘越过黑发姑娘的胳膊肘，友好的圆脸凑上前向我微笑着，"瞧我们都叽叽喳喳地议论开了，还没好好欢迎你呢。我是多尔卡丝，这个是佩吉。"她用大拇指捅了捅那个黑头发，接着指向桌子对面坐在我身边的金发女郎——"那个嘛，是莫莉。"

"我叫克莱尔。"我微笑着说，不太自然地提了提被子。我不知该如何告诉她们我并不是珍妮夫人新招来的，可是眼下更重要的是快弄点儿早餐。

友好的多尔卡丝无疑能占卜我的心思，她从身后的橱柜里递来个木盘子，又把一大盘香肠推到我的面前。

食物做得很好吃，即便是放在任何场合都毫无疑问，而在饥肠辘辘的我看来，则可称鲜美无比。比起医院食堂里的早餐，这可要好过多少倍啊，我又舀了一勺子炸土豆，心里暗想。

"你头一个客人挺粗鲁的，哎？"莫莉坐在我身边，冲着我的胸脯点头示意。我一低头，窘迫地发现一大片红印从被子边缘露了出来。我看不见自己的脖子，但莫莉好奇的眼光使我清楚地意识到，那隐隐刺痛的地方一定有更多的牙印。

"你的鼻子也有点儿肿哦。"佩吉批判地朝我皱起了眉头，越过桌子伸手摸了一摸，毫不在意那个动作令她自己身上轻薄的衣物一直掉到了腰间。"他打你了吧？他们要是太粗鲁，你应该喊的，知道吗？夫人可不允许客人虐待咱们的——好好地尖叫一下子，布鲁诺一会儿就会出现的。"

"布鲁诺？"我小声问道。

"他是脚夫，"多尔卡丝解释说，一边忙碌地把鸡蛋一勺又一勺地舀进嘴里，"个子大得像头棕熊——所以我们都叫他布鲁诺 ①。他真名儿叫啥？"她转头问桌边的众人，"霍勒斯？"

"西奥博尔德，"莫莉纠正了她，随即转身招呼饭厅尽头的女佣，"贾妮，你能再拿点儿麦芽酒来吗？新来的姑娘还没喝着呢！"

"是啊，佩吉说得不错。"她回过头来对我说。她根本不算漂亮，却有着优美的嘴形和很讨人喜欢的笑容。"要是有的男人只是喜欢玩点儿粗的，那又另当别论——记得别在好客人那儿乱叫布鲁诺，否则就亏大了，亏的可都得你来赔。不过要是你真的觉得他会伤了你，那就可劲儿地叫。晚上布鲁诺是不会走远的。哦，麦芽酒来了。"她从女佣手里接过那锡质的大杯子，重重地放在我面前。

"她没伤着什么，"多尔卡丝对我全身上下的可见之处查验完毕，"就是大腿之间有点儿酸疼吧，哎？"她狡黠地冲我咧嘴一笑。

"唔，瞧啊，她脸红了哟，"莫莉开心地偷笑起来，"唔，你真是个新手啊？"

我吞下一大口麦芽酒，那酒深沉，醇厚，正合我意。合我心意的既有那可口的美味，又有那足以掩饰我整张脸的宽厚的杯沿。

"不要紧的，"莫莉善意地拍拍我的胳膊，"吃完早饭，我领你去看看澡盆在哪儿。用温水浸一下，今晚就都好了。"

"别忘了告诉她那些罐子在哪儿，"多尔卡丝补充说，"香香的草药，"她解释说，"坐进澡盆儿前先放一点。夫人喜欢咱们都闻着香香的。"

"男人要寺想跟鱼碎觉，他们就去码头好了，码头可不搜他们的钱。"

---

① 日耳曼语系中，布鲁诺意为棕色。

佩吉模仿起珍妮夫人的腔调，一桌人轰然大笑，而转眼间又突然平息下来，只见夫人的真身出现在屋子尽头的门洞之中。

珍妮夫人心事重重地紧锁着眉头，似乎根本无暇顾及这里刚刚屏息了的欢声笑语。

"啧！"莫莉见状小声说，"一定是早来的客人。我最讨厌他们这么早来，早餐都没吃完，"她抱怨着，"弄得你来不及好好消化。"

"别担心，莫莉。接客的该是克莱尔，"佩吉甩了甩黑色的发辫，"新来的姑娘得接待那些没人要的客人。"她对我说。

"用手指捅他的屁股，"多尔卡丝给我出起点子，"那比什么都快，他们一下子就完事儿了。你要的话我给你留个燕麦饼，到时候再吃。"

"呃……谢谢。"我正说着，珍妮夫人的眼光聚焦到我的身上，一时间她惶恐地张大了嘴。

"您在这儿做什么？"她冲过来抓着我的胳膊，压低了声音问。

"吃早饭。"这会儿我无意被任何人牵走。我甩开她的手，端起了我的酒杯。

"真该死！"她说，"今早没人给你送吃的？"

"没有，"我说，"穿的也没有。"我指了指身上随时会滑落的被子。

"克里奥佩特拉的鼻子①！真害人！"她一边狠狠地咒骂着，一边站起来环顾四周，眼中放射着凶光，"让我找到那个废物女佣，非剥了她的皮不可！实在是太对不起您了，夫人！"

"没有问题。"我大度地回答，与我共进早餐的姑娘们则个个面面相觑。"这早餐太美妙了。女士们，能遇见你们我很高兴。"我站

---

① 克里奥佩特拉是古埃及女王，人称"埃及艳后"。法国宗教神学家帕斯卡在《思想录》中写道："如若克里奥佩特拉的鼻子长一寸，或短一寸，世界的面貌或许就会改变。"法语中用"克里奥佩特拉的鼻子"形容貌似细枝末节却影响重大的小事，意指如果克里奥佩特拉的鼻子有任何不同，罗马人流连埃及的历史便可能改变，从而改变世界的面貌。

起身，尽量优雅地夹着被子鞠了一躬，"好啦，夫人……我的裙子怎么样了？"

我笨拙地走上楼梯，珍妮夫人一路激动地向我深表抱歉，再三祈愿我不要告诉弗雷泽先生关于我与她的雇员们不愉快的近距离接触，直到我们上了两个楼层来到一间小屋。屋里挂满了尚未缝制完成的各色衣物，角落里堆放着成卷的衣料。

"请等一下。"珍妮夫人说完地道地一鞠躬，把我留下独自对着那裁缝的人偶，其鼓鼓的胸部插满了许许多多大头针。

这里无疑是为妓女们缝制衣装的地方。我拖着被子走了一圈，满屋里不是轻薄的丝质披肩，就是领口极低的华丽长裙，再就是一些颇具想象力的衬裙和贴身背心。我从钩子上取下一件衬裙，套到身上。

衣料是上好的棉布，打褶的领口有点儿低，从胸部以下到腰线周围刺绣的图案是一对对挑逗的双手，托举着，抚抱着，华美地铺散在髋部上方。衬裙除了边还没有缝之外业已完工，比起那条被子，穿着它，我的行动自由多了。

隔壁传来的声响明显是夫人正在声嘶力竭地训斥布鲁诺——起码，据我推测，那隆隆的男低音应该是来自布鲁诺。

"我可不在乎那可怜的姑娘的姐姐做了什么，"她说，"你知不知道詹米先生的夫人在这儿光着身子还饿着肚子——"

"您肯定那是他的夫人？"男低音问，"我听说——"

"我也听说了。不过如果他自己说这个女人是他的妻子，我可不想去反驳他，是不是？"夫人显得很不耐烦，"好吧，那个可怜的马德琳——"

"不是她的错，夫人，"布鲁诺打断了她，"您今早没听说吗——关于那个恶魔？"

夫人倒吸了一口凉气："没有！又杀了一个？"

"是的，夫人，"布鲁诺的声音很阴沉，"这边下去，没隔着几个门儿——就在绿枭酒馆楼上。那姑娘是马德琳的妹妹，早餐前神父刚刚带来的消息。所以，您看啊——"

"是啊，我知道，"夫人听上去呼吸很急促，"是的，当然，当然。那个——跟上次一样？"她的声音颤抖着，充满了厌恶。

"是的，夫人。是斧头，或者什么大刀之类的。"他压低了嗓门，人们描述恐怖的事情时一般总这样，"神父告诉我她的头被完全砍了下来，那身子倒在门口，而她的头——"他的声音越来越低，低到几乎耳语，"她的头被放在壁炉架上，就这么看着整个屋子。房东找到她时当场昏了过去。"

嘭的一声响，珍妮夫人多半也同样昏了过去。我的胳膊上泛起鸡皮疙瘩，双膝也有点儿发软。我开始认同詹米的忧虑，也许他把我安置在一所妓院确实不尽明智。

不管怎样，我虽没有完全装扮整齐，至少已经穿了衣服。我走进隔壁房间，见珍妮夫人半坐半躺在小客厅的沙发上，一个魁梧而忧郁的男人坐在她脚边的靠垫上。

夫人见了我立即惊跳起来："弗雷泽夫人！哦，我太抱歉了！我不是有意让您久等的，可我……"她犹豫着，想找个文雅的用词，"我，听说了令人困扰的消息。"

"一点儿不错，"我说，"那个恶魔是怎么回事？"

"您也听说了？"她那已经苍白的脸色此刻更白了几分，她扭着双手说，"他会怎么说？哦，他非气疯了不可！"她呻吟着。

"谁？"我问，"詹米？还是那恶魔？"

"您的丈夫，"她环顾着客厅，心不在焉地说，"他要是听说他夫人被如此羞辱到没人理会，被错当成破鞋，还被暴露在——在——"

"我真不觉得他会太在意，"我说，"不过，我倒想听听那恶魔的事儿。"

"您想听？"布鲁诺抬高了浓密的眉毛问。他的个子很大，斜斜的肩膀和长长的手臂令他像极了一头猩猩，而那低平的眉毛和退进的下巴则加重了这一幻觉。作为妓院的保镖，他再合适不过了。

"那个嘛……"他迟疑着瞥向珍妮夫人寻求指点，但老板娘看了一眼壁炉架上的珐琅小钟，叫唤了一声跳了起来。

"活见鬼！"她惊呼着，"我得走了！"旋即敷衍了事地朝我挥挥手，便跑了出去，留下布鲁诺和我不解地目送她离去。

"哦，"布鲁诺回过神来说，"对了，他们是十点过来。"珐琅小钟此时已经指向十点一刻，我希望"他们"会耐心等待，不管他们是谁。

"那个恶魔……"我提醒他。

说起血淋淋的细节，大部分人都会不吝相告，只要为了社交场合的敏感性，某种形式化的异议既已提过。布鲁诺也未能免俗。

这个爱丁堡恶魔——正如我早已从交谈中推断出的一样——是个谋杀犯。他就像是比伦敦的开膛手杰克[1]早出现了一百多年的版本，专杀水性杨花的女子，而使用的凶器则是一把带利刃的沉重器物。在一部分案件中，尸体皆被肢解，或者用布鲁诺压低着嗓音的原话，"被重新摆弄过"。

一系列凶案——一共八起——相继在最近的两年内发生。除了其中的一起，所有的被害女子都在自己的卧房中被杀。她们大多独居——其中有两个死在妓院里，我猜这也就是夫人异常激动的原因。

"那一起例外是怎么回事？"我问。

布鲁诺在身上画了个十字。"那是个修女，"他悄声说道，显然，这个答案依然令他震惊，"一个法国慈善修女会成员。"

她跟随一队去往伦敦的修女在爱丁堡靠岸，随即在码头被绑。忙乱之中，没有任何旅伴注意到她的失踪。待到夜幕降临，她在爱丁堡的窄巷里被人发现，一切为时已晚。

"她被强奸了？"出于临床上的兴趣，我问。

布鲁诺非常怀疑地看了看我。

---

[1] 1888 年伦敦连续凶案的凶犯。

"我不知道。"他很正式地回答完毕，沉重地站了起来，类人猿一般的双肩疲惫地低垂着。想必他值了一晚上的班，现在兴许是该休息的时候了。"请您见谅，夫人。"他有些拘礼地说罢，走出了房间。

我仰靠在天鹅绒小沙发上，隐约觉得晕眩。我没有想到妓院的白天也会有这么多事情发生。

门口突然响起一阵剧烈的捶打，听着不像是在敲门，而是有人在用铁榔头要求进入。我站起来准备对这一传唤做出回应，但没有进一步的警告，门已被猛地推开，一个瘦长而专横的身影走进屋里，嘴里叨叨的法语口音极其浓重，口气极其愤怒，以至于我根本没有听懂。

"你在找珍妮夫人吗？"趁他稍事停顿，一边喘气一边搜寻更多的侮辱性词语的时候，我总算插进一句。来客是个三十岁左右的年轻人，身材细瘦却帅气得惊人，长着浓黑的头发和眉毛。那对浓眉底下的双眼正瞪着我，仔细端详了我一阵，脸上霎时泛起了翻天覆地的变化。那眉毛高高地挑起来，黑眼睛睁圆了，脸色唰地变成了白色。

"夫人！"他惊呼着跪倒在地，双臂合抱着我的大腿，把脸埋进我的棉布衬裙里紧贴着胯部的高度。

"放开我！"我惊呼起来，推搡着他的肩膀想让他松手，"我不是在这儿干活的。我说，放开我！"

"夫人！"他不断重复着，语气里似乎欢天喜地，"夫人！您回来了！奇迹啊！上帝让你复活了！"

他微笑着仰头望着我，泪水涟涟滑下脸庞。他长着一口雪白而完美的牙齿。一时间，回忆涌动更替起来，那男子刚劲的面目之下浮现起一个小顽童眉眼的轮廓。

"菲格斯！"我喊道，"菲格斯，是你吗？起来，上帝啊——让我看看你！"

他站起来，没来得及让我好好看看他，便紧紧地把我拢入怀抱，把我的肋骨压得咯咯作响。我也一样攥紧了他，敲打着他的背脊，难掩重逢的兴奋。我最后一次见他时他才十岁上下，那是卡洛登的前夕。如今他已是一个男子汉了，拉碴的胡须蹭着我的脸颊。

"我以为我见到幽灵了！"他喊着，"真的是您吗？"

"是的，是我。"我向他确认。

"您见到大人了？"他兴奋地问，"他知道你在这儿？"

"是的。"

"哦！"他退后了半步，眨起眼睛，仿佛想到了什么，"可是——可是那个——"他打住，明显十分困惑。

"可是那个什么？"

"你在这儿啊！上帝啊，菲格斯，你在这儿干吗呢？"詹米高大的身影突然遮住了门口。见我身穿的绣花衬裙瞪大了双眼。"你的衣服呢？"他问。"算了，"见我张嘴意欲解释，又不耐烦地摆了摆手，"这会儿我也没时间听。过来，菲格斯，巷子里有十八安克的白兰地，那帮征税官正在找我呢！"

随着木板楼梯上隆隆的皮靴声，他们又都不见了，留下我再次孤身一人。

我不清楚是否应该去楼下凑凑热闹，但好奇心战胜了我的警惕。我迅速地去缝纫间再找一些披挂，围上了一条蜀葵图案尚未绣完的巨大披肩，便独自下了楼。

前一天晚上小楼的布局没给我留下太深的印象，不过大街上的喧嚣透过窗户传了进来，让我很容易辨出高街在哪一面。我猜测詹米提到的巷子一定在反面，但不太确信。爱丁堡的屋宇常常建有一些奇怪的侧翼和盘曲的墙体，从而充分利用起每寸空间。

走到楼梯底部，我停留在一级宽敞的平台上，侧耳聆听着是否有酒桶翻滚的声音可以为我引导方向。一股突如其来的凉风吹到我赤裸的脚上，我一转身，只见厨房开敞的门洞里站着一个男人。

他似乎跟我一样吃惊，却朝我连眨了几下眼睛，笑眯眯地上前抓住我的胳膊肘。

"早上好啊，亲爱的。我还以为你们女士不会这么早起床呢。"

"啊，你知道他们说的，早睡早起好啊。"我说着试图将手臂从他的手里挣脱出来。

他笑了，露出一口肮脏的牙齿和窄窄的下颌。"我不知道呢，他们怎么说的来着？"

"噢，这么一想，是亚美利加人才这么说的呢。"我方才意识到本杰明·富兰克林①即便已经著书立说，却多半还没有几个爱丁堡读者。

"你还挺聪明啊，宝贝儿，"他浅笑着说，"她是不是派你下来作诱饵的？"

"没有啊。谁？"我问。

"夫人啊，"他环顾了四周，"她人呢？"

"我可不知道，"我说，"放开我！"

他非但没有放开，反而抓得更紧了，讨厌的指甲抠进我上臂的肌肉。他靠过来，在我耳边悄声耳语，吐出一股陈腐的烟草味儿。

"他们可有一笔赏金啊，你知道，"他诡秘地咕哝着，"收缴了多少禁品，就会抽头给赏的。咱们不必告诉别人，就你和我，"他用一个指头轻轻地从下面撩拨着我的胸脯，薄如蝉翼的棉布之下那乳头挺立了起来，"你说呢，宝贝儿？"

我瞪着他。"那帮征税官正在找我呢。"詹米才说过。这个一定就是了。皇家官员，专管防范走私和收押案犯。詹米怎么说的来着？"戴枷示众、流放、鞭笞、牢狱、钉耳朵"，轻描淡写得好像这些刑罚就跟超速罚单没什么两样。

---

① 美国的开国元勋本杰明·富兰克林（1706—1790）有句常被援引的名言："早睡早起使人健康、富裕又聪明。"

"你说的是什么呀？"我努力显出困惑的模样，"我最后再说一次，把我放开！"他不可能单独行动，我想，这幢楼里还有多少他们的人？

"是的，请你放开。"声音从背后传来。我见那征税官瞧着我身后张大了眼睛。

身穿着皱巴巴的蓝色丝绸的威洛比先生站在第二级台阶上，双手擎着一把巨大的手枪，礼貌地朝税务官员点点头。

"不是臭婊子，"他解释道，如猫头鹰一般眨巴着眼睛，"尊贵的夫人。"

征税官明显被威洛比先生的意外出现给征住了，目瞪口呆地来回看着我和他。

"夫人？"他难以置信地问，"你说她是你的夫人？"

威洛比先生，无疑只听到了最突出的名词，乐意地点了点头。

"夫人，"他重复着，"请你放开。"他眯缝着充血的眼睛，不管那征税官怎么看，我能明白无误地目测出他血液里的标准酒度仍旧有八十度①上下。

那征税官把我拉近了，怒视着威洛比先生。"那，你听着——"他刚一开口，却没能继续再说下去，因为威洛比先生显然认为自己已给足了警告，这就举起手枪扣动了扳机。

一声巨响，紧接着是一声更响的尖叫，多半是我的叫声，楼梯平台上顿时灰烟弥漫。那征税官踉跄地倒在背后的墙板上，脸上惊恐万分，外衣胸前一朵鲜红的血印扩散开来。

我条件反射地向前一跃，抓住那人的腋下，轻轻地把他放倒在平台地板上。楼上传来一阵骚动，枪响把小楼里的住户都吸引过来了，喧嚷着挤在上一层的楼梯平台上。这时候，有跳跃的脚步声两级两级地从楼下赶来。

菲格斯多半是从地窖里夺门而出，手举着一把枪。

---

① 酒精浓度单位。标准酒度八十相当于 40% 酒精含量。

"夫人，"他倒吸一口凉气，见我坐在角落里，膝上瘫倒着那征税官的身体，"您做了什么？"

"我？"我愤愤不平，"我可什么都没做，是威洛比先生。"我朝楼梯上一甩头，他正坐在那儿，无视那跌落在脚下的手枪，布满血丝的眼睛温和地看着眼前的一切。

菲格斯说了句法语，流俗到根本无法翻译出来，听来像是对威洛比先生极不客气的贬损之词。他跨步穿过平台，伸出一只手去抓威洛比的肩膀——起码我是这么以为的，而这时我才看见那伸出的手臂尽端并不是一只手，而是一只闪着深暗的金属光泽的钩子。

"菲格斯！"我被眼前的景象惊呆了，忘了自己正用披肩在为那征税官按压止血，"这是什么——什么——"我语无伦次起来。

"什么？"他看看我，然后顺着我的视线看去，"哦，那个，"他耸耸肩，"是英国人。别担心，夫人，咱们这会儿也没时间说——你这痞子，下楼去！"他拽起威洛比先生下了楼梯，把他拉到地窖的门口，一把推搡了进去。随之而来的是一系列的撞击声，暗示威洛比多半正滚下楼梯，他的杂技能力似乎也一时间弃他而去了，然而，我也无暇去为他担心了。

菲格斯蹲在我身边，扯着那征税官的头发拎起他的脑袋。"你同来的还有几个？"他质问道，"快说，你这头猪！不然我切断你的喉咙！"

明显的迹象表明，这个威胁很是多余。那人已经目光呆滞，费了好大的劲才抬起嘴角露出了一个笑容。

"我要在……地狱里……见你不得……好死！"他小声说完，最后的惊厥把脸上的笑容定格得极其丑陋，咳嗽着喷出好些鲜红的泡沫，转眼便死在了我的膝头。

更多的脚步声以更快的速度跑上楼来。詹米冲出地窖的门洞，还没稳住脚跟便踩上了那个征税官拖在地上的两条腿。他顺着那死尸抬眼一望，看见了我的脸时不禁露出惊恐诧异的表情。

"你都干了什么，外乡人？"他问道。

"不是她干的——是那个黄脸瘟神。"菲格斯解释说,算省了我的麻烦。他把手枪塞进皮带,向我伸出了他的那只好手:"来,夫人,您得下楼去!"

詹米抢在他前面,朝我弯下腰,一边向前厅的方向甩了下头。

"这边我能行,"他说,"你去管住前门,菲格斯。就用平常的信号,除非有什么必要,把你的手枪藏好。"

菲格斯点着头,一眨眼便朝走廊方向消失在门洞里。

詹米勉强用那块披肩裹住尸体,把他从我身上抬了起来。我连忙站起身,感到如释重负,尽管衬裙的前襟已浸透了鲜血和其他各种令人反感的物质。

"喔!我看他是翘辫子啦!"楼上传来惊慌失措的声音,我抬头望去,只见一打妓女像天使一般俯瞰着楼下。

"回你们的房里去!"詹米吼了一句,姑娘们报以一阵齐声尖叫,吓得像一群鸽子似的四散而逃。

詹米环视了楼梯平台,检查着出事的痕迹,幸好我们没有留下什么——所有的痕迹都被我和那条披肩接住了。

"走。"他说。

楼梯很暗,楼梯尽头的地窖里漆黑一团。我站在那儿等待詹米。那征税官个子不小,詹米回到我身边时气喘吁吁。

"往那边顶头走,"他呼吸急促地说,"那儿有堵假墙。抓着我的胳膊。"

我们头顶的门关上了,伸手不见五指。幸运的是,詹米似乎能靠雷达识别方向。他准确无误地带我绕过了途中碰到的所有大个儿的障碍物,直到我们终于可以停下脚步。我闻到潮湿的石头的味道,伸手一摸,面前是一片粗糙的墙面。

詹米用盖尔语叫唤了一声,这无疑是凯尔特语系里的"芝麻开门",因为片刻的寂静之后,随着一阵研磨的声响,眼前的黑暗中便泛起了微光。一条细线开始变宽,接着一片墙面打开了,露出一个镶着木框的小门洞，贴有一片片石块的门框看起来就像墙面的一部分。

暗室是一个不小的房间，起码有三十尺深。几个人影在走动，空气中醇厚的白兰地味儿令人窒息。詹米把尸体往角落里随便一扔，转身看了看我。

"天哪，外乡人，你没事儿吧？"黑暗的地窖里隐约亮着星星点点的烛光，他的脸我只看得清个大概，但那颧骨上的皮肤着实绷得很紧。

"我有点儿冷，"我努力让自己的牙关不要打战，"我的裙子沾满了血都湿透了。别的没什么，我想。"

"珍妮！"他转身对着地窖尽头喊道，一个人影随即向我们走来，我渐渐地看清那是满脸忧虑的夫人。他三言两语地解释了情况，夫人脸上的忧虑更深了。

"太可怕了！"她说，"死了？在我的楼里？还有证人？"

"哎，恐怕是的。"詹米显得还挺镇定，"我会安排妥当。不过与此同时，你得上楼去。他也许不是单独一人。你知道怎么做的。"

那话音里带着一种沉着的保证，他捏了捏她的手臂。仿佛身体的接触平复了她的心情——我希望这正是他的目的，别无其他。随后，她转身走开了。

"哦，对了，珍妮，"詹米叫住她，"你回来时能不能给我妻子带点儿衣服？她的长裙如果还没好的话，我想达夫妮的尺寸应该可以。"

"衣服？"珍妮夫人眯起眼睛往我站着的阴影里一望，我很配合地走进亮光里，好让我遭遇征税官的结局一览无遗。

珍妮夫人眨巴了几下眼睛，画了个十字，一言不发地别转身，消失在那秘密的门洞里，那密门随之合上，发出一声闷响。

我开始颤抖，因为寒冷，也因为所发生的一切。对于紧急事件、鲜血，甚至突发死亡我其实都并不陌生，但今早发生的一切，就像急诊室里诸事不顺的一个周六的晚上，用惊心动魄来形容也不过分。

"来，外乡人，"詹米把手轻柔地放在我的后腰上，"咱们给你洗洗。"

他的触摸于我，如同于珍妮夫人一样灵验，我立刻觉得好多了，即使仍旧心存忧虑。

"洗洗？用什么洗？白兰地？"

他不禁笑了笑："不是，用水。我能给你个澡盆，不过洗起来恐怕很冷。"

的确冷得很。

"这，这，这水是从哪儿来的？"我打着寒战问他，"冰山上？"水从一根固定在墙体里的管道里喷出，平时塞住管道的是一块木头，由脏兮兮的破布包着，多多少少封紧了管口。

我从冰凉的水流里抽出了手，在衬裙上擦了擦，反正这裙子早已无药可救了。詹米摇着头把木质的大澡盆挪到水龙头边上。

"是从屋顶上来的，"他答道，"那儿有个存雨水的水槽，雨水管就隐藏在顺着楼房侧面导下的排水管里。"他得意的样子有点儿滑稽，我笑了。

"布置得可以啊，"我说，"你要这水干吗用呢？"

"用来兑酒，"他解释道，指指密室尽头的几个勤勤恳恳地忙碌在一大排酒桶和木盆之间的黑影，"酒运来的时候是一百八十度，高于标准酒度。我们把它掺上纯水，再重新装瓶，卖给酒馆。"

他把粗糙的塞子塞回水管，弯下腰顺着石板地面把大澡盆拖到一边。"来，咱们把它拿开点儿，他们需要用水了。"一个男人已经等在边上，手里抱着个小桶。他只是好奇地瞥了我一眼，便朝詹米点点头，将木桶凑到水流之下。

我站在一道由空酒桶草草垒成的屏障背后，迟疑着低头向那临时澡盆深处望了一眼。近旁有支蜡烛独立在一摊融化的蜡泥中，水面上忽闪的烛光令漆黑的澡盆显得深不见底。我脱去衣裙，剧烈地颤抖着，意识到热水和现代水暖设施唯独当近在眼前的时候才那么容易弃如敝屣。

詹米从衣袖里掏出一块大大的手帕，迟疑地眯眼看了看。

"嗯，比起你的裙子，这个可能干净一些吧。"他耸耸肩，把手帕递给我，便脱身到密室的另一头，去察看各项操作的进展了。

洗澡水冰冷无比，地窖里也一样。我小心地擦拭着全身，冰冻的水顺着肚子和大腿往下流淌着，激起一波又一波的战栗。

此时楼上会是怎样的情形，这个念头对我忧心忡忡的凄凉现状于事无补。想必，我们暂时还足够安全，只要地窖的假墙能蒙骗过所有前来搜查的税务官员。

然而，要是这堵墙保不住我们了，那此地便会彻底失去希望。这间密室似乎除了假墙里的一道门以外别无出路——如果这堵墙失守了，我们则将被人赃俱获，非但窝藏了大量违禁的白兰地，还持有一名皇家官员被谋杀的尸首。

那位官员的失踪一定会引发密集的搜索吧？我的脑海里出现了一幅幅画面，税务官员们清理着妓院，询问并威胁着那些女人，关于我、詹米和威洛比先生的完整描述——浮出水面，外加不止一个目击证人对谋杀现场的陈述。我不由自主地望了望远处的墙角，死人就躺在那里，血迹斑斑的裹尸布上印满了粉色和黄色的蜀葵图案。威洛比先生不见踪影，一准是倒在那一桶又一桶白兰地的背后了。

"来，外乡人，喝点儿这个。瞧你的牙齿都在发抖，别咬坏了舌头。"我觉得自己像一头海豹蹲在冰洞口，詹米如同一条圣伯纳犬又出现在我的身边，提着一桶白兰地。

"谢——谢谢。"我扔下浴巾，用双手端稳了他递来的木质酒杯，好让它不至于撞在我的牙齿上嘎嘎作响。白兰地真的很管用。我一边抿着酒，那酒一边像滚烫的煤球一样滑入我的肠胃之中，纵生出丝丝缕缕温暖的触须，立刻遍及了我冰冷的四肢。

"哦，上帝啊，这下好多了，"我停下喘了口气，"这是没掺过水的吗？"

"掺了，没掺水的没准会喝死你的。不过这个可能比我们卖的要浓一点。喝完这些穿上衣服，你还能再喝点儿。"詹米接下我手里的杯子，把我的手帕浴巾交还给我。我开始匆忙地了结这冰冷的沐浴程序，眼角的余光里，他心事重重地看着我，眉头紧锁着。我曾预料到他的生活会有多复杂，我也理解我的存在无疑会使其更加复杂化。如果能知道他心中的想法，我一定会不惜代价的。

"你在想什么，詹米？"我一边擦去大腿上最后的那些污痕，一边侧过头看着他。我的动作晃动了小腿边的水纹，烛光在上面映出闪闪的亮点，仿佛我从身上洗去的深暗的血痕流进水中，又重新显现出鲜红的血光。

他的眼睛回过神来聚焦到我的脸上，一时间愁眉散尽。

"我在想，你太美了，外乡人。"他柔和地说。

"要是有谁喜欢大片大片的鸡皮疙瘩的话。"我酸溜溜地说，一边踏出澡盆，伸手拿起酒杯。

"哦，是啊，"他说，"瞧，看见一只光鸡也会勃起的，全苏格兰也就只有我一个了。"

我扑哧一下喷出白兰地，哽噎了起来，紧张和恐惧令我一下子几乎有点歇斯底里。

詹米马上脱下了身上的外衣裹住我，把一边颤抖一边又咳又喘的我紧紧抱在怀里。

"弄得我走过卖家禽的铺子都很难保持正经啊，"他在我耳边喃喃地说，隔着衣服快速地摩擦着我的后背，"嘘，外乡人，嘘，都会好的。"

我抓紧了他，仍然不停在发抖，"对不起，"我说，"我没事。不过这一切都是我不好，威洛比先生打死那个征税官也是因为他以为那人在对我动手动脚。"

詹米哼了一声。"那也不算是你的错，外乡人，"他冷漠地说，"反正，这也不是威洛比头一次干蠢事了。他喝醉了什么事都干得出来，多疯狂的事儿都有。"

突然间，注意到我刚才说的什么，詹米的脸色变了。他睁大眼睛俯视着我："你是说的'征税官'吗，外乡人？"

"是啊，怎么了？"

他没有回答，只是放开我的肩，倏地转过身，顺手拿起酒桶上的蜡烛就走。我不想独自留在黑暗中，便跟着他来到那躺在披肩之下的死尸所在的墙角。

"你拿着。"他毫不客气地把蜡烛塞到我手里，跪到那被包裹着的人形一边，掀开带血的盖布，露出了死人的脸。

我见过的死尸不在少数，这一眼也并没有吓到我，却着实令人嫌恶。那双半闭的眼睑下的眼珠朝上翻着，加剧了整个阴森可怖的效果。看着那僵死的脸，惊愕的神情，在烛光下泛着蜡光，詹米皱起眉咕哝了些什么。

"怎么了？"我问。先前我还以为自己再也暖和不起来了，可詹米的外衣不仅质料厚实，做工地道，而且保留了他自身和暖的体温。我仍觉得很冷，但已慢慢停止颤抖。

"这不是个征税官，"詹米继续皱着眉头，"我认识这个地区所有的乘骑军官，还有监管他们的上级长官。但这个人我从没见过。"他厌恶地掀起那透湿的衣襟，向里边摸索起来。

他里里外外小心地摸遍了那人的衣服，最后掏出一把小刀和一本红纸包的小册子。

"《新约全书》。"我有些惊讶地念出书名。

詹米点点头，抬起一边眉毛仰头看看我："不管是不是征税官，把这个带进窑子挺奇怪的。"他把小册子在披肩上蹭了蹭，接着颇为轻柔地拎起披肩重新盖上那张脸，摇着头站了起来。

"他口袋里没有别的了。所有的海关检察官或征税官都必须随时携带搜查令，否则他就无权搜查也无权缴货。"他抬头看看，双眉高挑着，"你怎么会觉得他是征税官？"

我抱拢了詹米的外衣裹住身子，努力回忆着他在楼梯平台上跟我说的一切。"他问我是不是个诱饵，还有夫人在哪儿。然后他说有一笔赏金——从截获的违禁品里抽的头,他这么说的——还有就是除了他知我知,没有别人知道。而且,是你说的,有征税官正找你呢,"我补充道,"所以我自然而然地觉得他就是其中之一了。而当威洛比先生出现之后嘛,就都一团糟了。"

詹米点着头,却依然显得很困惑:"是啊,好吧。我想不出他会是谁,不过好在他不是征税官。开始我以为一切都失控了,不过很可能没事儿。"

"失控?"

他浅浅一笑:"我跟这片儿的海关长官之间有个协议,外乡人。"

我诧异地张大了嘴:"协议?"

他耸耸肩:"那个嘛,我贿赂了他来着,如果你非要我直说的话。"他隐约有些恼怒。

"无疑这是生意上的标准程序了?"我试图说得委婉一些,他撇了撇嘴角。

"哎,是的。不管怎样,我和珀西瓦尔·特纳爵士都心照不宣,像你讲的那样。所以,如果他还把征税官派到此地来的话,我恐怕就有点担心了。"

"那好吧。"我慢慢地说,早上一系列令我一知半解的事件在脑海里走马灯似的更迭着,我竭力想找出些头绪,"可就算如此,你干吗要告诉菲格斯那些征税官在找你呢?还有,干吗所有人都像没头苍蝇一样团团转?"

"哦,那个,"他笑了笑,挽起我的胳膊,拉我转身背对着我们脚边的尸体,"那是协议的一部分,如我所说。也是因为珀西瓦尔爵士必须满足他自己在伦敦的主子,得时不时地收缴足够多的违禁品。所以呢,我们就负责给他机会。沃利和他的兄弟们从海岸线上拉来了两大车的货,一车是上好的白兰地,另一车装满了撞坏了的酒桶和那些烂酒,外加几安克的廉价货色,这样也好多点儿口味。"

"今早,我就在城外跟他们如约碰了头,然后我们驾车进城,正好有乘骑军官与一队龙骑兵经过，我们便故意吸引了他的关注。他们跟上来后由我们带着，走街串巷地追得好欢，直到最后我才赶着一车好货与沃利的那车廉价酒分道扬镳了。沃利弃车一跑了之，而我便驾马飞奔到此，身后带着三两个骑兵尾巴，做做样子。这样在报告里显得好看点儿，你知道的。"他冲我咧了咧嘴，佯装引用起来，"'走私犯在大力的追捕下仍潜逃而去，但国王陛下勤勉的战士们成功地如数缴获了整车的烈酒，价值共计六十英镑十先令。'这类的报道你都见过吧？"

"我想是的，"我回答，"那十点钟到达的是你和你的好酒啰？珍妮夫人说的——"

"是啊，"他皱起眉头，"她应该准点把酒窖的大门打开，架起坡道的——我们卸货的时间可不多。可今天该死的，她却晚了好多，我不得不多转了两圈才不至于把龙骑兵给径直带到大门口来。"

"她有点事儿分了心。"我忽然想起了那恶魔杀手，便把绿枭酒馆谋杀案的事告诉了他，他做了个可怕的表情，在身上画了个十字。

"可怜的姑娘。"他说。

回忆起布鲁诺的描述，我一阵战栗地靠近了詹米，他用手臂揽住了我的肩膀，有些心不在焉地吻了一下我的额头，又瞥了一眼地上那盖着披肩的人形。

"好吧，不管他是谁，只要他不是个征税官，楼上多半也不会有更多的军官了。很快咱们就能出去了。"

"那就好。"詹米的外衣长及我的膝盖，可是我能感觉到密室那头投向我赤裸的小腿的一道道窥探的目光，很不自在地意识到，在那外衣底下我还一丝不挂。"咱们会回印刷店吗？"发生了这一切，我真希望可以不再需要接受珍妮夫人的盛情款待了。

"可能会去一下吧，我得想想。"詹米的口气有点漫不经心，我看得出他紧锁的眉头底下的心事。他抱了我一下，松开了手，开始在地窖里来回踱步，出神地盯着脚下铺着的石头。

"呃……你把伊恩送哪儿去了？"

他满脸空白地抬起眼睛，一会儿才回过神来。

"哦，伊恩。我把他留在市集十字塔那儿，他准备去各家酒馆问问。我得记得晚些时候跟他去会合。"他自言自语地提醒自己。

"顺便告诉你，我见到小伊恩了。"我随意地说道。

詹米似乎很诧异："他来这儿了？"

"是的，来找你的——事实上，就你走后一刻钟。"

"谢天谢地！"他一手抓了抓头发，显得又有些担心，又有些好笑，"见鬼，他儿子跑来此地，叫我可怎么跟伊恩解释！"

"他来干吗你都知道？"我很好奇。

"不，我不知道！他应该在——啊，唉，随他去吧。我现在也没法儿担心这个了。"他重又陷入沉思，一会儿抬眼问道，"小伊恩有没有说要去哪儿，他走的时候？"

我摇了摇头，把身上的外衣拉紧了一些。他点头叹息了一声，又开始慢慢踱起方步。

我在一个倒置的酒桶上坐下，凝望着他。尽管总体的气氛弥漫着不安与危险，我却油然心生一种荒唐的快乐，只因为他就在我的身边。目前的局势下我感到自己帮不了任何忙，便静心坐在大衣的包裹之中，沉浸到欣赏他的瞬时的快意里——随着接二连三的事件发生，我还一直没有机会享受此番乐趣。

尽管心事很重，他依然保持着一个剑客步伐稳健的优雅。对自身强大的自制力使他能全然忘却身体的存在。搬运酒桶的人们在火把下继续工作着，转身之际，火光点亮了他的头发，恍如照耀着一头猛虎金黄与深黑相间的斑驳的皮毛。

在他裤腿一侧，我瞥见他右手的两个手指同时轻轻抽搐了一下，认出了这个熟识的动作，我心里异样地一紧。这个动作我曾见过一千遍，每次总在他思考问题的时候。如今又一次目睹，我感到我们分离的漫长岁月仿佛无非只是同一个太阳的升起与落下之间。

他似乎读懂了我的心思，停下脚步，对我绽开了微笑。

"你够暖和的，外乡人？"他问。

"不够，不过那没关系。"我从酒桶上跳了下来，开始同他一起游走起来，一手轻轻地滑进他的臂弯，"你的思考有什么进展了吗？"

他可怜巴巴地笑了："没有，我同时在想半打子问题，而其中的一半我都无能为力。就像小伊恩这会儿是否在他该待的地方。"

我抬头望着他："他应该待在哪儿呀，你觉得？"

"他应该在印刷店，"詹米把重音放在应该两字之上，"可今早他也应该跟沃利在一起，但他没有。"

"跟沃利一起？你是说他爹今早来找他时，你知道他不在家里？"

他用手指揉了揉鼻子，显得又有些生气，又有些想笑。"哦，是啊。不过我答应小伊恩不告诉他爹的，一直到他自己有机会做出解释为止。当然，解释看来是救不了他的屁股了。"他补充说。

据他父亲说，小伊恩连问都没问他爹娘就自说自话地来爱丁堡找他舅舅了。詹米很快便发现了小伊恩的这项过失，却不想把外甥独自遣返回拉里堡，然而他自己又一直没有时间亲自把他送回家。

"也不是他不能自己照看好自己，"詹米解释说，脸上的笑意战胜了气恼，"他是个挺能干的小伙子。只是——唉，有些人身上总会莫名其妙地出些事儿，跟他们自己都没什么关系，你不觉得吗？"

"你这么一说，倒真是，"我苦笑着说，"我就是一个例子。"

他听了大笑起来："天哪，一点不错，外乡人！难怪我这么喜欢小伊恩，他就让我想到你。"

"我怎么觉得他让他想到你呢。"我说。

詹米发出一声鼻息："上帝啊，詹妮要是听说她的宝贝儿子在青楼里游荡，非把我千刀万剐不可。我希望小家伙到了家记得别乱说话。"

"我只希望他能顺利到家，"我想象着今早遇见的那个笨拙的、即将十五岁的男孩，飘零在充满了娼妓、征税官、走私犯和挥舞着斧头的恶魔的爱丁堡街头，"至少他不是个姑娘，"想到最后的那项，我说道，"男孩似乎不配那恶魔杀手的胃口。"

"是啊，不过，喜欢男孩的也大有人在。"他尖刻地说，"有你和小伊恩两个，外乡人，我们走出这该死的酒窖之前我的头发不变白才怪呢。"

"我怎么了？"我很吃惊，"你可不用为我担心。"

"不用？"他扔下我的胳膊，转身怒视着我，"我不用为你担心？你说的吗？主啊！我离开时你安安稳稳地在床上等着你的早餐，才一个小时后我再找到你，你就已经跑到楼下穿着条衬裙抱着个死人了！这会儿你站在我面前光溜溜的跟个鸡蛋一样，那边有十五个男人在揣摩你到底是谁——你说我该怎么跟他们解释，外乡人？你说说看？"他恼怒地用手抓了抓头发。

"真是活见鬼！过两天我还得去一次海岸口，可我怎么放心把你留在爱丁堡？这满街是挥着斧头的恶魔，见过你的人里还有一半都认为你是个妓女，还有……还有……"这时候他系辫子的带子突然绷断了，于是他一头乱发像雄狮的鬃毛一样竖了起来，我笑了。他继续狠狠地瞪了我一会儿，但情非所愿的笑容慢慢地从他紧锁的眉头里舒展了开来。

"哎，好吧，"他无奈地说，"我想我也能对付。"

"我也觉得你可以。"说着，我踮起脚尖把他的头发捋到耳朵后面。就如同磁石的两个极端，靠近的时候会忽然吸附在一起，他低下头吻了我。

"我都给忘了。"片刻之后他说道。

"忘了什么？"透过薄薄的衬衫，他的后背很温暖。

"所有的一切。"他说得很温柔，嘴唇轻触在我的发际，"快乐。还有恐惧。主要是恐惧。"他抬手把我的头发从他鼻尖上拨开。

"我都太久没有害怕过什么了，外乡人，"他耳语着，"可现在我想我有点害怕了。因为现在，我有些东西会怕失去。"

　　我靠后了一点儿，抬头看着他。他的双臂紧扣在我的腰间，昏暗中那双眼睛恍如深不见底的水体。随后那表情变了，他很快地亲了一下我的额头。

　　"来，外乡人，"他说着拉起我的手臂，"我就告诉他们你是我的妻子。其他的咱们以后再说。"

CHAPTER 27

付之一炬

　　这裙子的领口低得有点儿不太必要，胸襟处过于紧了一些，不过总的来说还挺合身。

　　"我说，你怎么知道达夫妮的尺寸正合适？"我舀起一勺浓汤，问道。

　　"我说我没跟那些姑娘睡过觉，"詹米谨慎地回答，"可不是说我没正眼看过她们。"他像个大红猫头鹰似的冲我眨了眨双眼——某种天生的抽动障碍使他无法一下子只闭一只眼睛——我哈哈地笑了。

　　"不过跟达夫妮比，那裙子穿在你身上好看多了。"他赞许地瞅了一眼我的胸部，然后招手唤来了一个端着一大盘新烤的薄饼的侍女。

　　穆布雷酒馆的生意很好。比起世界尽头之类以提供酒水为主的场所舒适、紧凑又烟雾缭绕的环境，穆布雷要高上几个档次。这是个宽敞而雅致的地方，室外的楼梯直通二楼舒适的餐厅，很适合爱丁堡的成功商人和政府官员的口味。

　　"你这会儿是哪个角色？"我问，"我听见珍妮夫人管你叫弗雷泽先生——可你在公共场合是弗雷泽吗？"

　　他摇着头把掰碎的薄饼撒在汤碗里："不，这会儿我是山尼·马尔科姆，印刷与出版商人。"

　　"山尼？这是亚历山大的昵称？我以为你会是'山迪'，尤其是考虑到你的红头发。"看了看他，我仔细一想，他的红发其实远非只是山迪词义上的沙色①。他的头发跟布丽的一样，浓密而微微带卷，混合着红与金之间的所有色泽，红铜、肉桂、赤褐、琥珀、枣栗、亮红，悉数交汇在一起。

对布丽的想念一时间涌上心头，而与此同时，我同样非常渴望能解开詹米整齐的发辫，让双手潜入其中，感觉他的头骨坚实的弧线，任那柔软的发丝缠绕指间。记忆犹新的是晨光里那一绺绺发丝散落在我胸前痒痒的感觉，那么放任地散落着，色彩华丽。

我有些透不过气来，于是低下头开始品尝我的炖牡蛎。

詹米似乎没有察觉，只是往他的碗中加了一大块牛油，一边摇了摇头。

"山尼是高地人的叫法，"他向我解释说，"岛上的人们也这么叫。山迪嘛，你多半只能在低地——要不就是在无知的外乡人嘴里听见。"他微笑着向我抬起一边的眉毛，舀了一勺浓香的炖牡蛎送进嘴里。

"好吧，"我说，"咱们不如切入正题——那我又该是谁呢？"

他到底还是察觉了。我感到一只大脚蹭了蹭我的脚，他越过杯沿冲我笑着。

"你就是我的妻子，外乡人，"他粗声答道，"始终都是。不管我可能是谁——你都是我的妻子。"

我感到一股快乐的红晕升上脸颊，昨夜的回忆同样映在他的脸上。他的耳郭隐隐地泛起一抹粉色。

"你没觉得这炖锅里放太多胡椒了吗？"我又吃了一口，问道，"真没有？詹米？"

"哎，"他说，"是的，我肯定。"他接着补充说，"胡椒挺好的，不多。

---

① 人名山迪（Sandy）的字面含义为含沙的、如沙的，常用来形容红发中带有金黄色泽的"沙色"头发。

我喜欢多点儿胡椒。"他的脚抵着我，轻微地移动着，脚尖若有若无地磨蹭着我的脚踝。

"那我就是马尔科姆夫人了。"我玩味着这个名字，仅仅是念着"夫人"两字，我便能感到一种莫名的激动，跟个刚出嫁的新娘子似的。我不由自主地低头看了看右手无名指上的银戒指。

詹米捕捉到了我的目光，向我举起酒杯。

"为马尔科姆夫人干杯！"他轻声说，令我又一次透不过气来。

他放下杯子握住了我的手，他的手巨大而温暖，一种覆盖了一切的红热的感觉飞快地传遍我十指之间。我觉得那枚银戒指仿佛脱离了我的肌肤，金属的指环在他的触摸下灼灼升温。

"彼此拥有，彼此扶持。"他微笑着念起我们婚礼上的誓言。

"从今而后。"我跟着说道，丝毫不在乎周围的食客正朝我们投来好奇的目光。

詹米俯首在我的手背印了个吻，此举将那些好奇的目光纷纷变为直白的瞠目结舌。坐在店堂对面的一位教士瞪了我们一眼后对他的同伴们说了些什么，那些同伴们于是都转过身盯着我们，其中之一是个矮小的老年男子，而另一个，出乎我的预料，居然是从因弗内斯与我一路坐车来此的华莱士先生。

"楼上有私人包间哦。"詹米喃喃地说，蓝眼睛在我手背的指关节之间来回闪烁，我顿时把华莱士先生忘到了一边。

"是吗？"我说，"你的炖牡蛎还没吃完呢。"

"什么炖牡蛎，见它的鬼去吧。"

"有个女仆端酒过来了。"

"让她也见鬼去吧。"他那锋利的白牙轻轻地咬上我的手背，我不禁在座位上轻跳了一下。

"有人看着你呢。"

"让他们看去吧，我保管他们一整天都不会后悔的。"

他伸出舌头在我手指间轻扫着。

"有个穿绿色外衣的男人走过来了。"

"让他也——"詹米刚起了个头，来客的影子就已经落到桌上。

"您好啊，马尔科姆先生，"来客很礼貌地鞠了一躬，"我没打扰您吧？"

"您打扰我了，"詹米说着挺直了背脊，却仍旧握紧我的手，冷淡地看了看那人，"我不认识您吧，先生？"

这位绅士，三十五岁上下的英格兰人，穿着很素淡。他又一次鞠躬行礼，并未被这番毫不客气的言辞吓退。

"我尚未获此殊荣，先生，"他恭敬地说，"不过，我的雇主吩咐我来向您致以敬意，并询问您——和您的伴侣——是否愿意与他共饮一杯。"

他在"伴侣"一词之前稍稍作了个几乎察觉不到的停顿，而詹米还是听出来了，马上眯起了眼睛。

"我和我的妻子，"他如法炮制地在"妻子"一词前停顿了些许，"眼下正忙着其他事情。您的雇主要想与我谈话——"

"派我前来的是珀西瓦尔·特纳爵士，先生。"这位秘书——这么看他一定是个秘书——迅速地表明了来由。尽管他很是端庄斯文，却还是无法抗拒地、落俗地挑了挑眉毛，似乎用这个名字能变出什么法术来。

"是吗？"詹米干巴巴地说，"不过，并非对珀西瓦尔爵士不敬，我眼下确实很忙。您能否代我转达歉意？"他彬彬有礼地欠了欠身，用的是一种强调到几近无礼的礼貌，随即便转过身背对了那个秘书。那位先生微微张开嘴，定定地站了许久，最后勃然一转身，迈开步子穿过店堂里散布的餐桌，朝远处的一扇门走去。

"我说到哪儿了？"詹米问，"哦，对了——所有穿绿色外衣的绅士都见鬼去吧！好，关于私人包间——"

"关于我，你准备怎么跟人解释？"我问。

他抬起眉毛。

"解释什么？"他上上下下地打量起我来，"为什么需要解释？你没有缺胳膊少腿，没有长水痘，没有驼背、缺牙，也没有瘸腿——"

"你知道我说的是什么意思。"我轻轻地在桌子底下踢了踢他。一位坐在墙边的女士推搡了一下她的同伴，睁大了眼斥责地瞪着我们。我漠然地回报一个笑容。

"哎，我知道，"他咧开嘴，"不过，经过今天早上威洛比先生的举动，还有其他大大小小的事儿，我都没来得及考虑呢。也许我可以说——"

"我亲爱的朋友，你结婚啦！特大的喜讯啊！特大，特大！请接受我最衷心的祝贺。我能不能——应该说我敢不敢想——成为首先向您夫人致以最好的祝愿的幸运之人？"

那是个矮小的老绅士，头上一丝不苟地戴着假发，身体沉重地倚靠在一根镶着金球的拐杖上，正和蔼可亲地冲我们俩微笑。他正是与华莱士先生和那个牧师同桌进餐的小个儿老翁。

"我先前派约翰逊来邀请您，您一定会原谅我这小小的不敬吧？"他有点不好意思，"只是，您也可以看到，我虚弱的身体叫我没法子走得太快。"

詹米见此来客早已站起身，此时他礼貌地伸手致意，拖出了一张椅子。

"您愿意与我们同坐吗，珀西瓦尔爵士？"他说。

"哦，不了，真的不了！打扰你们新婚之喜，我想都不该想的，我亲爱的先生。真的，我开始并不知情——"他一边仍在婉言谢绝，一边已经坐进了那呈上的座椅，一只脚伸进桌子底下时，脸上露出一丝刺痛的神情。

"我有痛风病，我亲爱的。"他坦言道，靠得很近。这个距离下，我能闻到他衣料上散发的冬青油香并未掩盖住那老汉的口臭。

他的模样倒不像很腐败，我心想——只要不讨论口气——不过人不可貌相，四小时之前我还被当作妓女来着。

詹米尽其所能地应对着，叫上了葡萄酒，并甚是优雅地继续接纳着珀西瓦尔爵士散发的气息。

"我能在此遇见你还是够幸运的，我亲爱的朋友。"老绅士说完，终于将其华丽的客套告一段落。他伸出一只修剪整洁的小手，放到詹米的袖口上。"我有些特别的事情要对你说，事实上，我给你的印刷店捎了个信，但信使没找到你。"

"啊？"詹米疑问地抬起眉毛。

"是的，"珀西瓦尔爵士接着说，"我记得你告诉过我——前几周吧，我记不清在哪儿了——你有意要去北方办事。关于一台新的印刷机，还是类似的什么事儿？"珀西瓦尔爵士的面相很和善，我心想，有一种俊美的贵族气息，尽管年事已高。他那大大的蓝眼睛看起来很平实。

"哎，是有那回事，"詹米和善地表示同意，"我受珀斯的麦克劳德先生之邀，要去参观他最近开始使用的一部新式凸版印刷机。"

"正是。"珀西瓦尔爵士停下来，从衣袋里掏出一个鼻烟盒，漂亮的绿色镶金的珐琅盒子，盖子上绘着小天使的图案。

"目前，我得劝你真的别去北方，"他打开盒子，注视着里面的内容，"真的。这个季节的气候恶劣得很，我肯定马尔科姆夫人是不会喜欢的。"他像个老天使一般微笑着看看我，转眼吸进一大撮鼻烟，顿了顿，手里捏好了亚麻手帕。

詹米抿了一口葡萄酒，平淡的脸色颇为沉着。

"对您的建议我很感激，珀西瓦尔爵士，"他说，"关于北方近来的风暴，大概是您的手下给您带的信吧？"

珀西瓦尔爵士打了个干净而小声的喷嚏，像个着了凉的小老鼠。他其实真的很像只小白鼠，见他动作优雅地擦拭着自己粉红色的鼻尖，我不由得心想。

"正是，"他又重复了这句，一边把手帕放好，一边仁慈地朝詹米眨眨眼睛，"真的——作为由衷关心你的特别的朋友——我要强烈地建议你留在爱丁堡。毕竟嘛，"他把那仁慈的笑脸转向我，补充道，"如今肯定有一种吸引力促使你想留在温暖的家中啰，不是吗？好了，我亲爱的孩子们，恐怕我得走了。我不该再继续耽误你们新婚的早餐了。"

经陪同在后的约翰逊稍一提携，珀西瓦尔爵士站起身，踢踏踢踏地拄着他的金球手杖，步履蹒跚地离开了。

"他看着像是个好心的老绅士。"待他走远听不见了之后，我才评论道。

詹米哼哼着："其实都烂得千疮百孔了。"他拿起玻璃杯一饮而尽，"难以置信，"他若有所思地说道，一边放下酒杯，目送着那干瘦的背影小心翼翼地走上楼梯口，"像珀西瓦尔爵士的年纪，最后的审判指日可待了，你以为他慑于恶魔的威严会有所收敛，可是恰恰相反。"

"我想他兴许跟所有的人一样，"我打趣道，"大部分人总是认为自己会长生不老。"

詹米笑了，旺盛的精力转眼又恢复了。

"哎，确实如此，"他把我的酒杯推过来，"自从你出现了，外乡人，我也这么想来着。喝完它，我的褐发美人儿，咱们上楼去。"

"在交媾以后，所有动物都会忧郁。①"我闭着眼睛用拉丁语评论道。

除了他呼吸之些微的叹息，压在我胸脯上的那个温暖而沉重的分量没有作声。片刻之后，我感觉到埋藏在深处的一阵颤动，便姑且将其理解为他的笑声。

"这条感想很异乎寻常啊，外乡人，"詹米的嗓音蒙着一丝睡意，"不是你的原话吧，我希望？"

---

① 古希腊医学家与哲学家盖伦曾写道："在交媾以后，所有动物都会忧郁，除了公鸡和女人。"

"不是。"我撇开了他脑门上色泽亮丽的湿湿的头发，他于是转过脸来，枕在我肩膀的弧线里，发出了一小声满足的鼻音。

作为情人幽会的场所，穆布雷的私人包间尚有些不尽如人意之处。但至少有一张沙发能提供一片柔软的、可借以平躺的空间，而归根结底，真正的必需品无非如此。虽说我已认定自己终究还没老到不再有为激情所动的欲念，但若要赤裸地在地板上将此激情付诸实施，我确实太老了。

"我不知是谁说的——什么古代哲学家吧。我的一半医学书里引用了这句话，在人类繁殖系统的那章。"

这时他无声的颤动变作了一阵咯咯的暗笑。

"你似乎把自己很好地付之于你的课业实践了，外乡人。"他的手滑下我的体侧，慢慢地钻到下面，拢住了我的臀部，轻轻一捏，满意地叹了一口气。

"我记不起自己何时曾比现在更不忧郁的了。"他说。

"我也是，"我勾勒着他额头中央竖起一撮头发的那个小小的发旋，"所以我才想到这句话的——我很怀疑那个古哲学家是怎么得出这个结论的。"

"我想这得取决于同他交媾的动物是哪一种了，"詹米评论道，"或许没有任何一种动物喜欢他，不过要下出如此笼统的定论，他一定尝试了许多种。"

我的大笑把他震动得稍有些跌宕起伏，于是他把我抓得更紧了。

"要说吧，狗在交配完之后常常会像羊一样羞涩①。"他说。

"唔。那羊呢，它们看上去又会如何？"

"哎，那个嘛，母羊还是像羊一样——没啥别的选择，你知道。"

"哦？那公羊呢？"

"哦，它们看着可糟糕了，拖着舌头，流着口水，翻着白眼，还不

---

① 英语里 sheepish（羞涩）一词字面上意为"像羊一样"。

停地发出恶心的声音。就像所有的雄性动物一样，对吧？"我可以感觉到肩头上他咧开大嘴的弧度。他又捏了我一下，我便随手扯了扯他靠我最近的那个耳朵。

"我没见你拖着舌头。"

"那是你闭着眼没注意。"

"我也没听你发出什么恶心的声音。"

"那个嘛，刚刚我临时没想出合适的来，"他承认说，"没准下次我能发个好的。"

我们同时轻轻地笑了，接着又同时安静下来，聆听起彼此的呼吸。

"詹米，"最后我小声说，抚摸着他的后脑勺，"我从没觉得这么快乐过。"

他侧转过身子，小心地转移着自己的体重，好不至于把我压扁，接着抬起身子与我面对面躺下。

"我也是，我的外乡人。"说着他吻了我，非常轻柔却久久地流连着，于是我正好有足够的时间合起双唇，在他丰满的下嘴唇上轻咬了一下。

"这不只是因为跟你上床，你知道。"最后他终于朝后一仰，垂下眼睛注视着我，那柔软的深蓝色像一片温暖的热带海洋。

"我知道，"我应和着，摸了摸他的脸庞，"不只是那个。"

"再一次有你在身边——可以与你对话——可以安心地说出一切，而无须谨小慎微地掩藏我的想法——天啊，外乡人，"他说，"上帝知道，我的欲念疯狂得跟个毛头小伙子一样，知道我多么受不了不能碰你，"他苦笑着说，"可要失去了那个我也心甘情愿，只要能有你陪在我身边，能听我把心掏出来。"

"没有你的时候我好孤独，"我小声说，"好孤独。"

"我也一样。"他低下头犹豫了一会儿，长长的睫毛遮住了眼睛。

"我不能说我一直过着修道士的生活，"他静静地说，"没办法的时候——当我觉得再不做什么我就会发疯的时候——"

我用手遮住了他的嘴唇，没让他说下去。

"我也一样，"我说，"弗兰克——"

他同样用手轻轻按住了我的嘴。我们就这样默默无言地望着彼此，我感到他在我手指底下绽开了笑容，我便同样地在他手指之下回应了一个微笑，随后放下了我的手。

"这不重要。"他说着也放下了自己的手。

"不，"我回答，"这都没有关系。"我伸出一根手指勾画起他嘴唇的线条。

"要不你把心掏出来给我听听？"我说，"如果有时间。"

他瞥了一眼窗外的日头——我们准备五点在印刷店跟伊恩碰面，好交流一下寻找小伊恩的进展——他接着小心地从我身上翻身下来。

"咱们走之前至少有两个小时。起来穿好衣服，我去叫他们送点葡萄酒和饼干来。"

太好了。自从找到他之后，我似乎一直饥肠辘辘。我坐起来，开始从扔在地上的一堆衣物里寻找我那条低领长裙所需要的紧身胸衣。

"我知道我肯定不是难讨，不过我好像觉得有点儿惭愧，"詹米一边扭着细长的脚指头伸进丝质长裤，一边这么感叹着，"起码我觉得自己应当惭愧。"

"为什么？"

"你看，我这边可以说是在天堂里，有你，有美酒和点心，而伊恩却走街串巷地在为儿子担惊受怕。"

"你是担心小伊恩吗？"我专心地系着我胸衣上的绑带，问道。

他拉上另一只长袜，微微皱了皱眉头。

"也不是很担心他，只是怕他到了明天还不出现。"

"明天又有什么事？"我问完了才想起我们与珀西瓦尔·特纳爵士的邂逅，"哦，你得去北方——就在明天吧？"

他点着头说："是啊，约好在马伦海湾有个会合，就在明天的月黑之夜。一艘从法国来的小帆船会送来葡萄酒和棉布衣料。"

"那珀西瓦尔爵士的警告，就是叫你别参与这次会合？"

"听着是这意思。我摸不准到底发生了什么，不过我希望到时候可以探明真相。有可能此地有个海关军官前来走访，要不就是他得知海岸线上有什么动向，虽然与我们无关却可能有什么影响。"他耸耸肩，系好了最后一根袜带。

接着他在自己膝盖上手心向上地把双手摊开，慢慢地弯起手指。左手立刻握成了拳头，一个随时为战斗做好了准备的、干净而轻捷的钝器。他右手的手指则弯起得很慢，中指歪斜着，拒绝与食指平行，而那无名指则完全无法弯曲，只是直直地翘起来，连带着边上的小指也只得呈现出一个尴尬的角度。

他看了看双手，又看了看我，笑了。"记得你为我接骨的那个晚上吗？"

"有时候会，不过那都是我最暗淡的时光。"那是个难忘的夜晚——其唯一的原因是它无法被忘却。当年我排除万难将他从温特沃思监狱和死刑的命运下解救出来——却没来得及阻止黑杰克·兰德尔在他身上进行的残忍的折磨与虐待。

我抬起他的右手移到我自己的膝盖上，他没有异议，只是让那温暖、沉重而呆滞的手放在那里。我触摸着他的每一根手指，他也没有异议，任我轻轻地拉伸着那些筋腱，弯曲着那些关节，目测着它们的活动范围。

"那是我的第一次整形手术。"我苦笑着说。

"从那以后你做过好多那样的事儿吗？"他好奇地低头看着我。

"是，确实做过一些。我是个外科医生——不过那个职业与现在的意义不同，"我匆忙补充道，"在我的时代，外科医生不给人拔牙，也不给人放血。他们更像是现在所说的'医师'——他们接受过医学中所有领域的训练，但都有一项特殊的专长。"

"很特殊啰，啊，不过你向来如此，"他咧着嘴笑了，那残折了的手指滑进我的掌心，他的拇指开始抚弄起我的指关节，"你们那些外科医生都做了些什么特殊的事儿呢？"

我皱起眉头，极力寻找着合适的措辞，"其实，我觉得这么说最合适——外科医生在促成治疗效应的时候，所采用的途径是一把尖刀。"

听到这里，他宽宽的嘴唇上浮起了一弯笑容："很有意思的一对矛盾啊！不过很合适你，外乡人。"

"是吗？"我惊异地问。

他点点头，目光始终停留在我脸上。我察觉到他在仔细地研究着我，于是颇不自在地琢磨起自己此时的面目究竟如何，狂乱的头发底下是否仍旧泛着交欢之后的潮红。

"你还从来没有这么可爱过，外乡人，"我才一抬手去抚平乱发，他的嘴角便咧得更开了。我的手被他抓过去，轻吻了一下，"别动你的发卷儿。"

"不，"他囚禁着我的手，上下审视了我一番，"不仅仅是合适，仔细想想，你完全就是一把尖刀。你这刀鞘精工细制，美丽绝伦啊，外乡人——"他的手指描摹着我嘴唇的轮廓，惹得我笑了，"不过骨子里却是回火钢打的刀刃……锋利得狠毒，我觉得。"

"狠毒？"我有点吃惊。

"并不是无情，不是那个意思。"他安慰我道。他专注而好奇地定睛看着我，笑意爬上他的嘴唇。"不是残忍无情，但是外乡人，如果你有这个必要，你可以坚强到冷酷的地步。"

我苦苦一笑："我确实可以。"

"我曾经见过你那样儿的，是吧？"他的嗓音柔和起来，握紧了我的手，"可如今我觉得这一点比你年轻的时候更显著了。你常常需要用到它吧？"

仿佛在突然之间，我意识到为什么他能如此清晰地看出弗兰克从未能看见的东西。

"你也是一样，"我感叹道，"而且你也常会用到它，频率可不低。"不知不觉地，我的手指摸到他中指上那盘根错节地牵扯着手指尽端关节的伤疤。

他点了点头。

"我总是在怀疑，"他的声音低沉得几乎听不见，"常常琢磨着，是否我可以把那刀刃呼之即来为我所用，又挥之即去地安然插回鞘中？因为我见过太多人在如此的呼和之中渐渐僵硬起来，他们的钢刀变成了腐锈的钝铁。而我总是不停地怀疑，怀疑我究竟是掌控了自己的灵魂，还是沦为了那刀刃的奴隶。"

"好多时候我感到……"他低头看着我们紧握的双手，"我已经抽出那刀刃太多次，在纷争之中度过了太长时间，以至于不再适合于人性的交流。"

我的嘴唇抽动了一下，却还是把急于想说的话咬了回去。他察觉了，歪着嘴笑了笑。

"我还以为我再也不会在一个女人的床上开怀大笑了，外乡人，"他说，"甚至再也不会去找一个女人，除非像牲畜一般出于盲目的需求。"他的嗓音中流露出一抹儿苦涩。

我抬起他的手，亲吻了他手背上小小的伤疤。

"我想象不出你像个牲畜一般的样子。"我说得轻描淡写，而他的脸却一下子融化了，他注视着我认真地回答道："我知道，外乡人。正因为你看不出，我才感到了希望。因为我其实就是——并且有此自知——可是也许……"他的话悄悄地淡去了，他只是专注地望着我。

"你其实就有——那种力量。你确实有，你的灵魂也同样如此。所以，也许我的灵魂也有可能得到拯救。"

对此我完全不知该如何回答，于是我沉默着，只是捧着他的手，轻抚着他扭曲的手指和硕大而坚实的指关节。那是一只武士的手——但此时的他不是武士。

我把他的手翻转过来平铺在我的膝上，掌心朝天，缓缓地勾勒起那一条条深陷的纹路和鼓鼓的山丘，还有那拇指根部微小的字母 C，那个把他的所属标记为我的微小烙印。

"我以前在高地认识一个老妇人，她说你的掌纹并不会预测你的人生，它们仅仅是你的人生的一个写照。"

"是吗？"他的手指微微一搐，但手掌依然平摊着没动。

"我不知道。她说你与生俱来的掌纹意味着你被赋予的生命——此后，随着你的所作所为，那些掌纹将会改变，从而映射出你成为了一个什么样的人。"我对相手之术一无所知，不过我能找出那条从他的手腕延伸到掌心的、历经数次分岔的、深深的线条。

"我想这可能就是他们说的生命线，"我说，"瞧见那些分岔了吗？我猜那些意味着你曾多次改变了你的人生，做出了许多抉择。"

他哼了一声，不过更像是觉得有趣，而非嘲笑。

"哦，是吗？这么说该不会有错。"他俯向我的膝盖，开始察看自己的掌心，"我猜那第一个分岔是我遇见乔纳森·兰德尔的时候，第二个是我娶了你——瞧，它们离得挺近，那儿。"

"确实，"我的指尖慢慢滑过那条线，痒得他轻轻地抽动了手指头，"那卡洛登没准是另一个分岔？"

"也许。"不过他并不想谈论卡洛登。他自己的手指继续往前："这儿是我进监狱的时候，从这儿出来，然后来到了爱丁堡。"

"成为一个印刷商。"我停下了手，抬眼向他望去，挑起了眉毛，"你究竟是怎么成为印刷商的？我怎么都不可能想得到。"

"哦，那个。"他绽开了一个微笑，"其实——那是个偶然。"

刚开始，他只是想寻找一种生意，好帮助他掩盖并促成他的走私买卖。当时他从一次交易中收益颇丰，便决定收购一处店面，只要其日常运营中会需用上大型的货运车马，而其隐匿的门面能用作交易间歇的临时货存。

运输业是个明显的选择，但被他排除了，原因正是该行当的从业者需要时常接受海关的检查。同样的道理，经营酒馆或旅店，虽然因为大量的进货需求也成为表面上颇为适合的选择，但其合法经营程序的弱势使它们很难隐藏其他非法业务，收税者与海关官员对这些地方的青睐程度堪比跳蚤之于一条肥狗。

"有一次在需要印一批告示的时候，我来到这么一家店面，便立刻想到了印刷业。"他解释说，"我在那儿等着下我的订单，正瞧见一辆马车轰隆隆地赶来，上面装满了一盒盒的纸张和一桶桶调和墨粉用的酒精。天哪，我心想，就是它了！因为征税官哪辈子会想到来骚扰这种店家呀！"

一旦他购置了卡法克斯巷的门面，雇了乔迪来操作印刷机，开始正式接下种种印刷海报、手册、对开本和装订书的订单，他才意识到这个全新的买卖为他打开了种种的其他可能。

"那是个名叫汤姆·盖奇的人。"他一边解释一边松开了我的手，越发热切地讲述着，比画着，双手不时插进头发抓着脑袋，被热情搅动得颇有些凌乱。

"他总是来订购一些这样那样的少量印刷品——都是些清清白白的东西——但时不时他会留下来聊几句，总是记得同我和乔迪都谈上一会儿，虽然他肯定看得出我对印刷业的了解比他自己还少。"

他对我狡黠地一笑。

"我不懂印刷，外乡人，但我懂得看人。"

很显然，盖奇在探究亚历山大·马尔科姆的忠心。听出了詹米的高地腔调中隐约的齿音，他曾小心地刺探过，言语间提提这个和那个曾因同情詹姆斯党人而在起义之后遭到打压的熟人，讲讲共同认识的朋友，巧妙地引导着谈话的走向，悄悄地走近他的猎物。直到最后，他的猎物冷不防笑着让他把想印的材料带来，并保证国王的人绝对不会知道。

"然后他就相信你了。"我说道,这不是一句问话。唯一曾经错信了詹米·弗雷泽的人只有查尔斯·斯图亚特——而在那件事上,看错了人的是詹米。

"是的。"就这样他们开始了这个合作关系,起先是纯粹生意上的合作,而渐渐地,这种合作加深为了友谊。詹米印刷了盖奇所在的由激进作家组成的小团体所发表的所有文字——从公众熟识的文章,到匿名的大报和手册,其间充斥了足以将作者一并投入大牢或送上绞架的字字罪证。

"印刷的活儿干完后,我们会去街角的酒馆聊天,会会汤姆的一些朋友,直到有一天汤姆说,我也应该写些什么。我笑着对他说,用我这只手,等我总算写完的一天,我们大伙儿都早死了——不是绞死的,是老死。"

"我们正聊着的时候,我站在印刷机旁,用左手排着活字,心不在焉。他就这么盯着我看了好一会儿,然后他笑了起来。他指指字盘,再指指我的手,不停地笑到他倒在地上方才罢休。"

他把一双手臂张开在胸前,平静地看着自己正舒展着筋骨的双手。接着他攥起一边的拳头慢慢地举到面前,手臂上的肌肉在亚麻衣袖下推开波浪,鼓了起来。

"我足够强壮,"他说,"如果运气好的话,还能强壮好些年——但不会永远这样,外乡人。我打了这么多年的仗,挥舞的是长剑和短刀,但每个武士都会遇到那一天,当力量离他而去。"他摇摇头,伸手抓起地上的外衣。

"那天和汤姆·盖奇在一起的时候,我把这些收了起来,用来提醒我自己。"他说。

他拿起我的手,把从衣袋里拿出来的东西放进我的手心。摸上去凉凉的,硬硬的,是几个沉沉的长方形铅制小物件。无须触摸其上的刻纹,我便已知道那些铅字上是什么字母。

"Q.E.D.,证明完毕。"我说。

"英格兰人拿走了我的长剑和短刀，"他轻轻地说，手指拨弄着我手心里的铅字，"但汤姆·盖奇又给了我一把利器，我觉得我不会放弃它。"

我们手挽着手走下皇家一英里的鹅卵石坡道的时候，不到五点一刻。经过了在私人包间内的"私密沟通"，以及其间陆续下肚的几碗浓郁的胡椒炖牡蛎和一瓶葡萄酒，我们俩的脸上都洋溢着红光。

我们身边的这个城市也洋溢着红光，仿佛在分享我们的快乐。爱丁堡上空笼着一层阴霾，似乎马上越积越厚又会下起雨来，但此刻那悬挂在云层中的夕阳闪耀着金色、粉色和红色的光芒，在卵石路面上镀了一层湿湿亮亮的古铜色泽，使街上的房子那灰色的石墙上俨然倾泻着映出的柔光，回应着温暖了我的脸颊，也闪烁在詹米注视着我的眼中的那抹红光。

我们沿着大街一直往下走，糊里糊涂地沉浸在自己的世界里，过了几分钟才意识到有点不对劲儿。一个男人不耐烦地快步绕过我们闲逛的节奏，然后又急停在我跟前，弄得我在湿滑的石头上磕了一下，踢飞了一只鞋子。

他猛一抬头，仰天望了许久，才又匆匆走下大街，没有跑，却只是疾步行走而去。

"他这是怎么了？"我蹲下身捡回了鞋子。突然间，我注意到我们周围所有的人都同样在停步、仰头与急行。

"你觉得是——"我正开口想问，转头却见詹米也在专心地仰望天空。于是我也抬头一看，立刻意识到那云层中的红光比平日傍晚的天色要深得多，并且在不安地忽闪着一种全然不似落日余晖的光芒。

"着火了，"他说，"天啊，我觉得是在利斯巷！"

与此同时，前方大街上也有人呼喊起来："着火啦！"仿佛这一声官方诊断终于批准大家有资格奔跑了，满目急切的人影开始乱作一团，犹如一群倾巢的旅鼠一般沿街奔涌而下，迫不及待地向那柴堆里投身而去。

有几个冷静的人开始向上跑去，与我们擦肩而过，同样叫嚷着"着火啦"，而想必是意在提醒什么类似消防队的机构。

詹米已经跑了起来，拽着我单脚跳跃着的尴尬身影。与其停下来，我索性踢掉了另一只鞋，紧跟上他的脚步，脚趾不停地在冰冷而潮湿的卵石间穿插滑行。

起火的地点不是利斯巷，而是隔壁的卡法克斯巷。小巷门口挤满了激动的路人，相互推搡着伸长了脖子想看个究竟，彼此呼和着语无伦次的问话。傍晚潮湿的空气里，涌出滚烫而刺鼻的烟雾，一浪浪噼啪作响的热气打在我脸上，我龟缩着跑进了巷子。

詹米毫不犹豫地冲进人群，用力开辟一条通路。我死死地挤在他的背后，顶着胳膊肘穿过那随时会合拢的人潮，满眼只看见詹米宽阔的背脊。

终于，我们冲到人群的最前端，于是一切尽收于我的眼底。印刷店底层的两扇窗户里双双吐出浓厚的灰烟，看客的喧嚷声之上，我能听见耳语般的爆裂声一波波地涌起，如同大火在不住地自言自语着。

"我的印刷机！"只听见一声苦闷的呼喊，詹米便冲上门前的台阶，踢门而入。一团烟雾滚滚地扑出那打开的门洞，像饥饿的野兽般吞噬了他。我眼前闪过他的身影，在浓烟中踉跄了几步，便卧倒在地，爬行着进入了楼中。

受了他的启发，人群中有几个男人也奔上印刷店的台阶，如出一辙地消失在充满烟雾的室内。剧烈的高温下，我感到裙摆被热风使劲地吹到腿上，着实怀疑那些男人在里边如何能忍受得了。

身后的人群中响起了新一轮的叫喊声，宣告着护城卫队的到来。装备着水桶，他们显然很熟悉这项救援任务，队员们脱下酒红色制服外衣，立即开始向大火发起攻势。他们砸碎了窗户，把一桶桶水迅猛地倾倒进去。此时的人群壮大起来，随着连续不断的脚步声噼噼啪啪地从小巷里的各个楼梯间拾级而下，人群里的喧嚷更推上了高潮，周围的楼房里的顶层住户纷纷将一群群激动的孩子送下楼以确保安全。

尽管搬运水桶的流水线颇为勇敢地努力着，我却实在不觉得他们会对这场其势已成的大火有多少影响。我沿着人行道来来回回地踱步，徒劳无功地寻找着屋里是否有任何移动的影子，突然，流水线的领头惊叫了一声，朝后一跳，刚刚好躲过了头顶上飞出窗洞的一盘铅字，后者在一声巨响下猛地砸向鹅卵石地面，那活字铅块顿时四散一地。

三两个顽童钻出人群，正伸手去抓地上的铅字，被愤怒的邻里们一巴掌赶跑了。一个戴着头巾穿着围裙的胖女人冲上前去，冒着失去生命或是失去一条手臂的危险，夺下了沉重的铅字盘，将其拉回街边，俯身护住，就像母鸡护窝一般。

她的同伴们刚想捡起掉在地上的铅字，却被又一波如冰雹一样飞出两扇窗户的物件吓了回来，从天而降的是更多的字盘、滚轴、印台，还有一瓶瓶砸碎在地的黑墨，留下蜘蛛网般的巨大墨迹，慢慢地流进救火员们洒下的水坑里边。

敞开的门洞与窗洞所形成的气流鼓舞了火势，耳语般的燃烧声已放大成一种扬扬得意的咆哮。由于窗口不断下落的物件，护城卫队已无法向窗口洒水，领头的向他的手下大喝了一声，自己用浸湿的手帕捂住鼻子，便钻进了楼里，半打兄弟们紧跟其后。

运水桶的队伍很快又重组起来，满满的一桶桶水手手相传地从最近的水泵拐了弯运上门廊。兴奋的小孩子抓起那滚下台阶的空水桶，奔跑着送回水泵重新装水。爱丁堡是个石建的城市，但鳞次栉比的建筑以及其中繁多的火炉和烟囱一定使火灾成为常事。

这点很显然，我身后响起的又一阵骚动意味着姗姗来迟的救火车终于到了。人潮像红海一般一分为二地为那辆车让道，牵着车前行的不是马匹，而是由人组成的一支队伍。窄巷里逼仄的空间容不了马匹周旋的余地。

火焰映射在黄铜打造的车身上，那救火车像烧着的煤炭一般，令人惊叹地放射着光芒。温度越发急剧地上升着。每吸进一口热气，我都能感到自己干渴的肺部在劳作，想到詹米我惶恐不已。且不提那危机四伏的大火，就是在那地狱般的烟雾和热度里，他能够呼吸多长时间？

"耶稣啊，马利亚，哦，圣约瑟！"拄着木腿的伊恩挤过人群，突然出现在我的肘边。又是一阵从天而降的杂物，身边的人群连连后退，伊恩不得不抓住我的胳膊保持住平衡。

"詹米去哪儿了？"他在我耳边喊道。

"里边儿！"我用手指着，也叫喊着回答道。

印刷店的门口这时突然吵吵闹闹的一阵骚动，有人慌乱地大喊了一声，音量居然盖过了大火。门洞里滚滚而出的烟雾底下出现了好多条腿，来来回回地摆来摆去。走出来的是六个男人，包括詹米，被一台巨大的机器压得步履蹒跚——那是詹米的宝贝印刷机。他们小心地把它抬下台阶，推到人群之中，随即又转回了店里。

更多的援救已经来不及了，店里传来一声巨响，又一股热浪冲出来把人群往后扑散开去，转瞬间顶层的窗洞被舞动的火苗照得透亮。几个男人咳嗽着，哽咽着从楼里鱼贯而出，其中的个把人在地上爬，一个个都熏得黑黑的，累得大汗淋漓。救火队员狠命地泵着水，但大火丝毫没有理会那管子里射出的粗粗的水柱。

伊恩的手像个老鼠夹子一样紧紧地抓住我的胳膊不放。

"伊恩！"只听到他一声惊呼，穿透了嘈杂的人群和咆哮的大火。

我顺着他的目光看去，三楼的窗洞里闪过一个幽灵般的影子，它先是挨着窗扇挣扎了一番，随后不是向后一倒，就是被烟雾给吞没了。

我的心跳到了嗓子眼儿。那个影子是不是小伊恩我根本无从看清，但它绝对是个人形。伊恩没有张口结舌地浪费时间，他早已跌跌撞撞地，以竭尽其下肢所能的速度冲向了印刷店的门口。

"等等！"我叫喊着追了上去。

詹米正靠在印刷机上，上气不接下气地感谢着帮助了他的人们。

"詹米！"我揪住他的袖子，狠命地把他从一个满脸通红的理发师那儿拉开，那理发师正激动地将沾满煤灰的双手往围裙上擦拭着，围裙上留下了一道道黑印，呼应着板结的肥皂印痕和星星点点的血迹。

"楼上！"我大喊着向上一指，"小伊恩在楼上！"

詹米退后一步，撩起袖子抹了抹熏黑的脸，惊异地朝楼顶的窗户望去。所见之处只有翻腾的火焰在窗玻璃上忽闪着微光。

伊恩遇上了几个执意要阻止他冲进店里的邻居，正僵持不下。

"不行，老兄，你不能进去！"护城卫队长喊道，伸手企图抓住伊恩挥舞着的双手，"楼梯都倒了，屋顶也撑不了多久了！"

尽管身材瘦削，腿脚残疾，伊恩仍是个高大而强健的男子，截住他的那些护城卫队的好心人靠着绵软的臂力根本不是他的对手。这支卫队主要由高地军团里领着退休金的老兵组成，而伊恩在大山里磨炼出的力量，加上此刻作为一个绝望的父亲的拼劲，慢慢地、稳健地占了上风。一群人茫然地被步步逼退到印刷店的台阶上，而伊恩则拽着那些妄想要拯救他的人一同步入大火之中。

我感到詹米开始吸气，他竭力地用那业已焦煳的肺叶将空气深深地吞入体内，便立刻跟着上了台阶，将伊恩拦腰截下，往回拉扯起来。

"快下来，兄弟！"他嘶哑地喊着，"你上不去的——楼梯都没了！"他四下里一望，看见我，便把跟跄着没站稳当的伊恩整儿往后推进了我的怀里。"摁住他，"他的喊声越过嘶吼的火苗，"我去把孩子带下来！"

话音刚落，他已转身冲上隔壁楼门口的台阶，那幢楼底层巧克力店的客人们这时已涌上走道，手捧锡质杯子观望着激动的人群，他推搡着从他们中间挤了过去。

我学詹米的样子，用双臂牢牢地锁住伊恩的腰不放。伊恩企图跟上詹米却未能如愿，于是只能停止挣扎，呆呆地站在我的怀中，狂跳不已的心脏正好压在我的脸颊底下。

"别担心，"我无谓地说，"他能行的，他会救他下来。他会的。我知道他会的。"

伊恩没有回答——兴许都没有听见——只是安静而呆滞地像一尊雕像一般伫立在我的怀里，粗哑的喘息声听上去像是在抽泣。我松开了紧抱在他腰间的双手，他没有挪动也没有转身，而当我站到他身边时，他一把抓住了我的手，紧紧握在掌心。要不是我也同样用力地回握住了他，我的手骨多半会被捏得粉碎。

不到一分钟，巧克力店楼上的窗户便打开了，詹米的脑袋和肩膀露了出来，闪亮的红发犹如一股从火场飘散的火舌。他爬到外面的窗台上，蹲在那里，小心地转过身，直到面对着火的小楼。

他穿着长裤，立稳了脚跟，把住头顶屋檐的落水管慢慢地靠臂力把自己拉了起来，长长的脚趾紧抓着外墙的砂浆石缝。只听得一声很响的咕哝，他滑过屋檐，顿时消失在山墙背后，那咕哝声甚至在大火和人群的喧闹之中都能听见。

他要是矮一点儿就肯定做不到。拄着木腿的伊恩也不行。我听见伊恩喃喃自语地念着什么，兴许是在祷告，我想。不过当我很快看了他一眼时，他已绷紧了下颌，满脸的皱纹里写满了恐惧。

"他在上头究竟准备干吗？"我心里纳闷。直到身边的理发师一手遮着眼睛回答了我的问题，我才意识到自己说出了声来。

"印刷店的屋顶上有个活板门，夫人。马尔科姆先生准是要从那儿进顶层去。那上边是不是他的学徒啊，您知道吗？"

"不是！"伊恩听了气鼓鼓地回答，"那是我的儿子！"

理发师被伊恩凶狠的目光吓得缩了回去。"哦，对，您说得正是，先生，正是！"他低语着画了个十字。一声大喊从人群中响起，继而化为了一片呼号，只见两个人影出现在巧克力店的屋顶之上，伊恩扔下了我的手，跳跃着赶上前去。

詹米的胳膊搂着小伊恩，后者佝偻着，脚步蹒跚，定是吸入了太多的烟尘。照他现在的情形看来，他们两人要想从隔壁的楼里原路返回，基本上都不可能。

这时候，詹米看见了楼下的伊恩，立即将一手合拢在嘴边，大吼了一声："绳子！"

绳子现成就有。护城卫队的装备很充足。伊恩从一个走上前来的卫兵手里抢下一捆绳索，那位居位显要的卫兵义愤地眨巴起眼睛，伊恩没有理会，转身对准了眼前的房子。

詹米咧开嘴俯视着他的姐夫，我捕捉到了他露出的牙齿亮光一闪，也没有错过伊恩脸上露出的会心的窃笑。他俩曾多少次这样彼此抛接过绳索，或是把干草运上谷仓阁楼，或是把货物捆上马车？

伊恩抡起胳膊甩开绳索时，人群向后退去，沉沉的绳圈飞出一条光滑的抛物线，一边自动地延展开来，不偏不倚地被詹米张开的臂膀接下，犹如黄蜂降落在花朵上一般精准。詹米收起悬垂的绳子，立马将其固定到房子的烟囱基底，从视野里消失了。

几个惊险的回合的忙碌之后，两个被熏得焦黑的人形安全着陆在人行道上。胸前腋下绑着绳子的小伊恩伫立了片刻，待到绳索一经松开，他的双膝立即瘫软下来，笨拙地滑倒在鹅卵石路面上。

"你没事吧？小伙子？说话呀！"伊恩伏倒在儿子身边，焦急地解着小伊恩胸前的绳子，一边试图抬起他耷拉着的脑袋。

满脸黑炭的詹米斜靠在巧克力店的栏杆上咳个不停，像要把肺都咳出来一般，但除此之外明显安然无恙。我坐到男孩的身边，把他的脑袋枕在我的腿上。

看到他的样子，我不知究竟该哭还是该笑。早晨初次见面的时候，他是个可爱的小伙儿，尽管貌不惊人，却继承了他父亲和蔼可亲的相貌。此时夜幕已降，他额头一侧浓密的头发已被烧焦成一片淡红的发茬，眉毛和睫毛全数被烧得无影无踪，再往下那抹满了烟灰的亮粉色的皮肤则像极了一头刚出炉的烤乳猪。

　　我摸索着那细长的脖子找到了他强有力的脉搏，颇感安慰。他粗哑的呼吸声节奏混乱，这也不出我所料。我只希望他肺部的黏膜没被烧伤。他的咳嗽声冗长而令人心焦，瘦弱的身躯随之在我膝上猛烈地震动不已。

　　"他没事吧？"伊恩本能地抓住了儿子的胳肢窝，扶他坐了起来。他的脑袋无力地来回晃动了几下，向前倒进了我的怀抱。

　　"我觉得他没事，不过不敢肯定。"男孩还在咳嗽，但没有完全清醒过来。我把他抱在肩头，像抱着一个巨大的婴儿，徒劳无功地轻拍着他的后背，只能听任他不停地反胃和哽噎着。

　　"他没事吧？"这次问话的是詹米，他气喘吁吁地蹲到我的身旁，那烟熏嘶哑的声音我都没听出来。

　　"我觉得没事。你呢？你看着像马尔科姆·艾克斯①。"我越过小伊恩上下起伏的肩膀，瞥着他的脸。

　　"是吗？"他惊讶地摸了摸自己的脸，然后放心地咧开了笑容，"没有啦，我不知道自己现在啥样儿，但我至少还没变成已故的马尔科姆②吧，不过是熏黑了一点而已。"

　　"退后！退后！"卫队长走到我身边，灰白的络腮胡子里掺杂着焦虑，他拉了拉我的衣袖，"退后点儿，夫人，屋顶要塌了！"

　　一点不错，当我们在混乱中退到安全的地界，印刷店的屋顶塌陷了，观望的人群里响起了惊叹之声，点点火星如巨大的涌泉一般朝天飞旋而起，在入夜的深暗天幕之上闪耀得无比夺目。

　　仿佛天堂对此番侵犯甚是恼怒，那火星的浪潮即刻得到了响应，噼噼啪啪的雨点开始落下，重重地打在我们周围的鹅卵石上。其实早该对降雨习以为常的爱丁堡人，纷纷惊呼起来，像成群的蟑螂一般逃进了周

---

① 马尔科姆·艾克斯（Malcolm X），美国黑人民权运动领袖（1925—1965）。

② "已故的马尔科姆"（ex-Malcolm）在读音上与马尔科姆·艾克斯相近。克莱尔在调侃詹米的肤色，而一知半解的詹米也颇为自得其乐。

围的楼房，把救火车干了一半的活儿留给了老天。

过了一会儿，就只剩下我和伊恩两人守着小伊恩。詹米向护城卫队慷慨地分发了一些钱，安排好将印刷机和附件一同存放在理发师的储藏室里，最后才迈着疲惫的步子朝我们走了回来。

"小伙子怎么样了？"他一手抹着自己的脸，问道。雨开始越下越大，雨水在他焦黑的脸上造成了一种极其特别的视觉效果。伊恩望着他，愤怒、焦虑和恐惧头一次从他自己的脸上消散了。他冲詹米歪着嘴一笑。

"他看着不比你好多少，老弟——不过这会儿他还行。帮把手，哎？"

伊恩俯身朝儿子弯下腰去，嘴里念叨着哄宝宝用的亲昵的盖尔语词句。小伊恩这时已经迷迷糊糊地坐在石子路街沿上，像只飞翔在风中的鹭鸟一样左右摆动着。

我们抵达珍妮夫人的小楼的时候，小伊恩已能行走，虽然仍需要由他父亲和舅舅在两侧扶持着。开门的布鲁诺难以置信地眨着眼睛，为我们打开了大门，随即狂笑不已地几乎没能把门在我们身后关上。

必须承认，我们一行人浑身湿透了还不断淌着水的模样实在不值得恭维。我和詹米都光着脚，他那一身焦灼而褴褛的衣衫上更是覆盖着一道道的煤烟。伊恩的黑发披散着盖住了眼睛，看上去活像只长着木腿的淹死的老鼠。

不过，大家关注的焦点当然是小伊恩。随着布鲁诺的笑声，客厅里伸出了好几个脑袋。众目睽睽下的小伊恩头顶着烧焦了的头发，红肿着脸，鼻子略带着鹰钩，眨巴着没有睫毛的大眼睛，像极了某个奇异鸟种初出茅庐的幼雏——许是一只刚刚孵化出来的火鹤鸟。他的脸已经红得不能再红了，当一串咯咯傻笑的女声紧随着我们走上楼梯，他的后颈顿时烧成了猩红色。

直到我们来到楼上小小的起居室，安全地关上了门，伊恩方才转过身正视着他倒霉的孩子。

"这下活过来了，你？你这小王八蛋！"他责问道。

"是的，爸爸。"小伊恩喑哑的嗓音回答得很是惨淡，似乎他宁愿可以给出个否定的回答。

"那好，"他父亲厉声说，"你想替自已解释一下吗？还是让我现在就抽死你，好给咱俩都节省点儿时间？"

"伊恩，你不能抽一个刚刚被烧掉了眉毛的人吧，"詹米嘶哑地抗议道，一边从桌上的酒瓶里倒出一杯波特酒，"那样太不人道了。"他咧开嘴对他的外甥一笑，递过酒杯，男孩立刻欣然接下。

"哎，好吧。就算是吧。"伊恩审视着儿子，表示同意，嘴角翘了一翘。小伊恩的模样确实可怜，不过也确实滑稽无比。"但这不代表你的屁股将来不会挨揍，记着了！"他警告着男孩，"还有，你妈到时看见你想怎么罚你还不算在里边。不过现在嘛，小子，你就别紧张了。"

听到最后那句话里的宽宏大量，小伊恩并未显得格外欣慰，只是默不作声地沉浸到手里那波特酒杯的庇护之中。

我非常乐意地捧起了我自己的酒杯。关于爱丁堡的市民为什么如此讨厌下雨，我这才有所体会。在石砌房屋潮湿的有限空间内，如没有可替换的衣物，如果取暖的来源仅限于一个小小的火炉，那么一旦湿透了全身再要风干简直是难上加难。

我从胸口上把潮湿的紧身胸衣摘了下来，瞥见小伊恩颇感兴趣的眼光，立刻悔恨地意识到我实在不该当着小伙子的面这么做。詹米对这孩子似乎已经腐化得够厉害了。于是我放弃了宽衣的打算，大口地喝起酒来，感到那波特酒的浓香暖暖地在我体内扩散开去。

"你觉得有力气说话了吗，小伙子？"詹米挨着伊恩，在他外甥对面的坐垫上坐了下来。

"哎，我想是的，"小伊恩嘶哑地小声答道，接着他像个牛蛙一样清了清嗓子，更加肯定地说，"哎，我可以了。"

"那好。这样吧，首先，你怎么会在印刷店里？其次，店里是怎么着火的？"

小伊恩思考了大约一分钟，然后又吞下一口波特酒壮了壮胆，回答说："是我放的火。"

话音刚落，詹米和伊恩同时站了起来。我能看出詹米私下里正在改变自己关于可否鞭打没有眉毛的人的看法，但他显然很努力地稳住了自己的火气，只是回应道："为什么？"

男孩又喝下一大口酒，咳嗽了一声，再喝了一点，明显在犹豫如何回答。

"那个，"他不太确定地开口说，"有一个男人——"却又立刻打住。

"一个男人，"见外甥突然又聋又哑的样子，詹米耐心地提示他说，"什么男人？"

小伊恩双手紧抓着酒杯，深显不快。

"快回答你舅舅，呆子，"伊恩厉声道，"不然我这就把你横过来刮一顿。"

两个男人用类似的威逼加提示，终于从男孩口中套出了一个还算连贯的故事。

这天早上，小伊恩遵照指示在克斯的一家酒馆里与沃利碰面，沃利应驾着装有白兰地的货车从会合地而来，并在该酒馆将烂酒次货装车后用作障眼。

"遵照指示？"伊恩尖锐地问，"谁指示的你？"

"是我，"詹米抢先回答道，并向他的姐夫摆摆手，示意他保持安静，"哎，我知道他在这儿。这个咱们以后再讨论，好吗，伊恩？重要的是先弄清楚今天发生的事情。"

伊恩怒视着詹米张嘴正想反驳，却又一下子把嘴闭上，点头示意儿子继续解释。

"你瞧，当时我觉得好饿。"小伊恩说。

"你什么时候不觉得好饿？"他父亲和舅舅异口同声地反问道，两人交换了眼神，迸发出一阵大笑，屋里紧张的气氛略微缓和了一些。

"所以你就进那酒馆去吃东西了，"詹米说，"没问题，小子，这个没有关系。然后在那儿又怎么了？"

于是我们得知，他就是在那里见到了那个男人，一个梳着水手的发辫、贼眉鼠眼的矮个子独眼龙，正跟酒馆老板说着话。

"他正在那儿打听您的下落呢，詹米舅舅，"有波特酒不断地喝下肚里，小伊恩的叙述越来越自如，"问的竟是您的本名。"

詹米一惊："你是说詹米·弗雷泽？"

小伊恩抿着酒点点头："唉。而且他还知道您的别名——也就是詹米·罗伊。"

"詹米·罗伊？"伊恩困惑地转头望着他小舅子，后者不耐烦地耸了耸肩。

"那是我在码头上用的名字。好了，伊恩，你不是不晓得我干的那些事儿。"

"哎，我晓得。可我不知道这小子也在帮你干那些。"伊恩抿紧了薄薄的嘴唇，转头将注意力挪回到儿子身上，"接着说，小子，我不打断你了。"

水手问酒馆老板，像他那样一个丢了活儿的倒霉的老海员，上哪儿能找到个名叫詹米·弗雷泽的人，听说他能帮助有能力的劳工找到活儿干。见那老板声称没听说过这个名字，水手凑近了，顺着桌子推了个硬币上前，低声问"詹米·罗伊"听着是否更耳熟些。

老板继续置若罔闻，于是那水手便很快离开了酒馆，身后紧跟着小伊恩。

"我想，也许应该查出他究竟是谁，究竟想干什么。"男孩眨眨眼解释道。

"你该想到让酒馆老板带个话给沃利的，"詹米说，"不过那也并不重要。后来他又去哪儿了？"

他快步走下了大街，不过没有快到甩得开一个保持着谨慎的跟踪距离的健康的小伙子。这水手很能走，不消一个小时便走完大约五英里的路，来到了爱丁堡。直到他最后来到绿枭酒馆的时候，跟在后面的小伊恩渴得都快蔫了。

听到酒馆的名字我吓了一跳，但我没想打断故事的进程，于是便什么也没说。

"那儿挤得一塌糊涂，"男孩报道着，"是早晨发生了什么事儿，所有人都在议论——不过他们一瞅见我就都闭上了嘴。不管怎样，到了那儿还是老样子，"他咳嗽了一下，清了清嗓子，"水手要了点喝的——白兰地——然后问老板认不认得一个白兰地酒商，名叫詹米·罗伊或者詹米·弗雷泽的。"

"他认不认识呢？"詹米注视着他外甥小声地问道。我看得出一条条思路正在他高高的额头背后运转起来，那两道浓密的眉毛之间挤出了一条小小的皱褶。

那人有条不紊地走访了各家酒馆，而他忠诚的影子紧随其后。每到一处，他都点了白兰地并重复了相同的问题。

"他酒量一定超大，能喝这么多白兰地。"伊恩评论道。

小伊恩摇摇头说："他没有喝，都只是闻了一下。"

他父亲啧啧感叹着有人竟如此可耻地浪费好酒，而詹米的红色眉毛却爬得更高了。

"他一口都没有尝吗？"他严肃地问。

"也尝过。先是在狗与猎枪酒馆，然后是在蓝色野猪。不过都只是品了一小口，然后就再没动过杯子。在其余那几家他都根本没喝，我们一共去了五家，一直到……"他顿了顿，从杯子里又喝了一口。

詹米的表情异乎寻常地变化着，从眉头紧蹙的困惑，到一脸空白，接着渐渐地恍然大悟起来。

"是嘛，是这样，"他轻声地自言自语着，"真是这样，"接着他的注意力回到了他外甥，"那后来呢，小伙子？"

小伊恩则又开始闷闷不乐了。他打了个嗝儿，瘦骨嶙峋的脖子上明显泛起了波澜。

"嗯，从克斯到爱丁堡实在是好远，"他开口说道，"而且一路走着又好干……"

他父亲和舅舅同时翻着白眼对视了一下。

"所以你就喝多了。"詹米无可奈何地说。

"那个，我一开始不晓得他会去那么多酒馆呀，对吧？"小伊恩自卫地叫起来，耳朵变成了粉红色。

"你当然不晓得，小伙子，"詹米仁慈地回答道，掩盖了伊恩刚想说出的苛刻的评论，"你醉倒以前又过了多久？"

事实证明，小伊恩一直走到了皇家一英里的中间，最终不敌于早起加上徒步五英里，再加上两夸脱麦芽酒的综合功效，醉倒在一处街角。一小时后醒来，他才发觉猎物早已不见踪影。

"所以我就来了这里，"他解释说，"因为我觉得詹米舅舅应该知道这件事。可是他不在。"男孩瞥了我一眼，耳朵更红了。

"你倒是怎么知道他该在这里的？"伊恩瞧着他儿子，眼神像钻子一般尖利，转眼又把那目光移向了他的小舅子。自打一早便被伊恩压制着，并且始终逐渐在升温的怒火，终于爆发了。"你这肮脏的厚颜无耻的家伙，詹米·弗雷泽！竟敢带我儿子上妓院！"

"你说得倒是好听啊，爸！"小伊恩站起来，有点摇摇欲坠，两只瘦削的大手往腰里一插。

"我？你这又是什么意思，傻小子？"伊恩喊着，瞪大了愤怒的眼睛。

"我的意思是，你是个见鬼的伪君子！"他儿子沙哑地叫道，"你老跟我和迈克尔说教，什么纯粹啊，什么忠诚于一个女人啊，你自己却一直晃荡到城里来找婊子！"

"什么？"伊恩的脸已经完全发紫了。我警惕地看了看詹米，他却好像觉得此刻的情景很是滑稽。

"你……你……虚伪得就像那该死的、粉饰的坟墓①！"小伊恩得意地亮出他的比喻，接着停顿了一下，似乎想再找个能与之匹敌的词藻。只是当他张开嘴时，吐出的却是个小小的饱嗝。

"这孩子有点儿喝醉了。"我对詹米说。

他拿起波特酒瓶，目测了里面剩下的酒，又把它放了下来。

"你说得对，"他说，"我该早点注意到的，不过他的脸熏成这样，实在很难看得出来。"

伊恩没有喝醉，但他的表情与他儿子的却极其相像，包括那通红的脸色、圆睁的眼睛和脖子里暴露的青筋。

"你究竟……到底是什么意思，小兔崽子？"他叫喊着走向小伊恩，气势汹汹，小伊恩不由自主地退后了一步，腿肚子碰到了沙发，便突然无声地坐了下来。

"她，"惶恐之际，他一下子只说得出这一个字来，一边用手指着我加以澄清，"她！你欺骗我妈就为了这个臭婊子，我就是这意思！"

伊恩一个巴掌刮向儿子的脸颊，把他打得趴在了沙发上。

"你这大呆子！"他惊惶地说，"你竟敢这么对你克莱尔舅妈说话！且不说你怎么污蔑我和你妈了！"

"舅妈？"小伊恩趴在靠垫上瞠目结舌地望着我，样子活像个乞食的幼鸟。我不由得哈哈大笑起来。

"今天早上我来不及介绍自己，你就跑了。"我说。

"可您已经死了。"他呆呆地说。

"我还没死，"我向他保证道，"除非这身湿裙子让我这么坐着就染上肺炎了。"

他瞠着我的双眼睁得没法儿更圆了。这时候，一抹兴奋浮现在他的目光里。

_____

① 《马太福音》中用粉饰的坟墓比喻伪善的人。

"拉里堡有些老夫人说您是个女智者——白娘子，有的还说您是个仙女。卡洛登以后詹米舅舅一个人回来的时候，她们说您多半是回仙女的地界去了，您就是打那儿来的。那都是真的吗？您是住在土山堡里的吗？"

我看了看詹米，他的目光立即转移到天花板上。

"不是，"我说，"我……呃，我……"

"卡洛登后她就出逃到法国去了，"伊恩突然插进来，语气非常肯定，"她以为你詹米舅舅战死了，所以她就回到法国她亲人那儿去了。她也曾是查理王子的一个特别的朋友——所以战后她要回到苏格兰会非常危险。不过后来她听说了你舅舅，得知她丈夫其实并没有死，于是她就立刻坐船回来找他了。"

小伊恩听着这一切，微张着嘴，我的样子也毫无二致。

"呃，是的，"我总结道，"真是如此。"

小伙子闪光的大眼睛看了看我，又看了看他舅舅。

"所以您就回到他身边来了？"他快活地说，"天啊，这真是太浪漫了！"

紧张的气氛瞬时烟消云散，伊恩有些犹豫，但看着詹米和我，他的眼神也变得柔软了。

"唉，"他勉强地笑了笑说，"唉，我想是的。"

"我本来以为这样的情景起码再过两三年才会发生。"詹米说，一手老练地撑住外甥的脑袋，而我则手捧痰盂看着小伊恩痛苦地往里边吐个不休。

"唉，不过他一直特别早熟，"伊恩无奈地答道，"没站稳就学走路了，永远都在跌跌撞撞，不是倒在火炉里，就是砸翻了洗脸盆，要不就是撞上了猪圈，或者牛栏。"他轻拍着那精瘦的、上下起伏着的背脊，"好了，小子，慢慢来。"

过了一会儿，男孩一堆瘫软的骨头被放置到沙发上，经受了大火的浓烟、激烈的情绪和太多波特酒的影响，他终于可以在他父亲和舅舅审慎的目光的共同监护下开始休息了。

"见鬼，我叫的茶怎么还没来？"詹米不耐烦地把手伸向服务铃，但我阻止了他。经历了早上的波动，妓院的内务管理显然仍未恢复正常。

"别麻烦了，"我说，"我下去取吧。"我提起痰盂，伸长着胳膊小心地把它端了出去，出门时只听见伊恩理智的声调在背后说："你瞧，傻瓜——"

我轻而易举地找到了厨房，并搜集了需要的各种物品。我希望詹米和伊恩能给那小伙子几分钟喘息的机会，不只是替他想，也因为我不希望错过任何故事情节。

可我显然是错过了什么。回到那小小的起居室，屋里笼罩着一股拘谨的空气，小伊恩抬眼一望，又赶忙避开了我的眼光。詹米跟往常一样泰然自若，但伊恩却显得几乎跟他儿子一样激动而不安。他连忙上前接过我手中的托盘，喃喃地谢过我，却回避着我的眼睛。

我挑起眉毛看了看詹米，他浅笑着耸了耸肩。我也只好耸耸肩，拿起了托盘里的一个碗。

"面包和牛奶。"我说着把它递给小伊恩，他一下子显得高兴多了。

"热茶。"我把茶壶递给他父亲。

"威士忌，"酒瓶到了詹米手中，"还有凉茶，是治烫伤的。"我掀开最后那个碗上的盖子，里面的凉茶里浸着几块餐巾。

"凉茶？"詹米耸起他的红眉毛，"厨子那儿就没有牛油吗？"

"治烫伤不能用牛油，"我告诉他，"要用芦荟、芭蕉或者车前草的汁液。不过这些厨子都没有，所以退而求其次，凉茶是我们最好的选择了。"

我在小伊恩起了疱的双手和前臂上敷上浸了茶水的餐巾，进而在他深红的脸上轻轻地抹上茶水，詹米和伊恩端着茶壶和威士忌酒瓶为他一一服务完毕，于是我们全部坐下，感到安心了些，方才重新回到小伊恩没讲完的故事之中。

"是这样，"他开始回忆，"我在城里逛了一会儿，费劲儿地想我该如何是好。后来我的脑子清醒点儿了，我琢磨着我跟踪的那人如果一直顺着高街往下打听所有的酒馆，那我从另一头开始往上找没准能找到他。"

"那个点子好，"詹米说罢，伊恩赞同地点点头，但脸上又泛起了忧虑。"你找着他了没？"

小伊恩点点头，大声地喝了口牛奶说："找着了。"

他顺着皇家一英里的下坡一直跑到尽头，接近荷里路德宫的地方。接着，他辛苦地沿街涉足而上，每过一家酒馆就停下打听一个梳着辫子的独眼男人。一直到卡农盖特都找不到猎物的一点踪迹，他开始对这个主意有些绝望了，可正在此时，那个男人出现在他眼前，端坐在荷里路德酿酒厂的酒吧间里。

只见那水手坐在那儿舒舒服服地喝着啤酒，看样子他逗留在此只是为了小憩，而不是情报。小伊恩飞速地躲到院子里的一个大桶后面，久久地看守着，直到那人终于起身付了酒钱，悠闲地走出门去。

"他没有再去任何酒馆，"男孩报道着，擦去下巴上的一滴牛奶，"却径直往卡法克斯巷去了，去的正是印刷店。"

詹米用盖尔语小声地说了什么，接着问："是吗？然后呢？"

"然后嘛，他发现印刷店打烊了，那是当然。当他瞧见店门锁着，他很小心地那样儿，抬头看看窗户，就像琢磨着怎么破门而入呢。不过后来，我见他东张西望地看着走来走去的街坊——那正好是热闹的点儿，好多人都在光顾巧克力店。所以他就站在门廊那儿，想着想着，便往回走出了巷子——我赶忙躲进裁缝店，才没被瞧见。"

那人在巷口又逗留了片刻，然后很坚决地往右一拐，没走几步便消失在另一条小路口。

"我晓得那条小路一直通到卡法克斯巷背后的那个院子，"小伊恩解释说，"所以我一下子就看出他想干吗了。"

"后巷有个很小的院子，"见我一脸困惑，詹米解释说，"用来存垃圾，运货之类的——而印刷店有一扇后门开向这个院子。"

小伊恩放下空碗，点了点头："唉，我觉得他一定是想进那儿去。我又想到了那些新印的小册子。"

"我的天。"詹米看上去有点苍白。

"小册子？"伊恩朝詹米挑起了眉毛，"什么样的小册子？"

"给盖奇先生印的那批新货。"小伊恩解释道。

伊恩看上去仍旧一脸空白，跟我的感觉完全一样。

"政治内容，"詹米直言不讳，"关于废除最新的印花税法案的论点——劝勉平民进行反对——暴力反对，如果有必要的话。刚印完的五千份，都堆在后间里呢。盖奇原本明早要来取的。"

"我的天！"伊恩的脸色变得比詹米还要苍白，他瞪着詹米，目光里夹杂着惶恐和敬畏。"你是不是疯了？"他问，"你背上还有没有一寸皮肤不带伤疤的？你那叛国罪的赦免书上的油墨还没干呢！你竟然跟汤姆·盖奇和他那煽动叛乱的组织混在一起，还把我儿子给卷了进来？"

他的嗓门越来越响，这时候他突然紧握着拳头猛地站了起来。

"你怎么可以做出这种事情，詹米——怎么可以？我们因为你的行为还没吃够苦头吗，詹妮和我？这么多年，从打仗到战后——基督啊，我还以为你已经受够了监狱、流血和暴力了呢！"

"我确实受够了，"詹米简单地回答说，"我不属于盖奇的团体。但我是干印刷的，对吧？他可是付了钱来印这些手册的。"

伊恩把双手抛向空中，一副恼火至极的样子。"哦，是啊！等国王的手下把你捉去伦敦上绞架的时候，这句话会多么有用啊！这些东西要在你的地盘被搜到的话——"他突然想到了什么，停下来转向他儿子。

"哦，是因为那个？"他问，"你知道那些册子里是什么内容——所以你把它们烧了？"

小伊恩点点头，严肃得像只小猫头鹰。"我来不及把它们搬走，"他说，"五千份呢。那人——那个水手——他打破了后窗，正伸手进去拉门闩呢。"

伊恩一转身，又面向詹米。

"见你的鬼去吧！"他语气很激烈，"你这鲁莽、愚蠢的兔子脑袋，詹米·弗雷泽！先是詹姆斯党，现在又是这个！"

伊恩的话已经把詹米气得满脸通红，听到这句，他的脸更黑了。

"查尔斯·斯图亚特的事怪我吗？"他的眼里闪着怒火，他把茶杯砰的一声往下一放，光洁的桌面上顿时洒满了茶水和威士忌。"我有没有尽我所能去阻止那个小蠢货？为那场战争我有没有放弃我所有的一切——一切，伊恩！我的土地、我的自由、我的妻子——为了解救我们大家？"言语间他朝我瞟了一眼，那短暂的一眼让我看到了整整二十年来他所付出的代价。

他又转向伊恩，放低了眉毛接着说，声调变得很坚硬。

"要说我令你的家庭所付出的代价——你从中的收益呢，伊恩？拉里堡现在属于小詹姆斯了，不是吗？属于你的儿子，不是我的！"

听到这个，伊恩退缩了。"我从没有要求过——"他开口想往下说。

"不，你没有。我不是指责你，看在上帝的分上！但事实如此——拉里堡再也不是我的了，对不对？我的父亲把它留给了我，我竭尽全力地维护它——照顾土地和佃农——你也一直在帮我，伊恩。"他的声调软了下来，"没有你和詹妮我不可能做得到。把它转到小詹米名下我不是不乐意——我们别无选择。可是……"他别过脸去，低下了头，透过亚麻衬衣看得出他宽宽的肩头紧紧地纠结着。

我不敢移动，也不敢出声，可我看见小伊恩的眼里充满了无尽的忧伤。我一手搭上了他瘦弱的肩膀，作为对彼此的安慰，他那锁骨上方细嫩的肌肤里透出稳健的脉动。于是他也把瘦削的大手放到我的手上，牢牢地抓紧了。

詹米又一次转向他姐夫，努力控制住他的声调和火气。"我向你发誓，伊恩，我没有让这孩子去冒险。我尽我所能把他留在安全的范围里——我不让码头的人有机会看见他，也不让他跟着菲格斯上船，不管他怎么努力地求我。"他看了看小伊恩脸色变了，变成一种怜爱和烦恼掺半的表情。

"我没有叫他来找我，伊恩，我也告诉他了，他得回家去。"

"你也没有强迫他走，不是吗？"伊恩脸上的怒火开始消退，但他那柔和的棕色眼睛仍旧眯缝着，透射出气愤的光芒，"而且你也没有捎个信过来。看在上帝的分上，詹米，这一个月詹妮晚上都没睡着过觉！"

詹米紧闭着嘴唇。"是的，"他一字一顿地说，"我是没有。我——"他又朝男孩看了一眼，有点不自在地耸耸肩，似乎他的衬衣一下子变紧了。

"是的。"他重复说，"我本想亲自带他回家的。"

"他这么大了，有能力自己赶路，"伊恩简短地说，"他不是自己来的？"

"哎。不是因为那个。"詹米烦躁地侧转身，拿起一个茶杯，在手掌之间来回滚动起来，"带他回去，我是想要请求你们的允许——你和詹妮——让这孩子来我这儿住一段日子。"

伊恩嘲讽地一笑："哦，是啊！允许他跟你一块儿被绞死或者被遣送，是吧？"

詹米抬起头，目光越过手里的杯子，脸上又涌起一股怒气。"你知道我不会让他受到伤害的，"他说，"看在基督的分上，伊恩，我对这孩子就像是对我自己的儿子一样。这点你是知道的！"

伊恩的呼吸急促起来，我从沙发背后就可以听见。"哦，我很清楚，"他严正地看着詹米的脸，"可他不是你的儿子，对吗？他是我的。"

詹米长久地回望着他，然后伸手把茶杯轻轻地放回到桌上。"唉，"

他安静地说，"他是你的。"

伊恩站了一会儿，喘着气，然后用手满不在乎擦了擦额头，把浓密的黑发捋到脑后。

"那就好。"他说完做了一两次深呼吸，转向儿子。

"来吧，"他说，"我在哈利迪旅店订了房间。"

小伊恩瘦骨嶙峋的手指在我手上绷紧了。他的喉头动了动，却没有起身。

"不了，爸，"他有点颤抖地说，努力眨着眼睛忍住眼泪，"我不跟您去了。"

伊恩的脸色变得很白，突出的颧骨上两块深色的红晕像是两颊同时被扇了耳光一般。

"是吗？"他说。

小伊恩点点头，吞下口水："我——我明早跟您走，爸，跟您回家。不过今天我不去了。"

伊恩一言不发地看着儿子，看了很久。最后，他垂下双肩，所有的张力从他的体内倾泻一空。

"我明白了，"他轻声说道，"那好。好的。"

他再也没有说一个字便转身走了出去，非常小心地把门在身后合上。我听得见他走下楼梯时木腿敲击着每一级台阶的尴尬声响，之后是布鲁诺的告别声，最后，大门砰然合拢。于是，房间里除了炉火在我背后哔哔地燃烧，听不见其他的声音。

小伙子的肩膀在我手掌之下颤动，他无声无息地哭泣着，把我的手指攥得比任何时候都紧。

詹米慢慢地走过来坐在他身旁，脸上却满是忧心忡忡的无助感。"伊恩，哦，小伊恩，"他说，"天啊，小伙子，你不该那么做的。"

"我必须那么做。"伊恩喘着大气又猛抽了一下鼻子，我意识到他先前一直屏着呼吸。他转过焦黑的脸看着他舅舅，红肿的五官气愤地扭曲在一起。"我不是想伤害我爸,"他说,"我不是那个意思!"

詹米若有所思地轻拍着他的膝盖。"我知道,孩子,"他回答说,"可你对他说的话——"

"但是我不能告诉他的,我必须告诉你,詹米舅舅!"

詹米抬起眼睛,此时他外甥的口气让他突然警醒过来。"告诉我?告诉我什么?"

"那个人。那个留着辫子的人。"

"他怎么了?"

小伊恩舔了舔嘴唇,鼓起勇气。"我觉得我把他给杀了。"他小声地说。

震惊的詹米抬头看了看我,又看看小伊恩。"怎么杀的?"他问。

"嗯……我没全说实话,"伊恩颤颤巍巍地说,眼眶里还含着的泪水被他一扫而尽,"我走进印刷店时——用您给我的钥匙打开门——那人已经在里边了。"

那水手先进了店里最后面的那间小屋,里边堆着最新完工的印刷件,还有新买的黑墨、清洁印刷机用的擦油纸,以及用来将旧铅字熔化了再次打造的一顶小熔炉。

"他抽出一些堆放着的小册子,把它们塞进外衣口袋,"伊恩抽咽着说,"我看到他就立刻大喊着叫他把东西还回去,他一转身,把一支手枪对准了我。"

手枪走了火,把小伊恩吓坏了,但混乱的局面一发不可收拾。水手没有气馁,冲向小伙子,继而举起手枪一阵狂敲乱打。

"我没有时间逃跑,也没有时间好好想想,"他已经放开了我的手,一边叙述着一边把十指交缠在膝盖上,"我就抓起离我最近的那件东西朝他扔了过去。"

离他最近的那件东西是个注铅勺,一个长柄的铜质大勺,用来将熔炉里的铅液浇注到铅字模具里。熔炉里的火还点着,虽然静置了很久,而且炉子的铅液也不多,但仍有几滴滚烫的热铅从勺子里飞到了水手脸上。

"我的天，他尖叫得好可怕！"一股强烈的震颤闪过小伊恩瘦削的身体，我连忙绕过沙发的一侧坐到他身边，握起他的双手。

水手抓着脸，踉跄着向后倒去，熔炉被震翻了，火热的煤球滚了一地。

"大火就是这么烧起来的，"男孩说，"我试图把火扑灭，可那些新纸刚一烧着，呼的一下子，什么东西在我眼前那么一闪，整个屋子就像全都点着了一样。"

"是装黑墨的大桶吧，我想，"詹米仿佛自言自语地说，"墨粉是溶解在酒精里的。"

一叠叠燃烧的纸张倾倒下来，横亘在小伊恩与后门之间，像一堵火焰的高墙，喷着滚滚的黑烟，随时向他倒塌而来。那瞎了眼的水手像个女妖一般厉声尖叫着，从小伙子和后门之间手脚并用地爬到了前店堂安全的地方。

"我——我不敢去碰他，不敢把他推开。"他说着又浑身哆嗦起来。

于是他完全丧失了理智，开始向楼上逃去，继而却发现从后屋升起的火焰其实已顺着楼梯所形成的烟囱迅速地充满了楼上的房间，浓烟蔽目，而他生生地被困其中。

"你没想到从活板门爬到屋顶上去吗？"詹米问。

小伊恩愁苦地摇摇头："我不知道有那个门。"

"为什么会有那个门？"我好奇地问。

詹米冲我闪电似的笑了笑："以防万一。哪只狐狸会在藏身的洞穴里只开一个出口？不过我得承认，搞那个门的时候我想的可不是万一起火。"他摇摇头，回到正题。

"但你觉得那人没有逃出大火吗？"他问。

"我想不出他怎么逃得出去，"小伊恩一边回答一边又吸起鼻子来，"如果他死了，就是我杀的。我没法儿告诉我爸我是个杀——杀——"他又哭了起来，那个词哽在喉咙口。

"你不是个杀人犯,伊恩。"詹米坚决地说道,拍了拍外甥颤抖的肩膀,"别哭了,没事儿的——你没做错,孩子。你没有做错,听到了吗?"

男孩抽泣着点了点头,却仍无法停止哭泣或停止哆嗦。最后,我张开双臂环抱住他,侧转过他的脸,把他的脑袋枕上我的肩头,如同哄小孩子一样拍着他的背脊轻声呢喃起来。

把他抱在怀中是一种非常奇怪的感觉,那几乎同成年男子一样高大的身躯里却是一把细瘦的骨头,骨头上的肉少得简直就像抱着一具骷髅。他朝我的胸口深处说着什么,那激动得支离破碎的声音闷在衣服料子里越发辨不清每一个字眼。

"……至死之罪……"他仿佛在说,"……遭谴下地狱……没法儿告诉我爸……害怕……永远不能回家了……"

詹米朝我扬起了眉毛,我却只能无奈地耸耸肩,抚摸着男孩脑后浓密的头发。最终,詹米俯身向前牢牢地握住了他的肩膀,把他扶起来坐好。

"你看着,伊恩,"他说,"不对,看着——看着我!"

凭借着极大的努力,男孩终于挺直了佝偻的脖子,抬起了眼眶红肿而噙满泪水的眼睛,把目光聚集到他舅舅的脸上。

"好了,"詹米握起外甥的双手轻轻地捏了捏,"首先——杀死一个正要杀你的人没有罪。教会允许你在逼不得已的情形下杀生,以保卫你自身、你的家庭,或者你的国家。所以,你并没有犯下不可恕的死罪,你也不会被谴下地狱。"

"我不会吗?"小伊恩狠狠地吸了吸鼻子,衣袖横扫过脸颊。

"对,你不会。"詹米让一丝笑意透出他的眼角,"咱俩明天一早同去海耶斯神父那儿,你可以去忏悔并得到释免,不过他告诉你的会跟我说的一模一样。"

"哦。"这一个音节里饱含了深深的解脱和宽慰,小伊恩瘦削的肩膀明显上升了,仿佛一负重担自然地卸了下来。

詹米又拍了拍外甥的膝盖:"第二件事嘛,就是你不需要害怕告诉你爸。"

"真的吗？"关于如何判定他灵魂的归属，小伊恩毫不犹豫地接受了詹米的话。但关于这条世俗的建议，他显得十分怀疑。

"嗯，我没有说他不会生气，"詹米诚实地补充道，"事实上，我觉得他听了以后没白的头发也会统统白了的。不过，他还是会理解你的。他不会赶你出去，也不会跟你断绝关系，如果你害怕的是这些的话。"

"您觉得他会理解？"小伊恩看着詹米，信疑掺半的双眼里写满了矛盾。"我——我不觉得他……我爸曾经有没有杀死过人？"他突然问道。

詹米眨眨眼睛，被问得有些措手不及。"这个嘛，"他迟疑着说，"我想——我是说，他是打过仗的，可我——老实说，伊恩，我不知道。"他看着他外甥，显得有点无助。

"这种事情男人与男人之间很少会谈的，知道吗？除了当兵的有时候可能吧，也是在喝得烂醉的时候。"

小伊恩点了点头，消化着他舅舅的话，一边又吸了吸鼻子，咕噜噜的声音听着有些恐怖。詹米连忙从袖口掏出一块手帕，突然像是想起了什么似的，抬起了头。

"你说的，只能告诉我不能告诉你爸的，就是因为这个？因为你知道我从前杀过人？"

他的外甥点点头，一双忧郁的、却又充满信任的眼睛搜索着詹米的脸："哎，我想……我想您会知道该怎么做。"

"啊。"詹米深吸了一口气，与我互换了一个眼神，"是这样……"他的肩膀鼓着劲儿，似乎变宽了，我明白小伊恩卸下的担子被他挑了起来。他长叹了一声。

"你要做的，"他说，"首先是自问你是否有其他选择。你没有，于是你就可以先放松心情。其次，如果可能，你得去忏悔。不可能的话，就祷告，好好地念一遍《痛悔经》——要不是不可饶恕的致死之罪，如此便足够了。记得，你不需要负罪。"他很认真地说道，"痛悔是因为你对此事不得不落于你身感到非常遗憾。这样的事情有时会发生的，谁也阻挡不了。"

"然后，你再念经文祷告，为你杀死的人的灵魂，"他接着说，"祷告他得以安息，并不再烦扰你。你记得安魂祷文？就用那篇，如果你有时间把它念下来的话。打仗的时候如果没时间，就用引魂祷文——'将此灵魂置于你的臂膀，哦，主啊，天国之城的君王，阿门。'"

"将此灵魂置于你的臂膀，哦，主啊，天国之城的君王，阿门。"小伊恩小声地重复了一遍，缓缓地点了下头，"唉，好的。然后呢？"

詹米伸出手摸了摸外甥的脸颊，温柔无比。"然后你就接受这一切活下去，孩子，"他柔和地说，"仅此而已。"

CHAPTER 28

坚守美德的卫士

"你觉得小伊恩跟踪的那个人与珀西瓦尔爵士的警告有关？"晚餐刚刚送到，我掀起托盘上的一个盖子，感激地闻着香味。上一顿穆布雷酒馆的炖牡蛎好像已经是很久以前的事了。

詹米点点头，拿起一个热乎乎的什么肉卷儿。

"我猜多半是的。"他冷冷地说，"虽然想害我的人很可能不止一个，但我不觉得他们会成群结队地在爱丁堡游荡。"他摇摇头，咬了一口肉卷狠命地嚼了起来。

"那个很明显，不过不用特别操心。"

"不用吗？"我尝了一小口我自己的肉卷，紧接着又大大地咬了一口，"真好吃。这是什么呀？"

詹米刚想再咬一口，放下肉卷，眯起眼仔细一看，"是松露炖鸽子。"说完把一整块塞进了嘴里。

"不用操心，"他停了停，吞下嘴里的食物，"不用，"他口齿更清晰地重申了一遍，"那很有可能只是个干走私的竞争对手。确实有那么两个团伙，我偶尔对付起来会伤点儿脑筋。"他摆摆手，碎屑散落下来，转眼他又伸手抓了个肉卷。

"那人的做法——对白兰地只闻其味而很少品尝——很像法国人所

说的品酒师，那样的人只要一闻就能分辨出葡萄酒的产地，再尝一口，连装瓶的年份都清清楚楚了。这种人不可多得啊，"他想了想又补充道，"派他作为跟踪我的猎犬是再好不过的选择了。"

同晚餐一起送上的还有葡萄酒，我倒了一杯，把它凑到鼻子底下。

"他能够通过白兰地追踪到你——你本人？"我好奇地问。

"多多少少吧。你记得我堂叔杰拉德吗？"

"当然了。你是说他还活着？"经过卡洛登大屠杀以及大劫之后的侵蚀与消亡，得知杰拉德，这个在巴黎成功经营酒业的富有的苏格兰移民依然健在，着实鼓舞人心。

"我猜要有人想除掉他的话，只有把他塞进个大酒桶扔塞纳河里才管用。"詹米满脸烟灰的笑容里露出了闪亮的白牙，"是的，他不但活着，还活得滋润着呢。你觉得我带进苏格兰的那些法国白兰地都是从哪儿搞来的？"

答案显然该是"法国"，不过我没有那么说，而是问道："是杰拉德那儿？"

詹米点点头，嘴里塞满了又一个肉卷。"嗨！"他呵斥了一声，上前从小伊恩试探的细瘦手指下抢走了盘子。"你肚子不舒服，不准吃这么油腻的东西，"他皱起眉头咀嚼着，随后吞下嘴里的食物舔了舔嘴唇，"我再给你叫点儿面包和牛奶。"

"可是舅舅，"小伊恩憧憬地看着那些鲜美的肉卷，"我实在饿死了。"卸下了认罪的重负，小伙子的精神好了许多，胃口也明显开了。

詹米看看外甥叹息道："哎，好吧，你发誓吃完不会吐出来？"

"不会的，舅舅。"小伊恩温顺地回答。

"那好吧。"詹米把盘子推到小伙子面前，回到他先前解释的话题。

"杰拉德把他在摩泽尔河葡萄园酿制的二等酒都运给了我，头等货色则留在法国卖，法国人更能尝出区别。"

"这么说你带进苏格兰的货都是可以鉴别的？"

他耸耸肩，把手伸向酒杯。"那也只有对那些'鼻子'来说，就是那些品酒师。不过问题是，那家伙让咱们小伊恩瞧见时，先后去了那两家酒馆品酒，狗与猎枪和蓝色野猪，正好是高街上向我独家购买白兰地的两家。其他一些酒馆虽然也跟我买酒，但他们同时还有别的供应商。"

"不管怎样，我也说过，我并不担心有人去酒馆找詹米·罗伊，"他条件反射地举起酒杯，放到鼻子底下，下意识地微微做了个鬼脸，才喝下一口，"不担心那个，"他放下酒杯，"我担心的是他居然找到了印刷店。因为我费尽周折才保证在本泰兰码头见到詹米·罗伊的人们绝对不会是每天在高街与印刷商亚历山大·马尔科姆先生接触的那些。"

我皱起眉头想理清这些头绪。"但珀西瓦尔爵士管你叫马尔科姆，却也知道你是干走私的啊。"我表示异议。

詹米耐心地点点头。"其实爱丁堡附近港口有一半的人都干走私，外乡人，"他解释道，"是，珀西瓦尔爵士明白我是走私犯，但他不知道我是詹米·罗伊——更别说詹姆斯·弗雷泽了。他以为我偷运的是从荷兰来的未经申报的丝绸和天鹅绒——因为那些是我给他的犒劳。"他嘲讽地一笑，"而那些其实是我从拐角的裁缝铺用白兰地换的。珀西瓦尔喜欢上好的料子，他夫人对那个就更为热衷了。但他一点儿都不知道我跟酒有关系——更别说有多大的关系了——否则的话，我敢说他想要的就远不止那点儿蕾丝和衣料了。"

"会不会是某个酒馆老板向那个水手透露了你是谁呢？他们肯定见过你啊。"

他胡乱地抓了抓头发，这是他思考时的习惯动作，头顶上随即竖起了小小的发卷。

"哎，他们是见过我，"他慢条斯理地回答，"但只是作为顾客。与酒馆的生意都是菲格斯经手的——而他非常小心从不接近印刷店。他与我见面一向是在这儿私下进行的。"他冲我歪嘴一笑，"没人会怀疑男人上妓院的动机，对吧？"

"会不会就是这个原因？"我突然闪过一个念头，"任何人来这儿都没人拦着。小伊恩跟踪的那个水手会不会在这儿见过你呢——见你和菲格斯一起？或者听哪个姑娘谈起过你？毕竟，我可不觉得你是个容易避人耳目的人。"他确实不是。虽说爱丁堡的红头发男人不在少数，但像詹米这么高大的并不多见，而走在大街上，无须武装便会不经意地流露出一种武士的傲气的，则少之又少了。

"这个想法很有价值，外乡人，"他点了点头，"应该不难查出最近是否来过一个留着辫子的独眼龙水手。我去叫珍妮问问她的姑娘们。"

他站起来，颇显痛苦地伸了个懒腰，双手几乎碰到了屋顶的大梁。

"完了以后，外乡人，咱们就该上床睡了吧，哎？"放下胳膊，他微笑着朝我眨了眨眼睛，"出了那么多事情，今儿这一天可够累的啊，你觉得呢？"

"确实。"我回报了他一个微笑。

珍妮被叫来听候指示，菲格斯也同时来到门口，为夫人打开了房门，随意而亲切的神态活像个兄弟或者表亲。难怪他在这儿自如得跟回了家一样，我心里暗想。他出生在一家巴黎的妓院，并在那里度过了最初的十年时光，白天在街上以扒窃为生，晚上则睡在妓院楼梯底下的壁橱里。

"那些白兰地都出手了，"他向詹米报告说，"卖给了麦卡尔平——价格上有点小损失，我很抱歉，大人。但我想还是快些出手最好。"

"从这里把货清掉确实更加重要。"詹米点着头说，"那具尸体你是怎么处理的？"

菲格斯脸上掠过一丝笑容，瘦削的脸庞和黑色的额发令他显得尤其像个海盗。

"我们的不速之客也已经在麦卡尔平酒馆了，大人——伪装得很好。"

"伪装成什么了？"我问。

那海盗般的笑容朝我这边转过来。菲格斯已经长成了个非常英俊的男子，尽管断臂上戴着丑陋的钩子。

"伪装成一桶薄荷酒了，夫人。"他回答说。

"我猜爱丁堡这一百年都没人喝过薄荷酒，"珍妮夫人评论道，"苏格兰异教徒不习惯文雅的力娇酒。我还真没见过我的顾客喝任何除了威士忌、啤酒或白兰地之外的酒呢。"

"一点不错，夫人，"菲格斯点着头，"我们可不希望麦卡尔平先生的酒保去打开那个酒桶啊，是吧？"

"但迟早有人会打开它看个究竟的呀，"我说，"我不想说得太粗俗，可是——"

"说得正是，夫人，"菲格斯恭敬地向我鞠了一躬，"不过，薄荷酒里含有非常高的酒精。还有，对我们这位不知名的朋友来说，那酒馆的地窖不过是他去往长眠之地的途中暂时歇脚的地方。他明天就会被运往码头，之后将启程远离这里。我只是不想让他一直占着珍妮夫人的地界。"

珍妮用法语向圣女阿格尼丝念叨了一句我没怎么听懂的话，然后耸耸肩，转身准备离开。

"明天我会问问姑娘们见没见过那个水手，先生，等她们空闲下来。现在嘛——"

"现在嘛，说起空闲，"菲格斯打断了她，"索菲小姐今晚会有空吗？"

夫人调笑地瞥了他一眼：“自见你走进楼啊，我的小香肠，我肯定她就什么都不准备忙了。”她瞄了瞄无精打采地枕在靠垫上的小伊恩，像个被掏空了肚子的稻草人，"要我替这位年轻的先生找个地方过夜吗？"

"哦，好啊，"詹米望着他外甥动起了脑筋，"我想您可以在我屋里加个草垫子。"

"哦，不行！"小伊恩脱口而出，"您得单独陪陪您的妻子啊，对吧，舅舅？"

"什么？"詹米疑惑地望着他。

"那个，我是说……"小伊恩迟疑着，瞟了我一眼又迅速挪开了目光，

"我是说，您肯定会想要……呃……嗯哼？"作为天生的高地人，他自然而然在最后那一个声调里注入了意味深长的不雅的暗示。

詹米的拳头使劲地揉了揉上嘴唇。"啊，你为我想得太周到了，伊恩，"他忍住没笑出来，声音有点儿哆嗦，"承蒙你恭维我精力旺盛，居然认为这样一整天下来，我躺到床上除了睡觉还能够有什么别的作为。不过，我觉得我可以暂且牺牲一晚上的色欲——虽然我非常喜欢你的舅妈。"他说完了最后那句，隐约对我咧嘴一笑。

"可布鲁诺说今晚楼里生意并不很忙，"菲格斯困惑地环顾着四周说，"为什么小家伙就不能——"

"因为他只有十四岁，看在上帝的分上！"詹米反感地说。

"我快十五了！"伊恩纠正他，兴致勃勃地坐了起来。

"嗯，那肯定是足够了，"菲格斯望了一眼珍妮夫人，似在寻求旁证，"我带你哥哥们来的时候他们不比你大，却都表现得很值得尊敬。"

"你，什么？"詹米冲他的门生瞪大了眼睛。

"这个嘛，这事总得有人做吧，"菲格斯有点不耐烦地说道，"一般嘛，是小伙子的父亲带他来——但很显然，先生是不会这么做的——我当然没有对你尊敬的父亲失礼的意思，"他朝小伊恩点点头，后者像机械玩具般回敬了点头礼，"这可是事关经验性判断力的问题，你懂吧？"

"好吧——"他转向珍妮夫人，好像美食家在征求酒侍的意见，"您说是多尔卡丝好呢，还是佩内洛普？"

"不行，不行，"她果断地摇摇头，"应该叫小玛丽，绝对的。小个子的那个。"

"哦，那个黄头发的？对，我同意，"菲格斯赞许道，"那就叫她来吧。"

詹米发出了一声嘶哑的抗议，没等他再有更多的话要说，珍妮早就走开了。

"可——可——这小子还不能——"他开始申辩。

"我能的，"小伊恩接口，"起码，我想我能的。"他的脸已经不可能再红了，而激动之情却让他的耳朵更胜一筹地变成了猩红色。白天的一系列不幸事件已被忘得一干二净。

"可这个——我是说——我可不能让你——"詹米说了一半打住了，只是站在那儿怔怔地盯着他外甥，过了很久，他终于两手一甩，愤愤地败下阵来。

"那我该跟你妈怎么说？"他正质问着伊恩，背后的门开了。

门框那里站着个非常矮小的年轻姑娘，身穿蓝色的丝绸衬裙，温婉丰盈得像只山鹑，松松的金黄色头发之下，一张圆脸放射出甜蜜的笑颜。小伊恩看呆了，一时几乎忘记了呼吸。

直到透不过气来的时候，他才想到喘一口气，转头看看詹米，露出了甜蜜得无与伦比的微笑："那个嘛，詹米舅舅，我要是您的话——"他的嗓音突然飚升到危险的高度，赶忙停下清了清喉咙，才恢复到正常的男中音，"我就不告诉她了。祝您晚安，舅妈。"说着，他果断地径直向前走去。

"我真不知道该杀了菲格斯还是该谢谢他。"詹米坐在我们阁楼间的床上，慢慢地解开衬衣纽扣。

我把淋湿了的长裙搁在板凳上，跪到他跟前开始帮他解开马裤膝盖上的搭扣。

"我看他也就是想尽力帮帮小伊恩。"

"哎——就会用他那该死的法国人的方式，道德沦丧。"詹米伸手扯开了脑后系着头发的带子。离开穆布雷酒馆后他就没有再编上发辫，这会儿他的长发软软地散在肩头，衬托着那宽阔的颧骨和高挺的鼻梁，活像个文艺复兴时期的意大利天使，比较凶狠的一个。

"把亚当和夏娃赶出伊甸园的是不是圣天使长米迦勒？"我一边脱下他的长袜一边问道。

他咻咻一笑："你看我很像吗——坚守美德的卫士？那么菲格斯就

是那条狡猾的蛇了？"他端起我的手肘，俯身扶我起来，"起来吧，外乡人，你不该跪在地上这么服侍我。"

"今天够你累的了，"我回应着，拉着他同我一起站了起来，"就算你没有杀人。"他的手上起了大大的水疱，脸上的烟灰虽然大多被他擦干净了，但下巴一侧还留着一条长长的黑印。

"唔。"我把双手围拢在他腰际，帮他松开马裤的腰带，他却在腰间摁住了我的手，把自己的脸颊在我头顶贴了一会儿。

"要知道，我并没对那小子说实话。"他说。

"没有吗？我觉得你讲得可好了，至少他与你谈完之后显得好多了。"

"哎，希望如此吧。也许那些祈祷颂词之类的会用得上——起码没有坏处。不过，我并没有告诉他全部。"

"还有什么没说的？"我扬起脸看着他，轻轻地吻过他的嘴唇。他散发着烟尘和汗水的味道。

"当男人开了杀戒，受伤的灵魂无药可医，他们最常做的，外乡人，是去找一个女人，"他轻声答道，"自己的女人，如果可能。不然，必要的话就得依靠别的女人了。因为女人能做到男人自己所做不到的——女人能医好男人的伤。"

我的手指找到了他马裤的前襟，系带轻轻一拉便松开了。

"所以你就让他跟小玛丽走了？"

他耸耸肩，退后一步脱下了马裤。"我挡不住他。我想也许让他去是对的，虽然他还小。"他歪着嘴朝我笑了笑，"至少今晚他不会为那个水手心烦意乱了。"

"我想也是。那你呢？"我从头顶褪下了衬裙。

"我？"他抬起眉毛，瞪大眼睛看着我，肮脏的衬衣耷拉在肩头。

我瞥了一眼他身后的床铺。

"是啊，你当然是没有杀人，但你想不想呢……唔？"我们四目相对，我也询问地扬起了眉毛。

他的笑容舒展开来，驱散了任何与严苛的德行卫士米迦勒之间的相似之处。他依次抬起左右两肩，又让它们依次垂下，衬衣随之滑下他的手臂，掉落在地。

"我是想的，"他说，"不过你可得对我温柔一点儿，哎？"

CHAPTER 29

卡洛登最后的受害者

　　早晨，送走了詹米和伊恩去完成他们虔诚的使命，我独自出门，途中从街边的摊贩那儿买了个柳条编的大篮子。又到了为我自己配备物资的时候了，我需要寻找所有可以用作医药品的材料。经过昨天发生的一切，我开始担心过不了多久我又会需要这些的。

　　霍氏药房一点儿都没变，尽管经历了英格兰的占领、苏格兰的起义和斯图亚特的覆灭。走进店铺，一股熟悉的，混合着鹿茸、薄荷、杏仁油和茴芹的浓香颇令我心生喜悦。

　　霍先生站在柜台后面，不过他很年轻，不是我二十年前光顾这里时遇见的中年掌柜，当年从那个霍先生手中我收获的不仅有草药和妙方，更有点点滴滴的军事情报。

　　小霍先生自然不认识我，但他尽心尽力地从整齐地码在货架上的罐子里头搜寻着我需要的草药。我的清单上不少都是常见药——迷迭香、艾菊、金盏花——然而，有那么几项着实让小霍先生那姜黄色的眉毛倒挂了起来，他审视着那些药罐子，噘起了嘴唇。

　　店堂里还有一位顾客盘旋在柜台周围，监视着分配奎宁水和研磨处方药材的程序。他来回踱着方步，双手拧在背后，显然很不耐烦。片刻之后，他走上柜台。

"还要多久？"他冲着霍先生的背脊质问道。

"这我也不好说，牧师，"药剂师抱歉地回答，"路易莎说了的，需要煮沸才行。"

那人哼了一声，算是唯一的回答。他个子很高，肩膀窄窄的，穿着一身黑衣，这时他重新开始踱步，不时朝后屋门口瞥上一眼，想来那里是我们视线之外的路易莎干活儿的地方。我觉得他看着有些眼熟，但这会儿我也没工夫去考虑在哪儿曾见过他。

霍先生将信将疑地眯眼看着我给他的单子。"乌头草，嗯，"他咕哝着，"乌头草是什么，请问？"

"那个啊，它既可以是一味毒药……"吓得霍先生立马张大了嘴。

"但也可以是一味良药。"我安慰他说，"就是得小心使用。这药外敷可治风湿，但内服的时候，哪怕是非常小的剂量，都会减慢脉搏。所以它对有些心脏的问题会有帮助。"

"真的？"霍先生眨眨眼，颇为无助地转向他的货架，"呃，你知不知道它闻上去是什么味道？"

我把这个问题权当是个邀请，便绕到柜台里面开始清点药罐。所有的罐子都仔细地贴了标签，不过其中有些明显非常陈旧，墨迹褪了色，边角松脱了开来。

"我对药材恐怕远不如我爹那么精明，"小霍先生站在我手肘后边说着，"他教了我挺多，可是一年前他去世了，所以现在这儿好些东西的用法我恐怕都不晓得了。"

"嗯，这个可以治咳嗽，"我取下一罐土木香，扫了一眼那个迫不及待的牧师，此时他已取出一条手帕，正呼哧呼哧地往里头哮喘个不停。"对于声音黏稠的咳嗽尤其有效。"

看着挤满了药材的货架我皱起了眉头。虽说一切都整齐而一尘不染，但既没照字母顺序排列，也不按生物物种归类。老霍先生难道是光凭记忆进行归档的吗？还是有别的特殊系统？我闭上眼睛，开始回忆我上一次光顾此地的情景。

出乎意料的是，那幅画面轻易地便浮上了眼帘。当时我是来寻找毛地黄，为的是调配药剂救治亚历克斯·兰德尔，也就是黑杰克·兰德尔的弟弟——弗兰克的六代曾祖父。可怜的小伙子二十年前便已作古，所幸他在有生之年尚得一子。想到这个孩子我不禁一阵好奇，为他，也为他的母亲，我曾经的好友。我强迫自己不去想他们，以便把回忆的焦点集中在当时踮着脚尖伸手抓药的老霍先生身上，而他的手正伸向货架的右侧……

"就那儿。"我抬起手不偏不倚地指向了标有"毛地黄"字样的罐子。它的一侧是"木贼"，另一侧是"铃兰根"。我迟疑地看着这几味草药，心中默默地检索着它们可能的药用。心血管类药物，这几个都是。假如乌头草在这儿的话，它应该就在附近。

的确如此。我很快就找到了一个罐子，上面标有"老妇的兜帽"字样，正是乌头草。

"接触这味药可要多加小心。"我轻手轻脚地把罐子递给霍先生，"就算是很少的量都会使皮肤麻木。我最好用个玻璃瓶来装。"我以前买的草药不是用纱布，就是用纸卷包裹的，不过小霍先生点头应允了，他把乌头草的药罐端进后屋，两条胳膊伸得笔直，好像怕那罐子会随时炸到他脸上。

"你对药材的研究似乎比那小子深得多啊。"我背后传来一个沙哑的低音。

"这个嘛，我多半是比他多些经验。"我转过身，见那牧师靠在柜台上，浓密的眉毛下一双浅蓝色的眼睛注视着我。突然间，我想起来在哪儿见过他了，前一天，在穆布雷酒馆。他却一点没有认出我的样子，兴许是因为我穿着斗篷遮住了达夫妮的裙子。我注意到女人着低胸装的时候，很多男人都几乎不会留意她们的脸，虽说神职人员原本不应如此。这时他清了清嗓子。

"嗯哼，你是否了解神经性的毛病该如何诊治？"

"哪种神经性毛病？"

他噘起嘴唇，皱了皱眉，仿佛在思忖着该不该信赖我。那上嘴唇像猫头鹰一般勾起些许的尖角，而下嘴唇则厚重地悬垂下来。

"嗯……情形还怪复杂的。不过，就笼统地说——"他边说边仔细打量着我，"算是一种……抽风，有什么药可以治？"

"是羊痫风吗？病人昏倒后浑身抽搐？"

他摇摇头，脖子上显露出一道被高高的白领圈磨出的红印。"不，是另一种抽风，会尖叫和发呆。"

"又是尖叫又是发呆？"

"不是啦，你瞧，"他赶紧补充说，"先是前者，再变成后者——或者轮番发作。起先她会连着好多天发呆，整日像个哑巴女人，然后冷不丁就突然尖声大叫起来，足可以把死人都给叫醒。"

"听着简直难以忍受啊。"显然这是事实。如果他有个如此遭罪的妻子，便很容易解释那些深烙在他嘴边和眼角的操劳的皱纹，还有那挂在他双眼之下青黑色疲惫的眼圈。

我用指尖敲打着柜台，想了想说："我不知道。我得看看病人才好说。"

牧师舔了一下他的下嘴唇："要不……你愿不愿意，或许，来看看她？也不是很远。"他补充了最后一句，颇为生硬。恳求不是他的拿手好戏，但即使他的姿态依旧僵硬，急切的需要却自然而然地流露了出来。

"这会儿我不行，"我说，"我跟我丈夫说好了。不过今天下午也许可以——"

"两点钟，"他立即接口，"亨德森旅店，卡鲁博巷。敝姓坎贝尔，阿奇博尔德·坎贝尔牧师。"

没等我来得及说行不行，前后屋之间的幕帘往边上一抽，霍先生端着两个药瓶走了出来，递给我们俩一人一个。

牧师一边从衣袋里掏出一个硬币，一边将信将疑地看了看他的瓶子。

"嗯,给你药钱,"他把硬币啪的一声拍到账台上,满不客气地说,"希望你没给错,没把这位夫人的毒药给了我。"

幕帘又窸窣着移开,一个女人探出脑袋,瞧着牧师的身影远去。

"谢天谢地总算摆脱这家伙了,"她感叹道,"辛苦了一个小时才赚了个半分硬币,外加这种羞辱!我只能说,这多半儿不是上帝最明智的选择!"

"你认识他?"我很想知道路易莎对他患病的妻子能不能提供些有用的信息。

"说不上认识,"路易莎瞧着我,毫不掩饰她的好奇,"他是个自由教会的牧师,他们那些牧师整天在市集十字塔的一角大放厥词,说什么人的作为都无关紧要,只要'直面耶稣'便可以得到救赎——说得好像天主就跟市集上的角力士没啥分别!"对那种异端邪说她明显不屑一顾,连忙画了个十字以免沾染上任何毒害。

"听了他们对天主教的那些想法,我奇怪坎贝尔牧师之流怎么会到我们店里来。"她突然盯着我看了看。

"不过夫人您可能也是自由教会的,要是这样,您可别见怪。"

"不会的,我也是——呃,天主教徒。"我向她保证道,"我只是好奇,不知你是否了解那位牧师的妻子,还有她的病情。"

路易莎摇摇头,一边转身招呼着下一位顾客。

"不知道,从没见过他夫人。不过,随她是什么病,"她朝着牧师远去的背影皱了一下眉头,"反正跟这么个人住在一块儿准不会见好。"

天气虽有点儿凉却很晴朗,神父住地的花园笼罩着隐隐约约的一丝烟尘,提醒人们一场大火刚刚过去。我和詹米坐在靠墙的长凳上,一边等候小伊恩完成忏悔,一边享受着冬日里淡淡的阳光。

"昨天伊恩跟小伊恩说的那堆乱七八糟的,是你告诉他的?关于我这些年的去向?"

"哦，是啊，"他说，"伊恩太精明了，他是不会相信的，但这个说法足以站得住脚，而他也很够朋友，没有坚持刨根问底。"

"这个说法，我想对一般人也能说得过去，"我表示赞同，"可你怎么没跟珀西瓦尔爵士这么说呢？那样不就省得让他以为咱俩是新婚了吗？"

他明确地摇着头说："欸，那不行。首先，珀西瓦尔爵士不知道我的真名，虽然我打赌他明白我的真名不是马尔科姆，这个我敢押上一年的进账。我绝对不希望他把我和卡洛登联系起来。其次嘛，比起印刷商娶老婆这种司空见惯的新闻，像我跟伊恩说的那类故事反倒得惹出好多传言不可。"

"哦，我们刚刚学会欺骗，"我吟诵起来，"便织起如此复杂的大网。①"

他的蓝眼睛快速地瞟了我一眼，微微提起了嘴角。

"这个多练练会好的，外乡人，"他说，"跟着我过一段，你会发现自己从屁股里吐丝结网就像拉——呃，就像亲吻我的手一样自然。"

我放声大笑起来。

"我得看看你是怎么从屁股里吐丝结网的。"我说。

"你不都见过嘛。"他站起身拉长了脖子，越过围墙向神父的住地花园张望着。

"小伊恩怎么这么久还不出来，"他说着又坐了下来，"一个十五岁都不到的小子哪有那么多可忏悔的？"

"经过昨天的一日一夜？那得看海耶斯神父想要听多少细节了。"我的脑海中顿时涌现出与青楼女子共进早餐的栩栩如生的场面，"从早上起他就一直在里面？"

"呃，没有，"詹米的耳郭在朝阳下呈现出粉红色，"我，呃，我先

---

① 引自苏格兰诗人沃尔特·司各特所著，关于1513年弗洛登原野战役的诗作《玛米恩》。

进去的。得做个榜样，你知道的。"

"怪不得这么久，"我打趣道，"你有多久没有忏悔了？"

"我对海耶斯神父说的是六个月。"

"真的？"

"不是。不过我想，既然他一样准备要宽恕我的偷窃、斗殴和言辞冒渎，不如一块儿宽恕了我的谎言也罢。"

"怎么？都不包括荒淫与色欲？"

"当然不！"他严正地说，"再多的可怕欲念，只要对方是你的妻子，你怎么想都不算罪恶。只有当你心里想的是其他女子，那才能算淫邪。"

"我居然不知道我是回来拯救你的灵魂的，"我一本正经地回答，"不过能有所帮助我很高兴。"

他哈哈大笑，低下头给了我一个深深的长吻。

"我想知道吻你能不能算是悔过告解的一种方式，"他停下来透了一口气，说，"应该算的，你说呢？它能使一个男人远离地狱之火，比起诵念玫瑰经文的力量大得多。不过，说起诵经嘛，"这么说着他开始挖掘自己的口袋，拿出了一串木质的玫瑰念珠，上面似乎有斑斑牙印，"你提醒我了，我今天什么时候还得念补赎经呢，你来的时候我刚要开始念。"

"你得念多少遍万福马利亚？"我拨弄起那串念珠，上面的牙印居然不是我的错觉，大多数珠子显然真的被很小的牙齿咬过。

"去年我遇见了一个犹太人，"他没有理会我的问题，"他是个自然哲学家，曾经六次扬帆周游世界。他告诉我，在穆斯林的信仰和犹太人的教义里，一个男人和他的妻子同房都被尊为高尚的德行。"

"我不知道那跟犹太人与穆斯林都奉行割礼是否有关系？"他思考着，"我从没想到过问他这点——不过他没准会觉得这么问过于粗俗。"

"我不觉得一点儿包皮会对德行有什么影响。"我安慰他说。

"哦，那就好。"他说罢又吻了我。

"你的念珠上是怎么回事？"我捡起了掉在草地上的那串珠子，"看着像被老鼠咬过似的。"

"不是老鼠，"他说，"是孩子们。"

"什么孩子？"

"哦，就是身边所有那些娃儿啊，"他耸耸肩，把念珠塞回了口袋里，"小詹米都有三个了，玛吉和凯蒂各有俩，迈克尔小伙子刚结了婚，不过他媳妇也快生了。"他的脸背对着阳光，显得很暗，露齿一笑时白光一闪，"你没想到自己已经是七个娃儿的舅婆了吧？"

"舅婆！"我颇为震惊。

"啊，我是舅公嘛，"他的语气很轻快，"我也不觉得做舅公很难，除了小娃儿长牙时老要咬我的念珠以外——再就是小家伙们都老爱叫我'舅东'。"

有时候，二十年仿佛弹指一挥，可有时候它却真的很长很长。

"呃，'舅东'不会有什么对应的女性称谓吧，我说？"

"哦，没有，"他保证道，"他们都叫你克莱尔舅婆，而且对你无比敬重。"

"非常感谢！"我嘟哝着说，眼前浮现出不久前经过医院老年病学部时看见的景象。

詹米开怀大笑，刚刚摆脱了各种罪孽的负担，他的心境无疑轻松了不少，这时他一把拦腰把我抱到他的腿上。

"我还从没见过哪个舅婆的屁股有这么丰满诱人的呢！"他赞许地说着，微微地把我在他膝上巅了两下。我的颈后被他凑上来的呼吸挠得直痒痒，当他的牙齿轻轻咬上我的耳朵，我忍不住发出了一声小小的尖叫。

"您没事儿吧，舅妈？"小伊恩关切的声音从我们背后响起。

詹米骤然一惊，我差点儿从他腿上摔下去，他赶忙抱紧了我的腰。

"哦，没事儿，"他说，"你舅妈不过是瞧见一只蜘蛛。"

"在哪儿呢？"小伊恩饶有兴趣地凑到长凳上问。

"上边儿。"詹米扶着我站了起来，指着一棵青柠树——真的——两根树枝间的分岔里张着一片蜘蛛网，上面缀着闪闪的露水。坐在大网正中的是那樱桃大小的圆蜘蛛，背上亮着黄绿两色的艳俗花纹。

"我正跟你舅妈说呢，"小伊恩睁大了没有睫毛的眼睛，入迷地观察起那蜘蛛网来，"我遇到的一个犹太人，一个自然哲学家，好像就曾经研究过蜘蛛。事实上，我遇见他时他正在爱丁堡向皇家学会递交研究论文，虽然他其实是个犹太人。"

"真的？他跟你讲了很多蜘蛛的事儿吗？"小伊恩急切地问。

"可不是嘛，远远超过了我想知道的范围。"詹米对外甥说道，"谈论有些事儿要分时间和场合，比如蜘蛛会在毛毛虫身体里产卵，好让小蜘蛛孵出来后把那可怜的大虫子生吞了，这种事儿实在不该在晚餐时讨论。不过，他提到的有一件事非常有趣。"他看着那蜘蛛网，眯起眼睛轻吹了一口气，蜘蛛立刻快步逃窜，躲藏了起来。

"他说蜘蛛吐的丝有两种，如果你有个放大镜——还有本事叫蜘蛛坐定不动的话——你能看见它吐丝的那两个口，他管那些叫作丝囊。不管怎样，其中的一种丝很黏，小虫子要是碰到了全都完蛋。而另一种丝是干的，像绣花线，只是更细一点。"

这时候，圆蜘蛛又在小心翼翼地向网的中心进发。

"瞧见它走的地方没？"詹米指着蛛网，其上由几条轴向蛛丝固定并支撑着一圈圈细致的网状线条，"那些主轴是由那种干的蛛丝结成的，供蜘蛛自己畅通无阻地来回走动。而蛛网的其他部分全都，或者大都，用的是黏的蛛丝，只要仔细观察一个蜘蛛足够久，你会发现它只走干的蛛丝，因为一旦踏上那些黏乎乎的东西，它自己也会无法脱身。"

"真是这样？"小伊恩虔诚地向蛛网吹了一口气，专注地看那蜘蛛沿着不会打滑的道路安全逃离。

"我觉得这对织网者有重要的意义，"詹米压低了声音对我说，"得要记得你吐的丝哪条是黏的。"

"我觉得更有帮助的是一有需要就能马上变出一只蜘蛛来的好运气。"我冷冷地说。

他笑着挽起我的手臂。

"那可不是好运气，外乡人，"他回答道，"那是观察力。伊恩，咱们走吗？"

"哦，好的，"小伊恩带着明显的不舍离弃了蜘蛛网，尾随我们来到教堂庭院的门口。

"哦，詹米舅舅，我一直想问您，能把念珠借给我吗？"我们正踏上皇家一英里的石子路，"神父说我必须念五十年的补赎经，这么多我的手指头都数不过来了。"

"当然可以，"詹米停下来从兜里取出念珠，"不过别忘了还给我。"

小伊恩咧开嘴笑了："是，我猜您自己也要用吧，詹米舅舅。神父告诉我您可是相当邪恶啊，"小伊恩眨了眨那没有睫毛的眼睛，向我透露说，"他叫我不要学您。"

"嗯哼。"詹米来回打量着道路，看着前方一辆沿陡坡疾驰而下的板车，目测着它的速度。他早上刚刮了胡子，脸颊上泛着红红的光晕。

"你的告解呢，玫瑰经得念几个十年？"我好奇地问。

"八十五个。"他咕哝道。他那修整一新的脸上红晕又加深了一点。

小伊恩怔怔地张大了嘴巴。

"舅舅，您多久没去忏悔了呀？"

"非常久。"詹米不再啰唆，"快走！"

吃完饭，詹米要赴约与哈丁先生会面，他是承保印刷店的携手保险协会的代表，两人计划一同察验火灾现场以确认损失。

"我不需要你去，小伙子，"他安慰着小伊恩，想到要重访其历险之地，小伊恩显得兴味乏然，"你陪舅妈去看望那个疯女人好了。"

"我真不晓得你有什么办法，"他抬起一条眉毛对我说，"来到这个城市两天还不到，方圆几里的病患全都已经揪紧了你的裙子不放了。"

"哪里有那么多，"我冷淡地说，"就一个女人，我都还没见过她呢。"

"哎，好吧，至少疯病不传染——希望如此。"他很快地吻了我，转身准备离开，友善地拍了拍小伊恩的肩膀，"照顾好你舅妈，伊恩。"

小伊恩呆呆地望着他舅舅离去的高大背影。

"你想跟他去吗，伊恩？"我问，"我一个人没问题，如果你——"

"哦，不，舅妈，"他转向我，显得非常窘迫，"我可一点儿都不想去，一点儿都不。只是——我在想——那个，他们要是在灰炭里找到些什么，那会怎样？"

"找到一具尸体？你是说？"我问得直截了当。当然，我早已意识到詹米叫伊恩跟我走的原因恰恰正是他和哈丁先生可能会发现那独眼水手的尸体。

小伙子点点头，模样甚是不安。他黑里带红的肤色已变浅了几分，却仍旧黝黑得显不出任何情绪化的苍白。

"我不知道，"我说，"如果大火烧得很热，废墟里也许什么都找不到了。"我安抚地把手打在他的胳膊上，"你舅舅会知道该怎么办的。"

"是啊，您说得对。"他的脸上露出了笑容，满心信任他舅舅有能力处理任何可能出现的局面。看着他的表情我会心一笑，不无惊讶地发现我也对此抱有同样的信任。无论是醉酒的威洛比、堕落的征税官，还是携手保险协会的哈丁先生，我毫无疑问地认为詹米可以从容应对。

"那咱们走，"我说，卡农盖特教堂的大钟响了起来，"正好两点了。"

尽管不得不见了海耶斯神父，一种梦幻般的幸福感仍旧环绕着伊恩，此时他重新陷入其中，因而我们一路几乎都没有对话，只是沿着皇家一英里迎坡而上，来到了卡鲁博巷的亨德森旅店。

旅店很安静，但用爱丁堡的标准衡量起来算得上奢侈，楼梯上铺着花纹地毯，沿街的窗户镶着彩色玻璃。如此的环境对一位自由教会的牧师来说颇有些华丽，不过我对自由教会人员所知甚少，兴许他们未曾像天主教神职人员那样誓守清贫。

一个小男孩把我们领到三楼，紧接着，一个穿着围裙的胖胖的妇人满脸阴云地为我们开了门。她估摸着有二十几岁，虽然已经掉了好几颗门牙。

"您就是牧师说过会来拜访的女士了？"她问。见我点头，她微笑了一下，开大了房门让我们进去。

"坎贝尔先生这当儿出去了，"她有很重的低地口音，"不过他说了，夫人，您要能给他妹妹支个招儿，他会感激不尽的。"

是妹妹，不是妻子。"啊，我一定尽力，"我说，"我能见见坎贝尔小姐吗？"

我把沉浸在回忆中的小伊恩留在客厅，跟随那妇人往后间走去，她告诉我她名叫奈莉·考登。

正如其兄长介绍的，坎贝尔小姐在发呆。那浅蓝色的眼睛睁得大大的，却不像是在看任何东西——明显没有看我。

她坐在一张低矮而宽大的，所谓的护理椅上，背靠着炉火。屋里很暗，她背光的脸上看不清五官，除了那双不眨一下的眼睛。靠近一些，她的五官还是有点模糊，一张柔和的圆脸，几乎没有显著的骨骼线条，如婴儿般细腻的棕色头发梳理得很整齐。短小而扁平的鼻子，胖胖的双下巴，粉红色的嘴巴微张着，松懈得连轮廓也依稀难辨。

"坎贝尔小姐？"我小心地唤了一声。座椅中那肥肥的人形不见丝毫反应，唯独眨了眨眼睛，不过眨眼的频率远低于常人。

"她发愣的时候是不会答应你的。"站在我身后的奈莉·考登说，我回过身，见她摇摇头，双手擦拭着围裙，"一个字都不会说。"

"她这样儿有多久了？"我握起一只疲软而肉鼓鼓的手，寻找她的脉搏。脉相倒挺显著，平缓而不失力度。

"哦，有两天了，这次。"考登小姐开始显得很关切，俯下身，仔细看了看她的病人的脸，"她这个样子一般起码会有一个礼拜——最久的一次是十三天。"

我放慢了动作——尽管坎贝尔小姐似乎不太可能受到惊吓——开始对她毫不抗拒的身体做一些检查，同时继续向她的护理人员问了些问题。玛格丽特·坎贝尔小姐三十七岁了，考登小姐向我介绍，她是阿奇博尔德·坎贝尔牧师唯一的亲人，自从他们的父母二十年前去世后，他俩就一直相依为命。

"平时有什么事情会引起她这么发呆，你知道吗？"

考登小姐摇摇头："说不清，夫人。好像也没什么。前一分钟她还在东张西望，说着话，笑着，吃着她的晚餐，跟平常一样甜美得像个小孩，下一分钟——噗一下子！"她打了个响指，接着，俯身向前，戏剧性地在坎贝尔小姐的鼻子底下故意又打了一个。

"瞧，"她说，"就是六个大男人吹着喇叭从这屋里横穿过去，她都注意不到。"

我几乎可以肯定坎贝尔小姐的问题是心理上的，而非生理，但我还是给她做了个完整的全身检查——至少，在无须为这瘫软而笨拙的病人宽衣的情况下，算足够完整了。

"不过最糟糕的是她发完愣以后。"我跪在地上检查坎贝尔小姐的足底反射，考登小姐蹲下来告诉我说。那双脱去鞋袜的脚闻起来有点湿腐的味道。

我用指甲依次在她两个脚底重重地滑过，观察她是否有巴宾斯基反射，用以诊断脑部病变。她没有。她的脚趾受到刺激后很正常地屈曲了起来。

"之后会怎样？牧师说她会尖叫？"我站了起来，"你能给我一支点燃的蜡烛吗？"

"哦，没错，尖叫，"考登小姐连忙就着炉火点亮了一支长蜡烛，"她叫得可吓人呢，一直不停地叫到累垮了为止。然后她就会睡下——一直睡啊睡——睡到一觉醒来便跟啥都没发生过一样。"

"她醒来就什么都好了？"我一边问，一边在离病人眼前几寸远的地方慢慢地来回晃动烛火。火焰靠近时，她的瞳孔会自动收缩，而虹膜则一动不动，无视火焰的运行。我感到手痒痒的，好想握住眼底镜结实的手柄，仔细看一看她的视网膜，无奈却没有如此的好运。

"嗯，也不是都好了。"考登小姐慢条斯理地说。我面向病人转身看着她，她耸耸肩，亚麻衣衫之下，她厚实的肩膀显得很有力。

"她脑瓜子傻傻的，小可怜，"她就事论事地说，"快二十年了，一直这个样儿。"

"你不会一直照顾了她这么久了吧？"

"哦，没有。坎贝尔先生从前住本泰兰的时候找了个女人照顾她，可她不年轻了，没想要离开家。所以啰，当牧师决定接受传教士协会的工作，带他妹妹一起去西印度群岛时——他便贴出广告为妹妹找一个愿意旅行、强壮又本分的女人做贴身使女……这么着，我就来啦。"考登小姐冲我一笑，似在炫耀她的美德，露出了中间有缝的门牙。

"西印度群岛？他准备带坎贝尔小姐坐船去那儿？"我不无震惊。就我对航海旅行的条件的了解，我明白如此的航程对一个健康的女人来说都是相当的考验，何况这个女人——不过转念一想，考虑到各方面因素，玛格丽特·坎贝尔兴许比一个正常的女子更能经受如此的考验——至少在她的恍惚状态之下。

"他觉得气候的改变也许对她有好处，"考登小姐解释说，"带她离开苏格兰和所有那些可怕的回忆。要我说吧，他早就该这么做了。"

"什么可怕的回忆？"我问。从考登小姐眼里的光芒我看得出她很想告诉我。这时候我已做完了检查，结论是，除了缺乏运动和不良的饮食，坎贝尔小姐在生理上几乎没有问题。不过她的经历说不定能为治疗找到头绪。

"唉，"她开始讲起故事来，一边怯怯地移向桌边，桌上的托盘里摆着一瓶酒和几个杯子，"那也是蒂莉·罗森跟我讲的，她就是以前一直照顾坎贝尔小姐的人。不过她跟我发誓那都是真的，她可是个虔诚的女人。您要不要来点儿甘露酒，夫人？牧师慷慨地准备了招待您的。"

屋里唯一的座椅被坎贝尔小姐占了，我和考登小姐于是不太雅观地坐到床上，肩并肩地面对着眼前那静默的身影，嘬着黑莓甘露酒，她给我讲起玛格丽特·坎贝尔的故事。

玛格丽特·坎贝尔出生在本泰兰，离爱丁堡不到五里路的福斯湾对岸。一七四五年，查尔斯·斯图亚特开进爱丁堡准备重新夺取他父亲的王位的那年，她十七岁。

"她父亲是保皇党的，当然，而她哥哥在政府军团当兵，正行军北上去平定邪恶的叛党。"考登小姐抿了一小口酒，慢慢地品味着，"可玛格丽特小姐却不同，她追随的可是美王子，还有他的高地战士们。"

尤其是其中的一位高地战士，虽然考登小姐并不知道他的名字。可他一定是一个好小伙儿，因为玛格丽特小姐偷跑着离开家去与他相会，并带给了他所有她从父亲与朋友们的交谈中，从哥哥的家信中搜集到的林林总总的情报。

随之而来的是福尔柯克，一场代价昂贵的胜利，以及之后的撤退。谣传王子的军队逃离到了北方，所有人都深信他们的逃亡会带来毁灭性的灾难。谣言之下，绝望的玛格丽特小姐在深夜里离家出走，顶着早春三月的寒冷，只身去寻找她的爱人。

接下来的故事有点儿模糊——不知是她找到了她的男人却被拒之门外呢，还是她没能及时找到他，从而不得已地从卡洛登沼地打了回票——不管怎样，她开始往回赶路，就在战役的第二天，她落入了一拨英国兵手里。

"太可怕了，他们对她干出的事情，"考登小姐说着压低了嗓音，似乎坐在椅子上的身影能听见她的话，"可怕啊！"那伙追击卡洛登逃亡者的英军，被猎杀的欲望蒙住了眼睛，竟没有停下来询问她的姓名和家族的党派，他们仅从她的口音推断她是苏格兰人，而这一点就足够了。

事后她被不顾死活地扔在一条冰冻的水沟里，碰巧附近有一家焊锅匠人为躲避英军正藏身于荆棘丛中，才这把她给救了。

"我忍不住总想，要是她没得救该多好，虽然作为基督徒这么说太不厚道，"考登小姐小声说，"否则的话，这可怜的小羊羔儿早已撇开凡尘，快乐地去见上帝了。可现在——"她粗笨地指了指那安静的人儿，把杯中的酒一饮而尽。

玛格丽特活了下来，却成了哑巴。恢复了一些之后，尽管不会说话，她开始跟随焊锅匠一行向南迁徙，躲过了卡洛登之后遍及高地的大洗劫。有一天，焊锅匠们在一家小酒馆的院子里唱歌卖艺，举着铁罐收取铜钱的她终于遇到了她的哥哥，后者正随坎贝尔军团回爱丁堡营地，恰巧停在此地歇息。

"他俩相互都认出了对方，重逢的惊喜让她找回了失去的声音，可怜的人儿却没有找回失去的心智。他自然带她回到了家中，可她却永远像是沉浸在过去的时光里——早在她遇见那个高地人之前。后来她父亲得流行感冒死了，蒂莉·罗森说，她母亲看不下去她那可怜的样子，也死了。不过没准她也是得的流行感冒，那年这病闹得挺凶。"

这整件事儿让阿奇博尔德·坎贝尔对苏格兰高地人和英国军队都种下了深深的仇恨。他辞去了军团的职务，双亲的离世使他几乎可算是衣食无忧，却也逼他独自承担起照顾身受重创的妹妹的职责。

"他没法子结婚，"考登小姐解释道，"有她——"一边朝炉火那边点点头，"绑在一块儿，哪个女人还会要他？"

在艰难的日子里，他转向上帝，成了一名牧师。既不能扔下妹妹，也不想同她一起被本泰兰的家族房产困住了手脚，于是他买了一辆马车，雇了个女人来照顾玛格丽特，便开始向周围的农村做短途的布道旅行，常常带着她一起。

他的布道事业很成功，而今年，长老会传道会请他去西印度群岛，那将成为他迄今为止最远的征程，他的任务将包括在巴巴多斯和牙买加殖民地组织教会和任命长老。他的祈祷得到了回应。于是他变卖了本泰兰的家族房产，带着妹妹移居爱丁堡，在此为远行做些准备。

我又看了一眼火炉前的那个身影，壁炉里涌出的热气在她的脚边轻轻掀动着她的裙摆，除了这小小的动静，她与一尊雕像并无二致。

"嗯，"我叹了口气说，"恐怕我也没有什么好办法，不过我可以开个处方——药方，我是说——拿去药房让他们先配起来，你们过后去取。"

这些药即使无益，也不会有害，我心想，一边把药方的成分一一抄写下来。甘菊、啤酒花、芸香、艾菊、马鞭草，外加足量的薄荷，调制为一帖安神的补剂。玫瑰果泡茶，有助于调节我所观察到的轻微的营养不良——其表现为牙龈松软出血，以及面部浮肿。

"一旦你们到了印度群岛，"我把方子递给考登小姐，"一定要多给她吃水果——特别是橙子、葡萄柚和柠檬。你自己也一样。"我补充了最后一句，引得那女仆宽大的脸上掠过一片厚重的疑云。我猜她平时就不吃任何蔬菜，除了偶尔的洋葱和土豆以及她每日的麦片粥。

坎贝尔牧师没有回来，我也不觉得有必要等他。对坎贝尔小姐道了别，我打开卧房的门，发现小伊恩就站在门口。

"哦！"他吓了一跳，"我正要来找您呢，舅妈。马上要三点半了，詹米舅舅说的——"

"詹米？"我的身后传来一声喊，喊声来自炉火前的椅子上。

我和考登小姐一同转身一看，惊见坎贝尔小姐直挺挺地坐了起来，依旧大大的眼睛此时有了焦点。她注视着门口，待小伊恩刚踏前一步，坎贝尔小姐立刻尖声大叫起来。

同坎贝尔小姐会面完毕，惊魂未定的我和小伊恩心存感激地回到了妓院的庇护所。布鲁诺平静地把我们招呼进了后厅，只见詹米和菲格斯正在那儿谈得起劲。

"不错，我们是不信任珀西瓦尔爵士，"菲格斯说着，"可现在的情形之下，他干吗要把埋伏的事情告诉你呢，如果埋伏不会确实发生的话？"

"见鬼，我怎么晓得。"詹米老实地说，一边仰头靠着椅背伸了个懒腰，"不过，就像你说的，我们可以推断征税官确实打算搞伏击。两天后，他说的。那就是马伦海湾了。"见我和伊恩进屋，他欠欠身，招呼我们坐下。

"就是巴尔卡雷斯山脚下的岩石吧？"菲格斯问。

詹米沉思着皱起了眉头，右手两个僵硬的手指慢慢地敲着桌面。

"不，"最后他说道，"咱们去阿布罗斯。修道院山下的那个小海湾。更保险点儿，怎么样？"

"那好。"菲格斯把吃了一半的燕麦饼往前一推，站了起来，"我通知下去，大人，阿布罗斯，四天之后。"说完他朝我点头致意，把斗篷往肩上一披，径直走了出去。

"是走私吗，舅舅？"小伊恩急切地问，"有法国渔船会来？"他拿起一块燕麦饼咬了一口，碎屑掉了一桌子。

詹米仍然若有所思，但马上回过神瞪了他外甥一眼："是的。而你呢，小伊恩，别多管闲事。"

"可我能帮忙的呀！"小伙子抗议道，"您总需要有人牵骡子吧！"

"昨天你爸不是刚跟你我讲好了吗，小伊恩？"詹米抬了抬眉毛，"天哪，你记性真是糟糕啊，小子！"

伊恩显得有点儿窘迫，拿起又一个燕麦饼，掩盖起他的困惑。见他一时没作声，我连忙趁机问我的问题。

"你准备去阿布罗斯会一艘走私烈酒的法国船？"我问，"你不觉得这很危险吗，珀西瓦尔爵士刚警告过你？"

詹米仍旧抬着一边的眉毛看着我，但听口气足够耐心。

"不。珀西瓦尔爵士警告我说两天后的会合暴露了。那是马伦海湾的计划。不过我与杰拉德和他的船长们有约在先。如果一次会合出于任何原因失败了，渔船将离开海岸线准备第二天晚上再度靠岸——但是在另一处不同的地点。而如果第二次仍不成功，则有第三个后备计划。"

"但如果珀西瓦尔爵士知道了第一个会合计划，他难道不会也知道其他那两个吗？"我坚持问道。

詹米摇摇头，倒了一杯葡萄酒。他朝我使了个眼色，问我要不要也来点儿，见我摇头，便自个儿抿了一口。

"不，"他答道，"会合的地点安排每次是三个一组，只有我和杰拉德两人知道，他把密封的邮件寄到珍妮这里。一旦我读完信息便立即焚毁。帮忙接船的兄弟当然都知道第一个地点——我猜其中的一个也许走漏了风声，"他皱起眉头看看他的杯子，"但没有人知道——连菲格斯都不知道——那其他两个地点，除非我们需要动用其中的某一个。真有这个需要时，所有的人都晓得要守口如瓶。"

"那就肯定是安全的了，舅舅！"小伊恩急切地说，"让我去吧！我一定待在后头，不会碍手碍脚的。"他许诺道。

詹米半信半疑地看看他的外甥。"哎，那好，"他说，"你跟我去阿布罗斯，但你和你舅妈要待在修道院山坡上那个大路边的旅馆里，直到我们收工。之后我得带这小子回拉里堡，克莱尔，"他向我解释说，"尽量争取跟他爸妈和解。"那天早上他爸伊恩在詹米和小伊恩赶到前就离开了哈利迪旅店，没留下任何消息，想必是回拉里堡去了。"你不介意这么赶路吧？你才从因弗内斯过来，按说我不该这么要求的——"我们四目相对，他狡黠地一笑，"但我非得尽快把他送回家去。"

"我一点儿也不介意，"我向他保证，"能再见到詹妮和全家人真是太好了。"

"可是，舅舅——"小伊恩脱口而出，"那个——"

"闭嘴！"詹米训斥说，"你小子别再多嘴了。到此为止，嗯？"

小伊恩显得有点受伤，不过他又抓过一块燕麦饼，夸张地塞进嘴里，用以表明他决意不再出声的打算。

詹米放下了架子，对我一笑。"好，你去疯女人家看得怎么样了？"

"非常有意思，"我说，"詹米，你认不认识一个名叫坎贝尔的女人？"

"可能不到三四百个吧，"他宽宽的嘴唇上笑容一闪，"你说的是哪个坎贝尔？"

"有这么几个，"我对他转述了奈莉·考登讲的关于阿奇博尔德·坎贝尔和他的妹妹的故事。

他听着连连摇头叹息。这是我第一次见他真的老了，紧绷的脸上布满了回忆的皱纹。

"我听到过的卡洛登后的故事当中，这还不是最惨的呢，"他说，"不过我不觉得——等等，"他停下来看看我，眯起眼回忆着，"玛格丽特·坎贝尔。玛格丽特，她不会是个挺漂亮的小姑娘吧——差不多是小玛丽的个头？棕色的头发柔软得就像雀鸟的羽毛，脸蛋儿生得非常甜美，是她吗？"

"二十年前多半是的，"我回想着那静坐在火炉前的肥胖的身影，"怎么，你真的认识她？"

"哎，我想是的。"他沉思的眉头紧皱着，出神地看着桌面，手指头滑过散落的饼屑，胡乱地画着一条线，"对，如果我没记错的话。她是尤恩·卡梅隆的小情人。你记得尤恩吗？"

"当然。"尤恩是个高大而英俊的开心果，曾经在荷里路德与詹米共事，搜集梳理各种来自英格兰的情报。"后来尤恩怎么了？还是，我不该问？"我看见阴云笼上詹米的脸庞。

"被英国人枪决了，"他静静地回答道，"卡洛登过后两天。"他合上双眼，稍过片刻睁开眼时露出了疲惫的笑容。

"好了，上帝保佑阿奇·坎贝尔牧师吧。起义的时候我听说过他，有一两次。他是个勇猛的武士，他们都说，非常勇敢——我想他现在也需要有这个勇气，可怜的人啊。"他安静地坐了许久，然后很坚决地站了起来。

"好吧，离开爱丁堡之前我们还有好多要做的。伊恩，去楼上桌子上找到一份印刷店顾客的名单，拿下来给我。我会勾出那些订单没有完成的部分给你，你必须走访每一家，把欠款还给他们。除非他们愿意等我找到新的店面，添上新的存货——不过那得要等上两个月呢，你告诉他们。"

他拍了拍自己的外衣，有什么东西在叮当作响。

"好在保险费能还清欠着顾客的钱，还会有点儿富余。说到这儿——"他转过头对我一笑，"你的任务，外乡人，是去找个裁缝在两天时间里给你做条像样的长裙。我想达夫妮也得要回她的裙子了，我可不能把你光着身子带回拉里堡去。"

CHAPTER 30

如约会合

骑马北上去阿布罗斯的途中，旁观詹米与小伊恩两人在意志上的较量成了我最大的乐趣。多年的经验告诉我，固执是弗雷泽家族个性中的一大支柱。在这点上伊恩毫不逊色，尽管他只是半个弗雷泽。看来要不是默里家族也一样个个牛脾气，就是弗雷泽家的基因太强大。

这么多年一直有机会近距离观察布丽安娜，我有我自己的看法，却并没有吱声，只是饶有兴味地看着詹米终于棋逢对手。过了巴尔福，他显然已经疲惫得很了。

这场锋利无比的矛与坚固无比的盾之间的较劲一直持续到第四天傍晚，我们抵达了阿布罗斯，却发现詹米计划安置伊恩和我的那家旅店已不知去向。此地只剩下一座倒塌的石墙和几根烧毁的大梁，除此之外，道路两头都是好几里人迹罕至的漫漫长路。

詹米沉默着朝那堆石头望了好久。他不能就这么把我们扔在这荒凉的沙泥道路上，这点相当明显。伊恩足够明智地同样保持着沉默，没有在这个有利时机继续施加压力，尽管他那瘦削的身体正在颇为急切地晃动。

"好吧，既然这样，"詹米终于无可奈何地说，"你们一起来吧。但最多只能走到悬崖边缘，伊恩——你听见没？你要照顾好你舅妈。"

"我听见了，詹米舅舅。"小伊恩假装温顺地回答道。我瞥见詹米苦笑的眼神，领会到既然伊恩要照顾好舅妈，舅妈就也得照顾好伊恩。我藏起笑容，顺从地点了点头。

其余的人都很准时，在天色刚黑的时候来到了悬崖边的会合地点。其中的几个看着似有几分熟悉，但大多只是模糊的人影。这是朔月过后的两天，而地平线上挂着的那一弯细细的新月使此地并不比妓院的酒窖里明亮多少。没有人做任何介绍，大伙儿只是含糊地咕哝着向詹米打了招呼。

不过，有一个人影是毋庸置疑的。一辆骡子拉的巨大板车嘎嘎作响地一路驶来，驾车的是菲格斯和一个小个儿身影，而这人除了威洛比先生别无其他可能。自打他在妓院楼梯上射杀了那个神秘男子，我还是第一次见到他。

"他今晚没带手枪吧，我希望。"我对詹米低语道。

"谁？"他眯起眼望着那渐渐降临的夜幕，"哦，威洛比？没有，他们谁都没有带枪。"我还没来得及问为什么，他便走上前去帮着把车掉过头来，准备好一旦走私物品装载完毕就能随时出发逃往爱丁堡。小伊恩冲在前面跃跃欲试着，我意识到自己作为监护人的职责，便紧跟其后。

威洛比先生踮着脚伸手够进板车背后，取出了一盏样子古怪的油灯，金属的顶盖上穿了个小洞，侧面装着金属滑片。

"是一盏暗灯吗？"我很感兴趣地问道。

"哎，是的，"伊恩一脸严肃地回答，"要把滑片一直关着，直到看见海面上的信号。"他伸手去拿油灯，"来，给我吧。我来提着，我晓得信号。"

威洛比先生只是摇摇头，把油灯从伊恩的手中拉开。"太高，太年轻。"他说。"蔡米说的。"他补充道，好像这句话就能把问题一了百了。

"什么？"小伊恩愤愤不平，"什么叫太高，太年轻，你这个小——"

"他是说，"一个平静的声音从我们身后响起，"不管谁举油灯，如果有外人，对他们来说此人都是很好的目标。因为他是我们当中个儿最小的，所以威洛比先生好心地愿意承担此风险。小伊恩，你个子高，衬着天光容易被看见，你这年纪又刚好还没长脑子。别瞎掺和了，好吗？"

詹米在外甥的耳朵上一记轻拍，然后走近威洛比先生，在岩石上跪了下来，他用汉语低声说了些什么，引来威洛比一声隐约的窃笑。威洛比先生打了油灯的侧面，顺手把灯举到詹米合拢的双手间。咔嗒一声尖厉的声响，接着又重复了两次，我看见火石飞溅出的火星一闪而过。

这是一片荒凉的海岸——未出意料，苏格兰的海岸上大部分都是岩石林立的荒滩——我不知道法国人的船会如何靠岸，在何处靠岸。这里没有天然的港湾，只有一道弧形的海岸线藏在一处凸起的悬崖之后，从大路方向看过来的视线正好被悬崖挡住。

虽然夜很黑，我仍可以看见海浪的一道道白线翻滚着冲上这片小小的半月形海滩。这绝非光滑平整的度假海滩——坑坑洼洼的沙地好像被揉皱了，捣烂了一般，散布在成堆的海藻、卵石和突起的岩块之间。对搬运酒桶的人来说，这里不是很好的立脚点，但近旁的岩石罅隙却可以为酒桶提供方便的藏身之所。

我身边忽然又出现了一个黑影。

"大伙儿都准备好了，大人，"黑影轻声说，"在那边岩石上。"

"好的，乔伊。"一道亮光突然照亮了詹米的侧影，他注视着刚点着的灯芯，屏息静待着火苗平稳下来，从油灯里吸出灯油，火苗慢慢长大，然后他才舒了一口气，轻轻地关上了金属滑片。

"那好，"他站起来说，抬头望了望南方的崖壁，观察了一下那个方向的星空说，"快九点了，他们应该马上就到。要记得，乔伊——没有我招呼，谁也不能动，记住了？"

"是，大人。"他用随意的语气答道，显然这是他习以为常的对话。当詹米抓住了他的胳膊，乔伊明显吃了一惊。

"你得担保，"詹米说，"再去告诉所有人一遍——没有我的话，谁也不许动。"

"是，大人。"乔伊重复说，这次倒是恭敬多了。他退回到夜色中的岩石上，没吭一声。

"有什么问题吗？"我控制着自己音量问道，不敢高出海浪声太多。海滩和悬崖显然荒无人烟，但四下里的黑暗和同伴们神秘的样子令我不得不保持警惕。

詹米简单地摇摇头。关于小伊恩他是对的，我心想——他自己漆黑的身影在身后灰黑的天幕上显得轮廓分明。

"我不晓得，"他犹豫了片刻才回答我，"告诉我，外乡人——你闻到什么味儿没？"

有点吃惊，我深深地把空气吸入鼻腔，半晌才呼了出来。闻到的味儿还真不少，有腐烂的海藻，有点燃着的暗灯散发出的浓重油烟，还有站在我身旁的小伊恩刺鼻的体臭，汗味里掺杂着激动与恐惧。

"我不觉得有什么特别的，"我答道，"你闻到什么了？"

他的剪影耸起了肩，又无奈地垂了下来："这会儿没有。就刚才，我发誓我肯定闻到火药了。"

"我什么都没闻出来，"小伊恩说，激动的心情让他变了声音，他连忙羞涩地清了清嗓子，"威利·麦克考德和亚历克·海斯都搜过那些岩石了，没有发现任何征税官。"

"哎，好吧。"詹米的声音略显不安，他转过身，握住小伊恩的肩膀。

"伊恩，现在开始你负责照顾好你舅妈。你们俩这就去那边儿金雀花丛后头待着。千万别靠近板车。无论出了任何事儿——"

小伊恩刚想抗议便被阻止了，多半是詹米的手使了把狠劲儿，只见小伙子哼哼了一声，揉着肩头缩了回去。

"万一出了事儿，"詹米继续强调说，"你必须立即带着舅妈回拉里堡去。拖延不得。"

"可是——"我说。

"舅舅！"小伊恩跟着说。

"照做！"詹米铁定地回答，一边别转身去，结束了这场讨论。

走回岩壁小道的路上，小伊恩闷闷不乐地服从了指挥，很尽职地把我护送到金雀花丛之后的安全地带，找了个小小的岬角，好眺望到海面上稍远的地方。

"这里咱们可以看得见。"他颇显多余地小声说。

这里的视野确实不错。我们身下的岩石跌入一个浅浅的洼地，宛如一把破了口的水杯，盛满了黑暗。水光在破口处泄漏着，海水则呼啸着倾注进来。一晃眼，我捕捉到一个微小的动作，像是一枚金属搭扣反射出的一道微弱亮光。但总的来说，下边的十个男人隐蔽得全无踪影。

我眯起眼睛，试图寻找威洛比先生在哪里提着油灯，却不见任何亮光，于是推测他一定站在油灯背后，想挡住从崖壁方向的视线。

突然间，小伊恩在我身边直直地怔住了。

"有人来了，"他耳语道，"快，站到我背后来。"他英勇地跨到我的前头，一手伸进衬衣底下，从马裤的腰带里抽出一把手枪，漆黑之中，我能看见星光在枪管上隐隐闪动。

他振作起精神凝望着漆黑的夜幕，微微弓起身，双手紧锁住那把枪。

"别开枪，看在上帝的分上！"我在他耳边嘱咐道。怕他会扣响扳机，我没敢去抓他的手臂，但着实担忧他会发出些什么响动，暴露了悬崖下的兄弟。

"你要能听从你舅妈，我将感激不尽，伊恩，"那是詹米的低语，带着嘲讽的口气从崖边下的黑暗中传来，"我希望你别打飞了我的脑袋，好吗？"

伊恩放低了手枪，肩膀一垂，发出一声既像是解脱又像是失望的叹息。金雀花丛颤动了一下，詹米出现在我们眼前，拍打起衣袖上的花刺。

"没人叮嘱你别带武器吗？"詹米的声音很温和，不过是一种就事论事的询问口气，"向皇家海关官员动武可是要判绞刑的。"他转向我解释说，"所有的弟兄都没带武器，连小刀都没有，就为了防止万一被抓。"

"是啊，不过菲格斯说他们是不会绞死我的，因为我还没长胡子，"伊恩尴尬地说，"我最多就是被流放而已，是他说的。"

气愤的詹米从牙缝里倒抽了口冷气，略带着嗤笑。"哦，是啊，你妈要是听说你被流放到殖民地准高兴坏了，如果真像菲格斯说的那样！"他伸出手，"把那个给我，傻瓜！"

"别的不说，这个你是从哪儿搞来的？"他把手中的枪转了个向，"连火药都上好了。我就知道我闻到的是火药味。把枪藏在马裤里，幸亏你没把鸡鸡给打掉了。"

伊恩没来得及回答，我便指向大海，打断了他们："瞧！"

法国人的船在海面上还只是个小点，但船帆在微弱的星光下泛着白光。那是艘双桅纵帆船，正缓缓地驶过，与悬崖保持着距离，安静得就像它身后飘浮的云朵。

詹米并没有在看那艘船，而是俯视着下边山崖上的一个豁口，在高出沙滩一点儿的地方，堆满了巨大的鹅卵石。顺着他的目光，我发现了一个细小的亮点，是举着暗灯的威洛比先生。

一道短促的亮光照在潮湿的岩石上，一闪而过。小伊恩紧张地抓了抓我的胳膊。我们屏息以待，数到了三十，又一道闪光照亮了沙滩上的浮沫，伊恩又捏一下我的胳膊。

"那是什么？"我问。

"什么？"詹米注视着那艘船，没有看着我。

"在岸上，灯光一亮的时候我觉得我看见什么东西一半儿埋在沙子里。像是个——"

第三道闪光出现了，片刻之后，船上亮起了回应的灯光——那是一盏蓝色的油灯，悬挂在桅杆上，那诡异的亮点与漆黑的海水中的倒影上下呼应。

激动地观察着帆船，我把刚才瞥见埋在沙子里的那堆凌乱的衣物抛在了脑后。船上显然开始有些动静了，随之又隐约地传来一声泼溅的水声，有什么东西从侧舷被扔进水里。

"潮汐起来了，"詹米在我耳边嘀咕着，"大锚漂在水里呢，过几分钟潮水就会把船靠上岸的。"

停靠的问题解决了——原来锚位是不需要的。可付款又该怎么操作呢？我刚想问，只听见一声突如其来的大喊，下面顿时天塌地陷般地乱作一团。

詹米立刻从金雀花丛间奋力穿过，紧随其后的是我和伊恩。四下里什么都看不清，但沙滩上委实相当混乱，一个个黑影在沙地里跌撞翻滚，叫喊声随之此起彼伏。这时，我分辨出一个声音："以国王陛下的名义，全都不许动！"我的血液霎时凝固了。

"是征税官！"小伊恩也听见了。

詹米用盖尔语咒骂了一声，接着扬起头也大声叫喊起来，嘹亮的盖尔语轻易地在崖壁下的沙滩上回荡开去。

话音刚落，他转身向小伊恩和我大喝道："快走！"

周围的声音一下子更响了，岩石滚落的轰鸣与人声夹杂在一起。我脚边的花丛中猛然蹿出一个黑影，飞快地没入黑暗之中。几尺之外，又一个黑影紧跟在后。

黑乎乎的悬崖之下响起一声惊叫，尖厉的声调盖过了别的声响。

"是威洛比！"小伊恩喊道，"他们抓住他了！"

这时候我们俩谁都没去理会詹米关于离开的命令，一同挤上前，想透过花丛看个究竟。翻倒在地的暗灯上滑片敞开着缝隙，一道光束像探照灯一般射向海滩上空，皇家海关的人用来打埋伏的几个小沙坑展开在沙地里，湿湿的海藻堆之间有几个黑影不断地摇摆、挣扎与号叫。暗灯周围散发出的昏暗的光晕足以勾勒出两个扭打在一起的人形，小的那个被当空举起，狂野地蹬着双脚。

"我去救他！"小伊恩跃上前去，却猛地一把被詹米拽住了衣领。

"叫你干啥就干啥去，好好保护好我的妻子！"

小伊恩喘息着转向我，可我哪儿也不想去，站稳了泥地里的脚跟，任他拉扯我的胳膊我都不为所动。

詹米不再理会我们俩，一转身沿着崖顶跑到几码之外。衬着天幕只见他那清晰的剪影单膝跪下，备好了手枪，用前臂托起枪口，开始瞄准下方。

射出的子弹发出并不很响的爆破声，消散在四下的骚乱之中。而这一枪的结果却颇为壮观，立刻炸开了的油灯飞溅出燃烧的灯油，转瞬间整片海滩陷入了黑暗，所有的喧哗戛然而止。

不出几秒钟，一声痛苦而愤怒的哭号又打破了沉寂。一时间被油灯爆炸的闪光晃了眼，我连忙调整应对，又一道光亮随之映入眼帘——那是几簇小小的火苗，看似上下不定地在晃动。待我的夜视力逐渐清晰起来，我才看见那火苗原本是来自一个男人的衣袖，此人正一边哭号一边上蹿下跳，徒劳无功地拍打着灯油飞溅到他身上所点燃的火焰。

金雀花丛剧烈地震颤起来，詹米跃下岩壁，消失在我的视野之外。

"詹米！"

我的叫声唤醒了小伊恩，他更加使劲地拽了拽，我差点儿没站住，被他强行拖离了悬崖。

"快走，舅妈！他们紧接着就会上来的，马上！"

这是无可置疑的事实。随着人们涌上岩壁，我听见海滩上的喧嚣离我们越来越近。我提起裙摆拔腿就跑，跟着小伙子全力飞奔着，穿过了崖顶蛮荒的茅草地。

我不知道去往何方，但小伊恩好像很清楚。他早已经脱去了外套，穿过灌木丛中的赤杨、桦木等内陆树种，他的白色衬衣清晰可见，像鬼影般飘浮在我的眼前。

"我们在哪儿？"趁他在一条小溪边慢下脚步，我赶到他身边，气喘吁吁地问。

"前面就是通往阿布罗斯的大路了。"他的呼吸很沉重，衬衣一侧有一道自上而下的深色泥污。"过会儿就好走多了。您没事吧，舅妈？要我背您过去吗？"

我礼貌地谢绝了这个殷勤的建议，心里明白自己的体重绝对不比他轻。我脱掉鞋袜，噼里啪啦地蹚过及膝深的溪水，感到冰凉的淤泥渗进脚趾之间。

走出小溪的时候，我浑身抖得厉害，便接受了小伊恩给我披上的外套——激动的心情加上热烈的运动，使外套对他显然有点多余。而令我发冷的，除了溪水和十一月的凉风，还有恐惧，忧心忡忡地不知身后正在发生着什么事情。

我们喘着气走到大路上，扑面而来的冷风不一会儿便把我的鼻子和嘴唇冻得发麻，被吹散的头发沉在我的颈后。然而，因祸得福，这狂风也把很多声音提前送入我们耳中，比起我们本来直接撞进这些事物的时间提前了几分。

"悬崖那边有信号没？"传来一个男人深沉的嗓音，小伊恩突然停下脚步，我不留神撞在了他的身上。

"没呢，"另一个人答道，"我好像听见那边有人叫唤来着，可风一下子就转向了。"

"这样啊，那你只好再爬到树上去了，胖墩儿，"第一个声音不耐烦地说，"那些婊子养的要是跑出海滩，咱就在这儿咬住他们。赏钱可不能让海滩上的家伙给抢去了。"

"好冷啊，"第二个声音咕哝道，"这野外的风直啃你的骨头。咱要是抽中了去修道院望风该多好——那儿至少暖和。"

小伊恩使劲掐着我的上臂，紧得都肯定留下了瘀青。我往回一缩想让他松手，可他根本没有察觉。

"哎，可那儿抓不到大鱼，"第一个声音说，"啊，想想有五十英镑我能买多少东西呀！"

"好吧，"第二个声音无奈地说，"可天这么黑，要咱们怎么找那个红头发呀，我可没主意。"

"先全给抓起来，奥基，完了咱再看他们的脑袋。"

我拉了半晌，小伊恩终于回过神来，跟着我跌跌撞撞地躲进路边的树丛里。

"他们说的，在修道院望风是什么意思？"当我确信大路上那两人听不见我们的声音后，我马上问小伊恩，"你知不知道？"

小伊恩点点头，黑色的乱发上下跳跃着："我想是的，舅妈，一定是阿布罗斯修道院，咱们会合的地方，哎？"

"会合的地方？"

"说好的，要是出了任何闪失，"他解释道，"那所有的人就各走各路，然后都尽快去修道院会合。"

"哦，这下的闪失可够意思的，"我评论道，"对了，征税官跳出来时，你舅舅大喊了一句什么话？"

小伊恩方才侧身去听了听大路上传来的追逐声，这时他苍白的长圆脸蛋儿转回来对着我："哦——他说的是，'兄弟们，快，跳上山崖就跑！'"

"好主意，"我干巴巴地说，"那如果大伙儿都听了他的，多半都该逃脱了吧！"

"除了詹米舅舅和威洛比先生。"小伊恩一手插入头发紧张地拨弄着，这个样子让我不得不想到了詹米，我实在希望他快点住手。

"是啊，"我深吸了一口气，"不过，这会儿我们也帮不了他俩。而其他人嘛——假如他们都准备去修道院的话——"

"是啊，"他打断了我，"我正犹豫不决呢，是该照詹米舅舅吩咐的，送您去拉里堡呢，还是赶紧去修道院提醒那儿的其他人多加小心？"

"去修道院，"我回答说，"越快越好。"

"嗯，不过——我不想把您一个人扔在这儿，舅妈，而且詹米舅舅说了——"

"有些时候需要服从命令，小伊恩，但也有些时候更需要你独立去思考。"我严肃地说道，至于我实际上正在替他思考的这个事实，我狡猾地未加理会，"这边就是通往修道院的大路吗？"

"唉，是的。才一里路多点儿。"说着他已经开始左左右右地踏起两个脚掌，迫不及待地想上路了。

"好的。你抄近道直接去修道院，我沿着大路走，看能不能引开征税官的注意，直到你顺利离开。我们在修道院见吧。哦，等等——带上你的外套。"

我并不情愿地交出了外套，除了不甘于放弃那点温度之外，这更让我觉得是在放弃自己与人类的最后一点友善的联系。一旦小伊恩走了，在这个又冷又黑的苏格兰的夜晚，我便是完全孤身一人了。

"伊恩？"我伸出手臂，想再留他一刻。

"嗯？"

"小心点，好吗？"我冲动地踮起脚尖吻了他冰凉的脸颊。足够近的距离下我看到他惊讶地抬了抬双眉。他笑了笑便消失了，一根赤杨枝条随之弹回了原位。

寒冷无比。耳边只听得灌木间倏倏的风声和远方海浪的低鸣。我把羊毛披肩围紧在肩头，抖抖瑟瑟地走回大路。

　　要不要作声呢？我心里纳闷。如果不，我可能不经警告就被攻击了，因为等在那儿的两人会听见我的脚步却不知我并非逃离的走私犯。但如果我哼个轻快的小曲儿扬长而过，显得像个无辜的女人一般，他们没准会不声不响地继续隐藏，从而不至于暴露自己的存在——然而，我想要的正是暴露他们的存在。我俯下身从路边捡起一块石头，寒意渐甚，我踏上大路，一声不吭地笔直朝前走去。

CHAPTER 31

走私犯的月夜

风高之夜，躁动不止的树木掩盖了我走在路上的脚步声——也同样掩盖了任何可能在追踪我的人。萨温节刚过不到两星期，如此狂野的夜晚让人轻易地相信空气中很可能充斥着幽灵与邪恶。

突然从背后抓住我的却不是个幽灵，那只手紧紧钳住了我的嘴，要不是我一直为这个最终结果做好了准备，我多半会被吓晕过去。而事实上，我的心脏确实猛然一跳，被擒的身躯开始剧烈地抽搐起来。

他从左侧袭来，将我的左臂紧压在我的侧身，用右手蒙住了我的嘴。而我的右臂却是自由的。我用鞋跟猛击他的膝盖，他的腿弯了一下，趁着这片刻的踉跄，我向前一躲，用手里的石头向他的脑袋砸去。

虽然无可避免地砸歪了，但这一击的力度足以让他猝不及防地哼了一声，松了手劲。我一边蹬腿一边扭动身子，他的手滑过我的嘴边，于是我对准一个手指头铆足劲猛咬了下去。

"上颌骨肌肉从颅顶矢状嵴一直延伸入下颌骨，"我隐约记起《格雷氏解剖学》里的描述，"这点赋予了下颚与牙床相当强的冲压力。事实上，人类下颚的平均咬合力可以达到三百磅以上。"

我不清楚我自己能否超过平均水平，但收效确实显著。我的袭击者开始疯狂地来回摆动，想摆脱我在他手指上牢牢的钳制，却只是徒劳。

搏斗中他松开了我的手臂，并不得不把我放了下来。脚一着地，我立刻放开他的手，转身用膝盖狠狠地朝他的睾丸攻击，尽管身上的长裙有点碍事，但也算是使足了劲。

作为一种自卫方式，攻击男性生殖器的效力被极大地高估了。更确切地说，它确实有效——而且效果惊人地好——但其操作却比常人想象的要困难得多，尤其是身穿厚重的衣裙之时。男人对待他们这特殊的附属器官往往尤为小心，对任何的不轨企图保持着完全的警觉。

不过，眼下我的袭击者没有防备，为保持平衡分开了两腿，于是我轻而易举地得手了。他发出一声恐怖的喘息，犹如被勒紧脖子的野兔，蜷曲起身子倒在大路中央。

"是你吗，外乡人？"我右侧的黑暗中冒出一个犀利的声音，我不由得一声尖叫，像头瞪羚一般惊跳起来。

没出几分钟，又是一只手啪的一下蒙上了我的嘴。

"看在上帝分上，外乡人！"詹米在我耳边咕哝道，"是我！"我抵御着强烈的诱惑，没有咬他。

"我知道，"他放开我后，我咬牙切齿地回答，"但那家伙是谁呀，抓我的那个？"

"是菲格斯吧，我想。"那模糊的黑影走到几尺之外，捅了捅躺在路面上的另一个似乎在呻吟着的黑影。"是你吗，菲格斯？"他小声地问，得到的回答几近哽咽。他弯下腰拽着第二个影子站了起来。

"别说话！"我耳语着告诫他们，"有征税官就在前头！"

"是吗？"詹米用正常的音量说，"他们对咱这儿的动静好像没啥兴趣嘛！"

他停了一下，似乎在等待着什么回答，却只听见夜风扫过赤杨树丛的低鸣。他轻轻按住我的手臂，朝黑暗里喊道："麦克劳德！雷伯恩！"

"唉，罗伊，"树丛里响起一个颇有些厌烦的回应，"都在这儿呢。还有英尼斯、梅尔德伦，对吧？"

"唉，是我。"

更多的黑影推搡着，咕哝着走出树丛。

"……四，五，六个，"詹米点着人头，"海思和戈登兄弟上哪儿去了？"

"我见海思下水了，"一个黑影报告说，"一定从海角绕道跑掉了。戈登他们和肯尼迪多半也是，我不觉得他们会被抓。"

"那好，"詹米说，"对了，外乡人，你说的征税官是怎么回事儿？"

既然那个奥基和他的同伴没有露面，我也开始感到颇为愚蠢，不过还是描述了我和伊恩的所闻。

"是吗？"詹米显得很有兴趣，"你能站得住了吗，菲格斯？可以？好样的。要不咱们去瞧瞧吧。梅尔德伦，你带着打火石吗？"

不一会儿，他举起一个小小的火把，火苗好强地扑腾着。他顺着大路往前走去，消失在弯道处。我和其他走私犯们局促不安地静候着，准备好要么随时逃跑，要么随时冲上去救援，但伏击的声音迟迟没有响起。过了仿佛是永远那么久，詹米的声音终于从道路那头响了起来。

"都过来吧。"那声音听上去平静而镇定。

他站在道路中央，靠近一棵巨大的赤杨树。火把的光环忽闪着环绕在他的四周，乍一望去，我只看见詹米一人。随后，我身边先是有人倒吸了一口凉气，接着是一阵惊恐的抽噎。

另一张脸出现了，幽暗之中，只见它当空悬挂在詹米的左肩之后。一张恐怖的充血的脸，暴突着眼珠，伸长了舌头，被火把的光线剥夺了所有的色彩，显得面色青黑。干草一般的浅色头发在随风飞舞。我感到喉咙口升腾起一声呼之欲出的尖叫，立刻生生地将它咽下。

"你讲得不错，外乡人，"詹米说，"确实曾有个征税官在这儿。"他把一件什么东西啪的一声扔在地上，"授权状，"他朝那东西点头示意，"他名叫托马斯·奥基，有谁认得他吗？"

"他现在这个样子，谁还认得出来？"有人在我身后咕哝道，"老天，他亲娘也认不出啊！"一阵集体的咕哝显示出了否定的答案，大伙儿紧张地原地踏起双脚，很明显，所有人都跟我一样急于离开此地。

"那好，"詹米一甩头，阻止了打算撤退的人们，"这批货丢了，所以咱们就没得分成了，好吧？眼下有人需要钱用吗？"他掏掏口袋，"我可以提供现钱够你们过上一段——因为我怀疑这阵子海岸线上不会有活儿干了。"

有一两个人迟疑着走上前去领钱，靠近詹米的地方能清楚地看得见树上挂着的东西。其余的走私犯则悄悄散开，融进了黑夜之中。几分钟后，就只剩下詹米和我，以及依然苍白却已能独自站稳的菲格斯。

"耶稣！"菲格斯仰头望着那吊死的家伙，轻声说，"会是谁干的呢？"

"是我啊——起码故事传开之后说的一定是我，对吧？"詹米抬头看去，脸上显得棱角分明，手中的火把里火星四溅，"咱们别久留了吧！"

"伊恩怎么办？"我突然间想起了那小伙子，"他去修道院给你们报信了！"

"真的？"詹米的声调变得很严峻，"我从那边过来的，没碰到他啊。他朝哪个方向走的，外乡人？"

"那儿。"我指了指。

菲格斯似乎轻轻地笑了一声。

"修道院在反方向，"詹米有点好笑地说，"好吧，来，等他意识到错了再往回走时，我们正好能赶上他。"

"等等。"菲格斯举起了一只手，一阵谨慎的窸窣声从灌木丛传出，随后是小伊恩的声音："詹米舅舅？"

"唉，伊恩，"他舅舅干巴巴地答应道，"是我。"

小伙子钻出树丛，头发里缠着树叶，大大的眼睛兴奋无比。

"我看见火光，觉着必须回来瞧瞧克莱尔舅妈有事儿没有。"他解释说，"詹米舅舅，您举着火把可别在这儿久留——有征税官啊！"

詹米一手搂住外甥的肩膀，让他转过身可以看见赤杨树上挂着的东西。

"别担心了，伊恩，"他平静地说，"他们走了。"

他蹭着火把在湿树丛里来回甩了两下，火焰咝的一声熄灭了。

"咱们走吧，"黑暗中他的声音显得很镇静，"威洛比先生牵着马在大路前边儿等着呢。天亮前咱们就能到高地了。"

图书在版编目（CIP）数据

异乡人.5,遥远的重逢 /（美）戴安娜·加瓦尔东著；
任海蓓译. —南昌：百花洲文艺出版社，2017.1
　ISBN 978-7-5500-2100-6

　Ⅰ.①异… 　Ⅱ.①戴… ②任… 　Ⅲ.①长篇小说—美
国—现代 　Ⅳ.①I712.45

中国版本图书馆CIP数据核字（2017）第012844号

江西省版权局著作权合同登记号：14-2016-0367

Voyager by Diana Gabaldon
Copyright © 1994 by Diana Gabaldon
Published by agreement with Baror International, Inc., Armonk, New York, U.S.A.
Through the Grayhawk Agency
Simplified Chinese translation copyright © 2017 by Beijing Xiron Books Co., Ltd.
All rights reserved.

出 版 者	百花洲文艺出版社
社　　址	南昌市红谷滩新区世贸路898号博能中心1期A座20楼　邮编：330038
电　　话	0791-86895108（发行热线）　　0791-86894790（编辑热线）
网　　址	http://www.bhzwy.com
E-mail	bhzwy0791@163.com

书　　名	异乡人.5,遥远的重逢
作　　者	〔美〕戴安娜·加瓦尔东
译　　者	任海蓓
责任编辑	周振明
经　　销	全国新华书店
印刷装订	北京嘉业印刷厂
开　　本	880mm×1230mm　1/32
印　　张	16.25
字　　数	435千字
版　　次	2017年3月第1版
印　　次	2017年3月第1次印刷
定　　价	58.00元
书　　号	ISBN 978-7-5500-2100-6

赣版权登字：05-2017-29
未经许可，不得以任何方式复制或抄袭本书部分或全部内容
如发现图书质量问题，可联系调换。质量投诉电话：010-82069336